李伟明　著

人生没有标准答案

中国财富出版社

图书在版编目（CIP）数据

人生没有标准答案/李伟明著．—北京：中国财富出版社，2014.9
（传奇中国图书系列．美文卷）
ISBN 978－7－5047－5293－2

Ⅰ．①人…　Ⅱ．①李…　Ⅲ．①散文集—中国—当代　Ⅳ．①I267

中国版本图书馆 CIP 数据核字（2014）第 153839 号

策划编辑	宋　宇	**责任印制**	方朋远
责任编辑	康书民　宋　宇	**责任校对**	饶莉莉

出版发行	中国财富出版社		
社　　址	北京市丰台区南四环西路 188 号 5 区 20 楼	**邮政编码**	100070
电　　话	010－52227568（发行部）		010－52227588 转 307（总编室）
	010－68589540（读者服务部）		010－52227588 转 305（质检部）
网　　址	http：//www.cfpress.com.cn		
经　　销	新华书店		
印　　刷	北京兴星伟业印刷有限公司		
书　　号	ISBN 978－7－5047－5293－2/I·0156		
开　　本	710mm×1000mm　1/16	**版　　次**	2014 年 9 月第 1 版
印　　张	15.75	**印　　次**	2014 年 9 月第 1 次印刷
字　　数	242 千字	**定　　价**	31.00 元

目录

第一辑　少了一把椅子

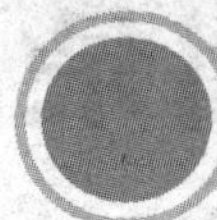

第二辑　爱的细节

第三辑　收起你的保护伞

第四辑　你一定得立起来

第五辑　相隔一堵墙

第六辑　人一旦失去追求

第七辑　人生没有"标准答案"

第一辑
少了一把椅子

快乐其实很容易

某次聚会，聊到快乐这个话题，在座的年轻人纷纷说，这年头生活压力太大，特别是看着别人总是比自己发达，心里实在很难“乐”起来。这时，在市直某部门上班的张君说了件往事。

那是在若干年前，张君大学刚毕业，奔波于上海、南京、杭州等地找工作。在上海求职，人家说他不是名牌大学毕业生，不要；在南京应聘，人家说他眼睛近视，不行；在杭州面试，又因为身高差了那么一点惨遭淘汰。那个黄昏，张君的情绪跌落到最低点。正当他把自己看成是世界上最倒霉、最一无是处的人时，一个挑着蛇皮袋的拾荒者与张君擦肩而过。令他感到惊奇的是，衣衫褴褛的拾荒者竟然哼着小调，而且是节奏欢快的那种！“他凭什么快乐？就因为今天多捡了几包破烂？我一个大学生活得还不如他?”那一刻，张君顿悟了。心情释然之后，他回到家乡一个偏远的小县上班，几年后因为工作突出被调到市里。

快乐其实是件很容易的事。张君说，每每在烦心的时候，想起当年的经历，他就能很快恢复愉快的心情。

张君说的是“知足常乐”的道理。一个人心情好不好，关键还是看心境。常言道：“人生不如意事常八九。”生活中的不如意是十分正常的，就看你怎样去对待了。很多人的“不如意”，其实又是通过和别人“比较”而来的。人比人，气死人，要摆脱这种烦恼，很多时候，还真得借点“阿Q精神”来自我安慰。那就是，要“比较”的话，多些“纵向比”（和自己的过去比），少些“横向比”（和别人比）。这个办法对于我们出身寒门、全靠自我奋斗白手起家的人特别管用。比比过去，我们的生活一直都在进步，我们有什么理由不高兴?

保持快乐的心情，还有个办法就是把事情的结果多往坏处想想，也就是适当地降低期望值。把事情想坏些不会有坏处。比如你是个做小生意的，去年赚了5万元，你不妨认为这是因为去年运气好，今年就未必有这种好运了。结果可能是，今年全国经济继续稳步增长，你的小本生意也跟着增收5000元。如此，年终算账时，对比年初的“预测”，你心里还能不高兴?

如果这些还不能让你快乐起来，那就干脆给你一个消极悲观的理由吧！中国有句老话说“富不过三代”，这并不是信口开河，而是大有玄机的。人生就是一座连绵起伏的大山，人人都在爬山，只不过有上坡的也有下坡的。如果一代又一代人的足迹连起来，那么，上坡和下坡的经历都差不多。你和邻居相比，邻居大红大紫，你默默无闻，那是因为刚好他那一代人在某个坡上，而你这一代还在一处低谷往上爬。总有一天，你们（或你们的后人）会在某个点上相遇，然后，方向换过来了，你往上，他朝下……如此循环往复。换句话说，成败得失不必在意，看长远些，人生就是这么回事儿，你还有什么想不开的?还不如快快乐乐走下去！

也就在前些天，刚好听说了某单位的人事变动情况。该单位宣传科三个人都是我的朋友，科员甲得到提拔，科员乙原地踏步，科长本来有希望升职，结果却没能如愿，于是他和科员乙一起闷闷不乐。根据有关“快乐原理”，我对甲说，你得到了提拔，说明工作有进步，可喜可贺；对乙说，你暂时没提拔，说明发展空间比他们大，也是好事；对科长说，你成功地打响了一场“保位战”，进一步巩固了自己的地位，还不快快请客?

未必可靠的经验

大刘来市里工作之前，是县里的司机。那年月，大刘隔三岔五要往市里跑公差，市县之间有几条路、每条路的情况都摸得滚瓜烂熟。稍微夸张点说，大刘闭起眼睛也能顺利地把车开到市里。

后来，调到市里了，大刘还开着车，只是往县里跑的次数少了，一年也难得三五趟。最近的一次去县里，屈指算来已快半年了。

今天，我搭大刘的车去县里。离开市区几十公里了，到了三岔路口，大刘刷地一下往左拐，进入了一条狭窄的村道。

我说，错了吧？去县里明明是走右边的大道。

大刘说，没错，右边的大道是去县里，但这条小道也去县里。大道虽然宽敞，但比小道远了二十公里。小道虽然窄，但路近，车少，路面也不差，既省时间又省油。

大刘说，除了本地司机，一般的外地司机都不知道这条捷径，所以他们只能老老实实走大道。这条沿江而上的小道，风景秀丽、空气好，你坐这趟车就当是享受了。

大刘说，我在县里开了十几年车，哪条路没走过？开车讲安全、也要讲效率，抄小路走捷径，这是我们的经验。你说这条路吧，虽然半年多没走过了，但是凭经验，我还知道它哪里有道弯，哪里有个坡，哪里有个岔道口……

汽车在清新的空气中欢快前行。大刘说，前面拐个弯，县城就到了。

拐了弯，大刘却惊讶地踩了刹车。

前面是一道天堑。这里正在修高速公路，乡道被拦腰切断，成了工地的一部分。

工地上的人说，这里几个月前就不通车了，县里的人去市里，都是走大道。

原来，再丰富的经验，一旦没跟上形势的变化，也会变得很不可靠。

一座傍城的小山

山不高，也不大。早些年，除了砍柴的人，几乎无人造访。

远处的小城在岁月的流逝中茁壮成长，逐渐变成了大城。小山离城市

更近了。更重要的是，城里的人们，日子越过越富足，不再整日为口粮而奔波，不但越来越有钱，而且还逐渐有了休闲的时间。

于是，某一天，一群成功人士结伴亲近大自然，他们徒步登上了这座小山。由于山下的居民都成了城里人，不再有人砍柴，山上草木茂盛，上山的路早已被杂树湮没。人群以探索者的姿态步步前行，终于到了山巅。极目四顾，满城风光尽收，还有舒爽的山风徐徐拂来，这种滋味，绝非城里的空调冷气可比。这群成功人士连连赞叹佳境难得。

自此，他们成了小山的常客。山上本无路，走的人多了，路就自然形成了。

每个成功人士的身后总是有一批紧随着的待成功人士。上山的人越来越多，路也越来越像路。到后来，就连不怎么成功甚至离成功还很遥远的人，也喜欢上了到小山来打发闲暇时间。

原本默默无名的小山，就这样成了城里人心目中的绝佳去处。热情高涨的人们，还陆续给小山添一座凉亭，修几级台阶，酝酿更宏伟的全方位美容计划。自然，它还获得了一个雅致的名号。这个名号越叫越响，到后来，甚至成了这座城市的标签。

爬上山的人，驻足逗留之际，往往少不了感叹几声：我们的城市有一座这么有名气的小山岭，真是福气啊！人们怎么以前就没有发现它的优秀？可见，是金子总是要发光的……感叹之余，左看右看，越看越觉得小山不一般。

人们已经忽略了这一点：小山还是这座小山，它并没有因为名气越来越响而发生变化，没有长高长大，甚至它还因为来访的人太多、草木被践踏而损失了些许秀色；而在遥远的地方，还有许许多多比小山更出色的大山，只不过因为离城市太远，少有人光顾而寂寂无名。说穿了，小山之所以令人瞩目，之所以受到热捧，之所以在人们的心目中越来越重要，完全是因为它所处的地方很对——它有幸傍着一座可以改变它的命运的城市。

不知道你，很正常

古希腊寓言《赫耳墨斯和雕像者》真是有意思：自我感觉良好的赫耳墨斯，想知道自己在人间受到多大的尊重，就化作凡人，来到一个雕像者的店里。作为商人的庇护神，赫耳墨斯满以为自己的雕像要更值钱些，结果却发现自己在人们眼里原来只是个赠品。寓言结尾点题：这个故事适用于那些爱慕虚荣而不被人重视的人。

想起梁实秋当年和鲁迅的论战，梁实秋认为文学当描写永久不变的人性。尽管鲁迅的《文学与出汗》是作为名篇入选中学课本的，但这些年随着年岁的增长，我倒是越来越觉得在这场论争中，其实占理的是梁实秋。可不是嘛，以这则寓言为例，写的虽然是神，其实体现的正是“永久不变的人性”，因为两千年过去，赫耳墨斯式的人物还是屡见不鲜。

我见过几个有点成果的文化人，他们都认为，在这座城市，自己是知名度极高的人物。于是，其中一位给人打电话时，开口就是：“我是某某!”见对方有点迟疑，接着便来一句：“某某你都不知道吗?!”结果在圈子里传为笑谈。另一位去某部门办事，一副大大咧咧的样子，办事员要求出示身份证，他不高兴地对办事员说：“我是某某某!”——当然，他的大名不但没能替代身份证，还被态度不良的办事员奚落了一顿。还有一位，是电视台的“名记”，汽车违章了，他甩出一句：“我是电视台某某某!”结果，年轻的交警一脸困惑——原来碰上了一个不大看电视的。

我想，把自己想象成谁都知道的“名人”，这是很需要勇气的。在我看来，任何一个大人物，也不可能让世上所有的人都“久闻大名，如雷贯耳”。也就是说，他的名气一定会存在“盲区”，这是谁也没办法的事。曾经有一次，一位朋友把他所崇拜的一位国际级大“明星”列为世界上知名度最高的人，认为世上没几个人不知道他。我说这是绝对不可能的，不知道他的人肯定多得不得了，不相信你到我们小区随便抓几个人问问，看看有几个人知道他。结果，还真的问了几个人，他们的反应都是：“某某某?哪个单位的呀?”

所谓“名气”，其实都是圈子化的。在你所在的圈子，你的名字可以告诉大家你是个“名人”；走出这个圈子，你的名字就仅仅是个“人名”。这么说来，大家都可以是名人，只是圈子有大小而已。比如，在我家，我绝对是“名人”，我家里的人谁不知道我呀？在你的单位，你也许是个名人，因为你的成就较大嘛。而出了这个圈子，谁知道谁，难说得很。哪怕是你在某个行业真有些名气，这时也还是低调点好，没准就碰上一个真不知道你的人。当然，更没必要无意中碰上一两个对你还真有那么点“久仰”的人就得意忘形，真把自己当个人物。须知，按一般的规律，真正的人物不会时时记得自己是“人物”；时时把自己当“人物”的，则往往不是什么人物。

我宁愿这样理解：不知道你，很正常；知道你，那是意外。

少了一把椅子

公司每天下午要开例会，由各个部门的负责人参加。以前，每次开会，总是有人迟到。迟到的人越来越多，开会的时间就渐渐往后推，从5点钟，到5点10分，再到5点15分……再往后，参会人员恐怕要到下班时间才能到齐了。

就在这个时候，适应市场要求，公司进行了一次规模不小的机构改革。每天的例会还是雷打不动地继续。奇怪的是，改革后，并没有谁对会议纪律提出特别要求，参会的人员却越到越早。原定5点钟开会，5点还差几分，人员就差不多到齐了；再后来，4点50分就有人进入会议室正襟危坐……

没有什么复杂的原因。人们早到的缘由很简单：公司机构改革后，在精简机构的同时，根据细分市场的原则增设了若干业务部门，结果，部门总数比以前还有所增加。就这样，参加例会的人数比以前多了。此前，会议室的座椅数比参会人数略多，改革后，座椅数不变，人员到齐后，刚好少了一把椅子。

最后一个进入会议室的人，要么站着开会，要么回到自己的办公室自带座椅。为了避免这种尴尬或麻烦，大家都不想做这个最后一名，于是，不约而同地把到场时间提早了。

少了一把椅子，发生了这等微妙变化。它至少说明，对一个人来说，只有真正感到“麻烦”了，才会把该做的事情放在心上。这种“麻烦”带来的影响，远远胜过那些不痛不痒的所谓“规矩”“纪律”。

再往深处看，还可以发现这么一种心理：人们对于轻易可得的事物，总是不会太当回事；只有当它来之不易时，才愿意主动争取，并懂得加倍珍惜。座椅作为一种“资源”，供过于求时，谁都没有注意它的价值。只有到了获得它需要付出一定代价时，人们才会在乎，才会下意识地想办法去获得。可见，遍地是黄金也未必是好事，来得太容易的东西不受重视，理想（奋斗目标）与现实之间应当有一个合适的距离。套用一句话来说，叫做“跳起来摘桃子”，只有跳起来摘到的桃子，才会让人产生成就感，并激发新一次的“跳”的冲动。

一把椅子居然蕴藏着这样的道理。碰巧的是，最近和几个朋友相聚，又听到一个来自国外的故事：西方某知名企业的老板对员工迟到现象很是头痛，后来总算想到一个办法，那就是将公司的停车坪改造成面向市场的停车位。这样，原本身处“近水楼台”的公司员工，如果来得稍晚些，在公司就没了停车位，只好到远处去找地方停车。为了省事，大家只好赶早来上班。

两件事情有异曲同工之处，只不过，一个是无意导致，一个是有意为之。人的惰性是与生俱来的，克服它的办法，唯有设置“魔障”，不断加压，让你懒不起、不敢懒。再想想古人说的“生于忧患，死于安乐”，其实也是这个道理呀，可见古今中外的人性都是相通的。

表面上看

两年前，一个朋友借调在一家让人羡慕的大单位上班。干了不短的一段时间后，最近，因为自己觉得不适合在那里工作，尽管有机会正式调入，他还是选择了回到原单位。本来，这是一件很正常的事情，不料，不了解他的人，却打心眼里认定他是因为能力不达标或“关系”未到位，被那家大单位“退”回来的。一时间，朋友感到处境颇为尴尬。

表面上看，人家的理解是有道理的，人往高处走，追求“进步”乃人之常情，哪有甘愿“回流”之理？怎么说人家也不相信啊。可事情却又确实不像表面上看到的那样。

我也有过类似经历，所以很理解这位朋友的心情。年轻时，不安于现状，一心想去外地打拼，终于找到一次长假机会，在沿海体验了一回。结果发现，外面的世界并没有想象的那么美好，尤其不适合不愿意处处赔笑脸的我辈。很快对那种找不到归属感的环境感到厌倦，于是谢绝该单位一把手的一片好意（至今我还常常记起已退休的他），毫不犹豫地回到出发地，“躲进小楼成一统”，安心干起文字活。奇怪的是，我自己没感到什么不妥，一些从未出过远门的熟人，却总是一个劲地为我“惋惜”，甚至以为这是很没面子的事。

选择职业，有多种因素。有人从“前途”出发，为了让自己过得风光，所以愿意忍辱负重；有人从“实惠”出发，只要物质生活过得有滋有味，其他的都可以不计较；有人从兴趣爱好出发，看重自己精神世界的幸福，于是不顾世俗的眼光。不能说谁对谁错，只要是自己选择的，那就得认账。而对旁观者来说，大可不必把自己的想法强加于他人。毕竟，鞋子穿在人家脚上，只有他自己才知道是否适合。作为旁观者，我们很有可能看到的只是表面。

生活告诉我们，光从表面上看，很多事情并不是那么靠谱。

表面上看，某人脾气很臭，说话从来不知拐弯抹角，看起来很不好打交道。可事实上，你与他交往时间久了，却发现这人居然是个热心肠，时时处处总是为别人着想。

表面上看，某人待人热情，乐于助人，只要你开口，他一定爽快答应。可若干年后你细细盘点，却发现他从来没有真正为朋友们办过一件事。

表面上看，某人衣着光鲜，“一身是宝”，应该是事业有成，不是大贵也是大富。而事实上，他可能是个穷光蛋，欠了一屁股的债，平时大把大把花的都是别人的钱。

表面上看，岳不群是个谦谦君子，实际却是个最为阴险的人物；表面上看，卡西莫多奇丑无比，让人厌恶，可事实上，他的内心是那么地善良……

表面与事实，常常有差距。二者没有差距的，那是若干年前脸谱化的电影：正角英俊魁梧，正气凛然，一看就是大英雄：反角獐头鼠目，神情猥琐，一看就不是好东西。

看过一则小品文，说的是，麦田里，有个人坐在板凳上收割麦子，过路的人一看，觉得这人懒得不得了，心里很看不起他。可是当路人走近几步时，才发现这人是个高位截肢的残疾人，于是对他的勤劳肃然起敬。

你看，走近几步，得出的结论截然相反。

有一次闲聚，聊到一位大家都认识的人物。在座有位先生语调铿锵，自以为对这个人最有发言权，理由是自己认识他快二十年了。我看他信心满满、舍我其谁的样子，忍不住泼他一瓢冷水：了解一个人，时间未必是最有效的，距离可能更重要——也许人家一个晚上的深谈，就抵了你几十年的泛泛之交。

仅仅靠时间，并不能解决深刻认识的问题。如果只是浮在面上，时间再长又怎么样呢？只能说，“日久”未必“见人心”，如果不深入，你看到的也许还是表面。

所以，要了解事实真相，千万不可只从表面上看，一定要走近一点，深入一点，哪怕只是一点，就可能有新的重大发现。只有这样，我们才不会被自己的眼睛给欺骗了。

有用没用

一位年轻的朋友在单位从事宣传工作，每天看报是他的必修功课。有一次，他被报纸副刊的文章吸引，正读得津津有味，恰巧上司走进他的办公室。正想和同为笔杆子的上司分享阅读的乐趣，没想到，上司用余光扫了一下报纸后，对他提出严肃批评了：怎么能把时间花在这些没用的版面上？要看就看新闻版，特别是要闻版！

听了朋友不经意间的闲聊，我说，这个上司，肯定是个极端功利的人。在他看来，只有看新闻版的稿件，才有助于提升宣传水平，提高本单位的上稿率；而副刊的文章，一般不涉及具体单位，对宣传工作没有意义，不值得看，也不该看。连看一张报纸都分得这么清楚（而且用这个“标准”来要求别人），这种人，不急功近利才怪呢。

什么是“有用”的？什么是“没用”的？我们做的每一件事情都能分得那么清楚吗？

一个人的文化底子，是靠哪些有用的文章或有用的书打下的？从小到大，我们在学校接受了多年的教育，参加工作后还有各种形式的继续教育，你能确定哪一堂课对自己的人生将产生积极作用，哪一堂课则肯定没用吗？再细化一些，在我们认识的几千个常用字中，你能分辨出哪个字是一辈子用不上的，因此不去浪费精力认识它吗？

一个人的身体发育，靠的是哪种有用的食品？你今天填饱了肚子，靠的是哪一粒米饭？你能分清楚哪天吃的东西是有用的，哪天吃的东西是白吃的吗？

还有，一个人的健康成长，靠的是哪一缕有用的空气？一个人的事业发展，靠的是哪个人的帮助？人类进化到现在，靠的是哪一天的功劳？……

要真是算起来，再给你一万个脑袋，恐怕也理不出一个头绪。我们所走的每一步，哪些有用、哪些没用，说不清道不明啊！

一个人整天忙于算计做哪件事是有用的，结交哪个人是有用的，这个人还有充足的时间做正经事吗？这个人心里还能有“多余”的空间存放真情实意吗？我看，悬。

但凡急功近利者，做人做事往往不可靠。他们想得最多的就是眼前利益，总想着以最低的“成本”实现利益最大化，于是，连基本的过程也想省了。在他们眼里，一切事物都是仅供“利用”的，一切利益都是需要“物化”的。为了达到目的，可以不择手段，不计后果。

俗话说，人在做，天在看。不要以为就自己聪明，投机取巧的事，骗得一时，难骗一世。把别人当“敲门砖”，自己也可能像“敲门砖”一样被最终抛弃。很多时候，你想达到什么目的，偏偏不能如愿，也许，就因为你悄悄省略了某些看似没必要的步骤，连老天爷都看不下去了。世上没有那么美的事，不可以时时处处“临时抱佛脚”。你偶尔遇到，那是巧合，如果你从此“守株待兔”，把它当作“必然”，那就必然要吃亏了。

回到原话题，再说说阅读，乃至码字。

这么多年来，我不清楚自己做了多少有用的事和没用的事。以阅读来说，按朋友那位上司的看法，我从小就不务正业，花在考试以外的文字上的时间，远胜“有用”的教科书。参加工作后，阅读仍然很杂，全凭兴趣选择。乍一看，读那些闲文杂书似乎全无用处，纯粹是在消磨时光。细思量，又好像未必如此——说不定，正是因为它们在背后做支撑，我在工作上才没有显得太无能，生活上才没有显得太无知，精神上才没有显得太无聊。

至于码字这回事儿，多年来，除了工作上的文字活，我还一直坚持业余写点和工作无关的东西。也许，在很多人看来，当今的生活丰富多彩，把宝贵的时间用在这方面真是浪费。是的，从经济上来说，现在是文章不值钱的时代，对普通写作者来说，稿费低得可以忽略不计。而从“前途”上来说，写这种小文章，和工作无关，对领导无益，似乎更是谈不上一点价值。但我不管这么多，还是干得乐此不疲。这是何苦来着？我喜欢，我愿意，我不需要理由。在我看来，这些文字会全然没用吗？它们虽然创造不了多少看得见的“效益”，但至少可以让我的思维不至于太迟滞呀。更何况，它们还让我结识了一批好玩的朋友，给我带来了许多愉悦。

有用没用，谁知道呢！事物是会发生变化的，人算不如天算哪。

管它有用没用，很多事情，门槛不妨放低些，只要无害就行了。“机关算尽”大可不必，“天道酬勤”倒是正理。踏踏实实做下去，“没用”的事情说不定哪天居然直接被你用上了呢，获得这种意外之喜，用时下流行的话来说，不是“很幸福”吗？如果算得太“精”，生活将变得毫无情趣，只剩下得失计较。要是大家都这样算计，人间哪有温情在？什么事都变成了做买卖。还好，更多的人，好像没有把数学、经济学学得太好，遇事不管有用没用，只要自己乐意就做；对人不管有用没用，只要投缘就结交。好在是这样，我们的生存压力才不致太大。否则，如果个个都像计算机一样算得那么精准，这人哪，反而没办法活下去了。

当爱好被功利化

这是一个听来的故事。

有一群顽童，很喜欢对着一户人家的窗户玩扔小石头的游戏，户主屡次训斥制止都无济于事。后来，户主转变思路，好言好语地告诉这些顽童，欢迎他们以后常来这里玩游戏，如果玩够了一个小时，每人将获得五元酬劳。

顽童们大喜，有这等好事，谁不干？就这样兴致勃勃地玩了几天，果然每天都能按约获得“酬劳”。这时，户主又召集顽童们开会了。户主说，由于自己最近经济状况欠佳，以后玩游戏的付费标准降为三元。

顽童们虽然心里不爽，但想到毕竟不是白玩，还是努力坚持下去，当然，没有以前那么来劲了。

再过些时日，户主又宣布，付费标准降为一元。顽童们心情更加郁闷，越玩越没劲，来的人也没以前那么多了。

接下来，户主声称：自己没有能力付费了，但还是希望大家按时来玩游戏——当然，只能是白玩了。这时，顽童们忍无可忍，纷纷抗议，再也不干了。顽童们兴味索然地离去了，这户人家就这样把困扰自己的问题解决了。

当爱好披上功利色彩，成为一项任务、一种目的之后，居然会导致这样的结果。这个故事太有意思了，于是，我忍不住在这里复述了一遍。

看看我们的生活吧。单从物质角度来考察，这些年，经济高速发展，生产力水平大大提高，连干农活也不像以前那么辛苦了，人们的生活质量有了很大的提高。按理说，在这种情况下，人们的幸福感应该比以前更为强烈。可是，不管从感觉上还是从有关调查来看，人们的幸福感似乎并未见提升，甚至有人还认为下降了。日子好过了，为什么还有许多人在精神上陷入迷茫，甚至觉得生活乏味？其中一个原因，我看就是因为有许多本来是用来调节生活的爱好，在现实中不断地被我们功利化了、职业化了，它们不再是休闲范畴的一种爱好，而是为了实现某种目的的手段。而这种爱好一旦“进化”为必须完成的任务，原本的乐趣便变成了沉重的负担，甚至让本来可以轻松的生活变得不堪负重。

就拿读书来说吧。读书本来是件让人非常愉快的事，可对许多“求学”的人来说，这却分明是件“苦差事”。回首远去的学生时代，我至今对那种“读书”过程感到后怕，因为那时读书的唯一目的就是迎接一次次的考试，压力好大啊！有意思的是，走出校门后，我胸无大志，再也没有去为了“升级”文凭而读书，可其实却是几乎天天坚持读书，阅读量大大超过学生时代，而且乐此不疲。原因很简单：这种“不求甚解”的读书，不是任务，没有压力，全凭兴趣，所以享受到了它的乐趣。当然，在工作中，很多人还会碰到纯粹为了考试而读书的情况（比如“读”文凭、“读”某种资格证），这种“读书”，依然谈不上一点乐趣，只能把它当作生活中的一种“阵痛”。

写作也是如此。我认为，写东西作为业余爱好是挺不错的，一旦成了职业就未必幸福了。业余写作，可以“随心所欲”，让心飞翔，尽情表达，说自已想说的话，不为他人所左右。写出来了，就是成绩，就是快乐，就是幸福。而一旦写作成了工作，那就得为稻粱谋，要么盯着钞票，违心地跟风模仿、粗制滥造，写自己并不想写的文字；要么盯着“上面”，写一些不负责任的东西以求“过关”甚至谋取升迁。不管哪一种，只要还有良心的底线，心里都是不安的甚至痛苦的。如此写作，何乐之有？

还有体育运动。据说，有些国家的运动员，是把运动当作生活，把比赛当作娱乐，所以，他们快乐地运动，乐趣第一，名次第二。这样，面对比赛，没有压力，只有愉悦的心情，即使输了也是幸福的，真正做到了“重在参与”。而另一些国家呢，运动员是职业的，他们锻炼的目的只有一个——拿名次，只有这样才能获得相应的荣誉、地位、利益。于是，对他们来说，成功了喜洋洋，失败了灰溜溜，可想而知要承受多大的精神压力。至于那些没有名次的“全民健身”之类的运动，人们参与的热情就远远不如竞技运动了。

据全球知名调查机构盖洛普的一项研究显示，以丹麦为首的 4 个北欧国家均跻身全球前五大“最幸福国家和地区”，而人均 GDP 最高的美国则仅排第 14 位。盖洛普的这一研究结果表明，对“幸福”来说，金钱固然重要，但不是唯一。参与这项研究的美国伊利诺伊大学研究员艾德·迪耶勒尔说：“尽管赚更多的钱确实会让人对自己的生活感到更满意，但这对于我们享受生活的乐趣并没有太大影响。”

另据 2010 年年初发布的一份《中产家庭幸福白皮书》显示：“经济最为发达的深圳、北京、上海、浙江，幸福指数反而较低。”我们知道，在这些地方生活，是时刻要算好经济账的。看来，经济发展到了一定程度之后，仅有钱是未必幸福的，如果满脑子只想着赚钱，心里只打着利益的算盘，那么，虽有钱，但心累，幸福反而要远离你了。

想要幸福，需要我们重新认识生活，让生活的成分“科学化”。兴趣与爱好当然可以和工作完美结合，但除了工作，我们肯定还应有别的兴趣和爱好。别让所有的兴趣与爱好都沾上功利的色彩，别让内在需求变成了外在需要。对爱好来说，“玩”的过程比结果重要，重在过程而不在结果。一旦改变了目的，过程也将变味，那种先天的乐趣就消失于无形之中了。爱好需要讲超脱，也就是超出胜负观，脱离功利观，让生活通过它们回归到快乐之中。如果那些好端端的乐趣都被“整”到让人厌烦甚至恐惧的地步，拼命工作又有什么意思了呢？桂冠加身又有什么感觉了呢？

同一个理由

单位有规定，所有员工必须保持24小时开机，保证随时可以联系上。可是有一次，领导有紧急任务要布置下来，打了十几个人的手机都遭遇关机。上班后，领导询问这些机主关机的原因，结果大家的手机不约而同“刚好没电了”。

还是手机。几年来，多次接到一些久未联系的“前熟人”的电话，情况往往是这样的：电话一通，“总算找到你了！”来电者先做惊喜状，然后解释“本来一直想找你聊聊天的，可惜我的手机掉了，把你的号码也丢了”。东拉西扯寒暄几句后，终于切入主题——有件某某事情想“顺便”麻烦你一下。

也就是说，我有许多曾经的熟人有过“掉手机”的经历，其中有些还经常“掉”（都快成“专业户”了），因为这个理由经常被他使用。我于是很庆幸自己这么多年以来居然一次也没掉过手机，同时有点纳闷：既然对方以前联系不上我是因为“掉了手机”，那么，他现在联系上了我，难道是先前那个手机失而复得了？

手机因为断电而关机是正常情况，使用手机的人掉手机也是常有的事。可是，大家的手机齐刷刷地断电、大家都因为掉了手机而找不到别人，这就不是很靠谱了。假作真时真亦假，当同一个理由被大家一起使用、无限使用，那么，那些原本“情况属实”的理由也只好蒙冤遭受怀疑了。

大家心里当然有数，其中一些人只是在“编造”理由而已，只是他们太省事，不假思索地找了些一点“技术含量”也没有的理由，一些让“受众”听起来枯燥无味、毫无快感的理由。

有个故事说：一支部队集合时，有20名士兵迟到，军官要他们一一说明原因。有19名士兵迟到的原因都是骑着马赶过来时，在途中不幸把马累死了。当问到最后一名士兵时，他刚说“骑马到了半路上”，军官便不耐烦地打断他：“然后你的马累死了?”士兵却说：“不，半路上有19匹死马，我的马过不了，我只好下来把这些死马拖开，所以迟到了!”

你看，如果没有最后这个士兵的理由，这故事该多么地乏味呀。

要么不编，要编就编出点水平来吧。

又想起一件往事。很多年前，我们还在上大学。有一次，某位老教授的课，全班有十多名同学因为睡懒觉而旷课，恰逢教务处一位科长来检查，结果把旷课人员的名字记起来，事后一个个“过堂”。大家都知道，“睡懒觉”是不能成为理由的，于是都使用常用理由：老家来了亲人，陪他们办事去了（注：以前交通不比现在方便，人员流动少，所以学生为远道而来的亲人办事而旷课往往可以获得“赦免”）。这次我倒是刚好陪老乡办事去了，但因为使用这个理由的人太多，我估计说了也没有人信，只好放弃真正的理由，临时“创造”了一个。我一脸无辜地说：“本来我也不想旷课的，没想到老教授上课太积极，上课铃声还没响，他就开始讲课了，结果我迟了一分钟没赶上。为了不影响老教授讲课和同学们听课，我只好忍痛牺牲自己学习知识的机会，让广大同学多学一点，自己上图书馆自学去了。”教务处处长把信息反馈给老教授，老教授在次日的课堂上激动地宣布：“同学们，以后迟到了尽管进来，我绝对不会责怪你们!”

你的车，我们的路

忽如一夜春风来，千辆万辆小车开。短短几年工夫，以前只可远观不敢触摸的小汽车开进千家万户了。这是进入21世纪以来继手机之后又一个从贵族沦为平民的物品，让人不得不对这些年科技与经济的飞速发展感慨不已。

遥想当年，那些有车的人，哪怕是个破车甚至客货两用车，开着也是何等威风，自我优越感展现无遗。至于小轿车，更是可想而知，那完全是身份的象征，足以让人油然而生敬畏之情。那时，我们乡下人对这东西见得少，都管它叫甲鱼壳。有时土马路上驰过一辆，小孩子们都追着喊："甲鱼壳！甲鱼壳！"谁家要是来过一辆小轿车，足够人们议上一年半载。所以，村里人都指望在外工作的人能开车回来呢。公职人员当中有一个段子，说的是某公（当然并非特指，实在是有点普遍）好不容易升到可以配车的级别了，牢记项羽同志的谆谆教诲："富贵不归故乡，如衣锦夜行。"于是找个机会带着司机开车回家，专门让司机把小车摆到村口最显眼的地方，让过往乡亲都知道当年的阿二如今发达了。

现在这时代，可真叫不一样了，汽车满路跑，说到那普通轿车，早已基本和身份无关，光看车是看不出有钱没钱、有地位没地位的。那个欠了一屁股债的邻居阿三，说不定也是天天开车跑路呢。就是拿一份薄薪的我辈，咬咬牙，虽然未必买得起房，但肯定可以买一辆车。你看，我早说了，我这人向来运气差，什么事情轮到我也有份时，那就差不多大家都有了。

不过，说实话，大家都会开车了，都去买车了，我却至今没有产生学车的念头。在单位，像我这种不会开车的，已算得上是"珍稀动物"了，以致很多人感到不解，更有很多人好言相劝，劝我要与时俱进跟上潮流，

好像不会开车是多丢脸的事。

我不学车，不是不怕丢脸，客观原因是与视力有关。这些年，办公电脑化，一天倒有半天和电脑面对面，方便是很方便，但本已高度近视的眼睛也被毁得差不多了。我也认同大家的看法：驾驶已成为现代人必须掌握的技能之一。但为了让昏花的眼睛在今后的岁月还能看点文字，我还是宁愿牺牲开车这门技术，让人生少了一份精彩。

另一个原因嘛，我还有个小算盘（别怪我自私，一般人我不告诉他）。我是这样想的：这社会，既然大家都会开车，少我一个也无妨。都到了这个年纪了，也不指望什么发达的机会了，生活基本定型，社交活动有限，平时几乎懒得出门，会不会开车似乎关系不大。单独行动的情况少有，如果和朋友们出去走走，他们不是开了车吗？总不需要每人开一辆吧。既然如此，不会开车，那就搭车嘛。打点小算盘，既省事，又可以偷懒，不亦快哉！

这还真不是开玩笑。提倡搭车，不是说说而已，我是认真的。你看，现在大家都有车，道路便显得格外紧张了，不但停车是问题，开车也是个问题。特别是到了上下班时间，我看很多开车的，还不如咱走路的快呢。你去城里餐馆吃饭，没准最头疼的就是停车问题。还有，从能源的角度来看，那可是用度浩大，形势紧张，我看大家再有钱也得节约着用。凡此种种，都说明如何使用私车是个社会问题，提倡公交出行或者拼车是很有必要的。事实上，现在也有很多讲究实在的“有车族”，如果没有特别情况的话，宁愿给私车放假，挤公交车上下班。我的同事小张就是这样，虽然买了车，平时却不轻易开出，下乡或有急事才用上它。我觉得这样挺好的，灵活机动，经济实惠，没哪个说你抠门，毕竟汽车已不再是用来摆排场的。

我甚至突发奇想：等到哪一天，路上的车到了实在走不动的地步时，应当通过立法让人们可以理直气壮地搭车。那些要开车的，这时你可别太小气，你要充分认识到，车是你的，可这路是大家的。如果每人都开一辆车，谁也别想走成。因为我不开车，把路让出来了，所以你才能走得顺畅——既然如此，你有什么理由不让我搭一程顺风车？

“大”时代

又一批大学生毕业了，学校附近的废品收购站生意好起来。在琳琅满目的“废品”中，我竟然发现不少崭新的学位证、毕业证。难道现在的大学生超脱到了连文凭都不要的地步？翻开一看，才知道虚惊一场，原来这只是些空壳子——真正的证书（也就是内芯），还是被主人带走了。

为什么他们要把文凭的壳子送到废品收购店？是行为艺术？是藐视学校？还是图几个小钱？都不是。真正的原因，同学们说了：如今的文凭壳子做得太大了，根本不便携带，反正用人单位看的是内芯而不是外壳，就把这并无价值的庞然大物丢一边了。

大学生活离我已久矣，我也不知道从什么时候开始，这个毕业证、学位证“长”得这么大了，大得连行囊都快容纳不下它了。难道，这也是教育大发展的成果？

大壳子文凭当然证明不了教育大发展，倒是旁证了我们已经进入了一个“大”时代。

摆在案头的书，越来越大了。先前的小开本已难觅，哪个再出版小32开的书，好像有点丢人了。即使是大32开，也已经落伍了，众多的16开本图书让它自惭形秽。对出版者来说，根本不用管是否方便阅读，反正把书做大了、做厚了就是本事。

房子也越住越大了。谁说房价高？我却看到人们的居室一家比一家大。以我所在的这个三线城市为例，20年前，有个上百平方米的房子，大概也算“大户人家”了，足够让住单间的年轻人高山仰止，羡慕不已。可现在呢，160平方米、200平方米、300平方米……买房的人一个比一个阔，虽然他们抱怨房子大了不好搞卫生，但没人愿意缩减面积。

相应的，办公室也是越做越大。20年前，在很多单位，多人挤一间办公室是很普遍的事，似乎也没觉得特别不方便。现在，很多单位实现了一人一间办公室，而且越来越宽敞。我看过一个科级干部的办公室，将近200平方米，设施应有尽有。对此，办公室的主人还谦虚地说，一般一般，不算很大吧！

城市越做越大。以前，50万人口就叫大城市，而且还不多见。现在，你说某个城市很大，有50万人口？这哪能让人找到“大城市”的感觉，连普通县城也十几万、二十几万人口了嘛。虽然都知道很多大城市的人活得不太轻松，可中小城市都想发展成几百万人口的大都市。

大大大，大大大……

大，意味着强，意味着富，也就是意味着“牛”。大手笔、大气魄、大作为，这些都是人们所追求的境界。这当然是好事。然而，外在的“大”与内在的“大”未必紧紧相依。外在的“大”，来得快，表现直接；内在的“大”，需要时日，相对含蓄。如果二者脱节，侧重于追求外在的“大”，成了贪大求洋、好大喜功，那么，很有可能收获的只是“黔之驴”那样的庞然大物，中看不中用。一阵大轰大嗡的热闹过后，“神马都是浮云”，留下的是不尽的遗憾。

该大的，应该毫不犹豫地让它大起来。没必要大的，你强行弄那么大，只会让人徒增不便，徒增烦恼，白白浪费地球上有限的资源。表壮不如里壮，以大学文凭为例，与其费心费料做个大而不当的空壳子，不如多花点工夫提高文凭的含金量，让持有者能够更顺利地走上工作岗位。征实则效存，徇名则功浅。舍本逐末，为身“大”而让心累，智者不为也。更何况，“买玉不论美恶，以大小为仪，必无良宝矣”——很多东西的衡量标准，根本不以大小论英雄。

写作与驾驶

坐了一回朋友的车，突然把写作与驾驶联系起来。

朋友刚拿下驾照，车也是新买的。朋友并非职业司机，汽车对他来说，只是代步的工具。像他这样只是把驾驶当作技能而非职业的人，这几年在我们身边比比皆是，而且，还有更多的人正在冲着这个目的努力考驾照，职业司机在驾驶人当中的比例因此越降越低。

放在以前，事情当然不是这样。就说十几年前吧，很多人学习驾驶的目的就是为了找一个饭碗。那时，轿车还是"贵族消费"，开轿车的多是职业司机（更别说货车、客车了）。以驾驶谋生，至少对农村人来说是个不错的职业。

汽车制造业的高度发达，淡化了驾驶的职业色彩。越来越多的人把汽车当成了消费品，驾驶对人们来说显得越来越重要。于是，越来越多的人在工作之余掌握了驾驶技术，也正是因为如此，"驾驶"这门技术要想成为"独门武器"，继续被一批职业司机垄断，就没有可能了（除了货车、客车等营运性车辆的驾驶外）。

越来越多的人能开车，职业驾驶员之间的竞争也就越来越激烈，单靠这一门技术吃饭就可能面临诸多困难了。我有一个同学，十几年前高中毕业去参军，在部队当驾驶兵。当时，他认为退役后凭这门技术找个工作肯定不难。后来，他发现形势变了，危机感渐生，于是在部队参加自学考试，拿下一张与驾驶无关的文凭，转业时果然凭的是这一门专业。我的朋友老陈，开了多年的长途客车，将近 20 年的 A 照，论资格，那是"博导级"司机了。然而，后来他还是放弃了这个职业，改行干别的了。在这个人人能开车的年代，老陈也决定将驾驶从职业"升华"为技能。

现在来说说写作。写作其实也是这么回事。在全民文化素质整体偏低

的年代，掌握了一定的写作水平，就可以成为职业作家，专门写文章给别人看。以前在农村，很多学历不高的农村青年就是靠这个改变命运，扔下锄头的（现在一些颇有成就的作家，当年不就是走的这条路吗）。对这些人来说，在方格纸上耕耘，不但比在农田耕耘轻松，而且更有优越感。那时，码字的竞争并不激烈，偌大的社会，偌大的文坛，也就那么一批人在尽情表演，舞台足够大。所以，那时的文学书刊，动辄发行上百万册。这并不意味着它们的质量有多好，实在是因为可供读者选择的品种并不多。

现在的情况就不一样了。全民文化水平整体上升之后，能写东西的人早已多得数不过来。报刊上的作者不计其数，网上写作的更是多如牛毛。几十年前那些二三流的作家，换在当代来说，如果还是那个水平，早已淹没在茫茫人海之中了。现在许多比他们更强的人，写了更多的、更耐看的作品，但仍然未必能被人们广泛注意，哪里还敢轻易选择码字为职业？

能写的人多了，写作成为职业的难度越来越大，于是，只有少数人能够成为职业作家。大浪淘沙，在这等严峻的形势下仍能胜出者，不愧为时代的佼佼者。

众多的写手熄灭了职业化的念头，但这并不意味着写作在现代生活中越来越不重要。相反，对多数人来说，写作正在变得越来越重要。因为，写作和驾驶一样，在职业色彩淡化的同时，技能色彩越来越浓。

我们不以写作为职业，但我们不能忽视写作这件事。当人的文化水平达到一定高度时，文学是一种素养，写作是一种技能。就像当年的奢侈品轿车正在逐渐成为普通消费品一样，在网络时代，文学也迅速回归到了平民化、大众化。写作不再是某些人的专利，只要有兴趣，谁都可以来上一段，而且，它的发表门槛也大大降低了（至少，网络可以给你提供足够的空间）。文学是人学，它的生命力是永恒的（当然，它也是不断发展的）。文学可以丰富一个人的心灵，可以提升一个人的综合素质。写作与阅读正越来越成为人们生活中不可或缺的内容。这是精神层面的一种追求，也是对人类生活提出的更高要求。网上遍地开花的博客，就可以看作这一追求的产物。

把写作当成一种技能，一种休闲方式，一种精神上的“代步工具”，你会发现，写作不但不辛苦，而且是愉悦的。职业写作，如长途运输；业余写作，如自驾兜风。

“著名”人物不著名

在报纸上看到记者采访了一个路过本市的外地人士。文中，记者介绍其人是著名的×家、××家、×××家，一溜的尊号看起来很是吓人，让人大有“如雷贯耳”之感。当时我就对一起看报的同事说，这人肯定没什么名气，不信上网查查他的资料。

果然，网上“百度”一下，根本不见什么关于他的内容。

网上有名的，未必是名人；网上没有名字的，在相关行业就更不是什么名人了。在资讯如此发达的今天，我认为，基本可以这样做判断。

当今世界，人口数量超过了任何历史时期，与此相对应，各行各业的知名人物当然也多起来了。人才辈出，诚然是大好事。与此同时，人们也越来越认识到，知名度是个好东西，它不仅能争得面子，更能产生实惠，“名利双收”这等美事，只要运作得好，还真不是传说。

于是，人们都希望自己迅速“著名”起来（看看某些人那些为了出名的手段就知道了）。在没有“著名”之前，先“被著名”一番也是好的。就好比职场上，虽然你还没走上某个岗位，大家先喊稳这个职务，总是不算坏事吧。你看，有的单位，员工个个都是“经理”，哪怕他只是一个勤杂人员。把职务称呼得高一些，人家总是更高兴，不管你心里有没有把它当回事。

自己渴望“著名”，旁人帮衬“著名”，两股力量汇聚在一起，各种“著名人物”就满天飞了，我们因此进入了一个“名人时代”。

是人物没有不“著名”的。以前参加文学圈的聚会，遇到不认识的

人，别人往往介绍“这是著名作家（或诗人）某某”。我努力想了想，没印象呀。但看到对方那信心满满的样子，只好打个哈哈，好像真是那么回事，免得败人家的兴。因为写过几篇小文章，偶尔也有朋友开玩笑似的把我也介绍成“名人”，我得赶紧声明：少了个定语，前面还有“家里的”几个字。是的，在家里，我绝对是个“名人”，家里人都知道我。

“著名”人物见多了，大家也就习以为常，不以为然了。反正，这只是一种说法，只不过是词义发生了变化而已。在历史前进的过程中，有多少词汇的意思发生了面目全非的变化，再加一个也不是什么大不了的事，是不是？

因为词义的演变，“著名”人物不著名，差不多可以看作是一条规律了。想想也是，如果真的名气够大，是根本不需要加“著名”这个修饰语的。你说李白、鲁迅，谁不知道他们是文学界的著名人士？你说李世民，谁不知道他的职业是皇帝？你说李嘉诚，谁不知道他是个大老板？对这些真正著名的人来说，说个名字就够了，根本无须用那些多余的头衔来介绍。

由此想到某些人在名片上所下的工夫。我们可能都接到过各式名片，其中有些，上面的名目让你眼花缭乱。对此，我曾经对朋友们说过一个观点：名片上名堂越多的，越没什么名堂；名片的较高境界是只剩下名字和单位，名片的最高境界是无名片。比如说，一个县长，他的各种兼职何其多，可他会把那些兼职印上名片吗？而那些顶级大人物，他还需要印发名片吗？只有那些什么名堂都还没混出的，才会把只要自己能想起的“荣誉”（包括“社区麻将协会理事”之类）一股脑儿全搬到这张卡片上去，生怕人家不知道自己是个人物。

说来说去，著名不著名，还真不是靠喊出来的（尽管大家的心意是好的）。一个人想扩大自己的知名度、影响力，这本无可厚非，但真想做到“雁过留声，人过留名”，努力方向应该是把自己修炼到只凭一个名字，就让人识别身份。当然，那就要拿出真功夫来了。

谣言如风

2000 年 6 月，余秋雨和夫人马兰应余姚市政府的邀请，回到浙江余姚。当时的余秋雨已经名满天下，更何况有市领导陪同其参观、讲学，当地媒体自然少不了专门派出记者跟随。我是余姚日报社派出的记者。通过一天的“零距离”接触，余氏夫妇给我们留下了谦逊、含蓄的印象。

余秋雨离开余姚返回上海之后，当地却流传着关于他的一个说法，内容是余姚新华书店本来想请他搞一个签名售书的活动，而余氏开口要书店 3 万元“出场费”。书店不堪承受经济压力，只好作罢。一名同事聊起这事，愤愤地说，什么名人，从来没一点家乡观念！

惊讶之余，我半信半疑。谦谦君子形象的人居然也钻进钱眼，不讲乡情？恰好余姚新华书店经理是我的朋友，他曾经说在我离开余姚回赣州之前要送几本书给我，于是我顺便向他求证此事。

余姚新华书店经理也愤愤然：“纯粹是胡说！我们是想搞签名售书，但因为余秋雨实在抽不出时间才没搞成，根本没提过钱的事，他也不可能会这样。就算真要钱，我们也乐意给！”

原来，这不过是谣言。在这之前，我不断地从媒体上看到关于余秋雨的种种说法，以及余秋雨的自我辩护。余秋雨是传媒关注的文化名人，他的“故事”自然比别人多。有了余姚的这次亲历，我对传媒及民间关于名人的“说法”（特别是有争议的）就更加不敢轻信了。

谣言随风起，未必需要什么理由。在我看来，余秋雨是余姚人的骄傲，家乡人完全没必要造他的谣，可事情还是发生了。

后来，看到余秋雨的一篇短文《我做了模特》，文章虽然简单，却颇有意思。作者说，读初中时，自己是美术课代表，常被美术老师就地取材，拿来做人体写生课的模特，让大家画。结果，众人画稿上的“我”，有奇胖的、有极瘦的、有不穿衣服的（实际上站在讲台上时当然穿了衣服），还有长胡子的、发如乱柴的、涂了口红的……

余秋雨在文章中说："我为什么被这般'糟蹋'？因为我站在讲台上，突然成了公众人物。全班同学仰望着我，因此也取得了随意刻画我的权利。画得好或不好，都写了我的名字，但与我的面貌、形体关系不大，只取决于各位同学自己的水平。老师一一为他们打分，这些分数不属于我，属于他们。"

公众人物就是"模特"，被人们谈论是正常的，只不过，有些信息被人无意中说得走样了，有的则被恶作剧甚至别有用心的人故意歪曲，于是，有些说法就演变成了谣言。

嘴上说说倒也罢了，比较要紧的是动用了传媒的力量。当前的某些媒体（特别是娱乐类的），一会儿说某某女星被大款包养，一会儿说某某名人未婚先孕，再过一阵，事情闹大了，又自己打自己的嘴巴"澄清事实"甚至赔礼道歉……这等行为，不仅伤害了当事人，其实损失更惨重的是媒体自身。相信多数受众是打心眼里瞧不起这类瞎跟风的传媒的。

对个人而言，造谣传谣，最终损失的又何尝不是自己的名誉？余秋雨说得有道理，"分数"不属于"模特"，而是属于"作画者"！

谣言如风，清者自清，只要旁观者不轻信，不跟风，不推波助澜，相信再强劲的谣言，最终也将随风飘逝，无影无踪。

头衔是多么的重要

下班时，朋友来电话，邀我参加一个饭局。朋友是作家，我也希望有机会跟着文化人沾点文气，于是毫不客气欣然前往。

到场的都是当地业余舞文弄墨者，多在作协有个头衔。开席前，才知是一位来自某县的先生新近找到了组织，专门请这些"作协领导"，算是认个门儿吧。这位先生一一问过各位的身份，不是副主席，就是秘书长，至少也是个常务理事什么的。只有我，连个会员都好像不是（之所以“好像”，是因为很多年前还是学生时，曾在热心前辈的引荐下入过会，但从未被通知参加过作协的任何活动。后来撤地设市了，作协更名了，换届了，也不知会员名单有没有传下去，所以不敢肯定还算不算会员）。

然后，就见这位请客的先生拉开提包，取出一叠印制得很朴实的小册子，一看就是“自印本”，但也算是专著吧。他认真地写好各位的大名，恭敬地一一呈上。但来到我面前时，他的手上空了——书已发完。我想，我这人向来运气偏差，今天也不例外，无缘拜读人家那么好的作品不是？不过也不要紧，家里床头还有一堆书没看完，几个月内倒也不至于闲着。

正这样暗自叹息，房门被推开，又有两位客人翩然而至。一介绍，一是位副主席，一位是副秘书长，虽然年纪轻，分量却不轻，气氛更加热烈。这时，请客的先生拉开他的提包，哈，又取出两本著作来了，问清尊姓大名之后，照例恭敬地呈上。我这才知道，原来，他不把著作赠送给我，不是发完了，而是知道我这个半文盲（好在戴了眼镜，否则肯定是全文盲了）看不懂，或者不配看，所以就不浪费了。

我这才真真切切地认识到，少壮不努力，老大徒伤悲，一个人在江湖上没混出个名号，后果是多么严重啊！后来，我开玩笑地对叫我去蹭饭的朋友说，以后文豪们聚会，就别叫我了，你看我多没面子啊。我知道，在抽烟的场合发烟，如果你不了解某个人是否抽烟，那是绝对不该跳过他的，哪怕他不抽也得先客气一下，否则就是对人的极大不尊重。可惜以后没机会再见这位发“书”的先生，要不然我就会建议他，以后发“书”时，何妨参照“发烟规则”，考虑一下别人的感受，给人留点面子——你好歹等我上洗手间的时候再来派发嘛。

这种事，还不是偶然事件呢。有一次，和同事闲聊，不知怎的就说到这个话题了，也就说到这个事了。没想到，同事说，这个情况，他也碰到过一次。不过，略有区别的是，后来，那个发书人在言谈中发现同事虽然没有“作家”之类的头衔，但还是有些文化，于是又当场补发了一本书给他。同事说，虽然如此，他还是感到很不爽。

头衔，都是头衔惹的祸。怪只怪我们以前太无知、太浅薄，没有站在人际关系的高度来认识头衔的深远意义，甚至根本就忽略了头衔的重大价值。我们一度非常不理解某些官员们为何为了排名先后而生气甚至找有关人员的麻烦，我们一度不明白介绍领导时漏了他的重要头衔是个多么严重的问题。就凭这样的认识水平，能有啥出息？

曾经有个朋友，热衷于谋一些民间团体的职务。他经常说，今年得写几篇小文章，争取加入某某协会；最近得认识谁谁谁，争取成为某某组织的理事，等等。各种各样的头衔在他的名片上印了一大串。起先，我十分不解，弄这样的虚名有什么作用？后来，和他一起出去，才知道这些东西大有作用：人家一看这名片，呀，不得了，大人物呢！赶忙热情相迎，不敢怠慢。而同行的我辈，名片上只有干巴巴的姓名、单位、电话号码，只有坐冷板凳了。

众多的事实告诉我们，头衔是多么的重要，现在的人很忙，人家对一个人作判断，主要就看这个。你没混上个头衔，干出再大的成绩也不算。你说你写了百万字的作品、出了十几本书，就以为自己也算个作家？对不起，请先出示你的作协会员证。如果没有，你这算哪门子作家？这还真不是说笑，我在某出版社出书，人家就要求提供作协会员证，哪怕是县级的都行，如果没有，就不给出。不看实绩看头衔，这种现象普遍着呢！

不禁为古时的名人捏了把汗。诸葛亮做农民的时候，既不是哪个协会的会员，更不是哪个学会的理事，也谈不上“第一学历是本科”（甚至可能连自考或函授的文凭都没有），刘备凭什么瞧他一眼？李白没有加入大唐作协，也不是大唐诗歌学会的会员，虽然在政府部门工作过几天，但顶多是个临聘人员，终生连副科级待遇都没解决，千百年来人们凭什么传抄他的诗作？至于曹雪芹、蒲松龄之流，更是纯粹的民间人士，他们的作品，恐怕更是无人问津了。

还好，那些古人们是幸运的，他们那个时候没有发明那么多头衔，那个时候的人也没有懒到只以头衔识人。话说回来，如果他们下工夫去追求头衔，削弱了自己的硬件建设，那么，虽然做到了作协主席、诗词学会会长、教授、博导等，说不定反而被历史淡忘了呢。不信，你去查查，古往今来，多少曾经头衔响当当的人现在已鲜有人知了！

误入藕花深处

曾经去过那个全国闻名的村庄。那年冬天，我孤身在外漂泊，百无聊赖之际，想起一位大学室友正在数百公里以外的一座名城谋生，而那个号称富甲天下的名村正在该市的辖区之内，于是有了这次“自助游”。

同窗虽在那座城市待了两年多，却还没去过那个村庄。在这个交通便利的经济发达地区，我们毫不费劲地准确到达目的地。老远就看到公路旁排列着崭新的豪华别墅群，果然气度非凡（当然，在杭嘉湖平原，这样的景观沿路都是，还不算特别令人惊讶）。进入村内，别墅前摆放的奔驰、宝马比比皆是。早就从报纸上知道，这个村庄，家家住别墅，户户开名车，看来名不虚传，我们的宣传也不是那么可疑的嘛。

村里的游客很多，都是组团前来参观的，就我们俩是散兵游勇。没有导游，没人理睬，我们只好在村里乱逛乱闯。穿过别墅群，走着走着就到了一个农民公园，出乎意料的是公园一片萧条景象，与前面所见的村容村貌实在不般配，我们几乎同时脱口而出：“败笔！”再走，一排平房隐藏在公园一侧，这里有人居住。有几户的门开着，屋里的摆设很简单，甚至还在用黑白电视机。每户平房门前都有一口压水井，一个老妇人正在打水。我问她是不是从外地来这里打工的，居然不是，就是本村人，平房是她的家。再问家庭经济状况，寻常得很，在杭嘉湖宁绍一带，简直就是低收入了。

没人向我们解释这是怎么回事。我们几乎逛遍了全村，感觉这一半与那一半相差太远。天色渐暗，起风了，冷意越来越浓，带着疑惑，我们赶车回去。

后来也曾遇到过一些去过那里参观的朋友，说起感受，总是大相径庭。一晃多年，至今我也没明白这是怎么回事，每当想起，恍如梦境。我想，是不是我们太冒失，“误入藕花深处”？

又想起另一件事。

应某部门领导的邀请，我去某地了解一项产业的发展情况，其中采访了一个据说相当成功的民间产业协会。协会办公室布置得很大方，墙上规章制度、产业规划等应有尽有，协会负责人讲起产业的发展，头头是道，信心十足。当时就觉得，单是这个产业协会，就是一大亮点，完全可以单独做成一篇大文章。当然这次时间有限，它只是我们要走的一个“点”，只好等以后再来做个专访了。

事隔半年，我对这事依然耿耿于怀，于是有一天主动找上门，想对该协会来个深挖掘。协会负责人显然没认出我，采访中，他不断地叹息：记者同志啊，我们这个产业困境重重，市场低迷，协会都快散伙了，我实在没办法给你提供什么经验！我说，不对吧，半年前，你们这里就有许多有力的举措、合理的制度，还有很多农民来听你们讲课、向你们咨询呢，怎么这么快就形势大变了？协会负责人说，唉，你不知道，那时正好上面有领导来检查，说是还请了记者过来，领导就让我们整理了办公室，准备了汇报材料，还组织了一批乡干部、村干部来咨询……

嗨，因为没人带路，冒失的我再次“误入藕花深处”了。

这时，我不得不再说一件事。前不久，某家小有名气的企业出了一件不光彩的事，网上很快有人以此为由头揭露该企业的“黑幕”，其中就有令“新闻人”尴尬的东西：一些网民发帖时引用记者们曾经发表过的“正面报道”，以达到反讽效果。作为同行，这事竟也让我如坐针毡。记者经历成百上千次的采访，谁能保证自己没有一次被人“忽悠”？网络时代，信息更加透明化，对新闻工作的要求其实是更高了。细节决定成败，干这一行的，为了了解事情的真相，恐怕还得有意识地寻入“藕花深处”哦！

少言寡语又何妨

前几天，伦敦奥运会上，16岁的中国选手叶诗文以打破世界纪录的成绩夺得女子400米个人混合泳金牌。每逢赛事，冠军总是最受关注的，叶诗文这样的“黑马”冠军，当然更要被媒体聚焦了。

然而，看新闻报道，某记者问出的一句话，却让人感到很不爽。

且摘录《中国青年报》7月30日11版《世界泳坛正在崛起中国力量》一稿的一段话：16岁的叶诗文游泳技能世界一流，但她显然没有接受过任何与媒体交流的培训。在新闻发布会上，无论记者提出怎样的问题试图了解这个看起来非常单纯的女孩，她的回答总是只有一句话，“很激动、很兴奋、训练很苦”。媒体与叶诗文的交流显然存在明显障碍，以至于有记者最终提出了一个听起来并不友好的问题，“你是只会训练、比赛和拿牌的机器人吗?”

有感于此，这篇报道最后提出：“中国竞技体育的成绩正越来越受世界瞩目，但如果运动机器人成为中国运动员的代名词，那么优异的成绩究竟会是中国竞技体育的荣耀还是讽刺?”

我对体育完全外行，对叶诗文其人也毫无了解（尽管她现在是世界冠军了），但从这段报道看来，叶诗文表现的只不过是不善辞令、少言寡语而已，和所谓的“运动机器人”根本扯不上关系。对于问出这句话的记者，不管他出于什么目的，不管他用的是什么语气，不管他是哪国人士，我只有一种感觉：反感。

至于该报道最后的“点睛”之笔，我则认为：多余——不就是运动员不善于和记者或公众打交道嘛，犯得着上升到这个高度吗?

或许，很多人认为，作为世界冠军，应当有良好的口才，这才不损运动员的光辉形象，同时也无损大国形象。可是，同志哥，人家小叶只是游泳冠军，又不是其他行业的公众人物，一年下来抛头露面的机会屈指可数，嘴巴上的功夫真有那么重要吗？

对运动员来说，我们看重的，主要是他在专业上的技艺造诣。至于交流表达方面，能够口若悬河、妙语连珠，那当然再好不过了；如果没这个本领，则少言寡语也无妨，只要他能够尊重他人，不爆粗口就行了。在这个报道中，我看不出叶诗文有什么很不妥的地方，倒是动不动把人家比喻成“机器人”的记者，看起来更缺乏教养，更丢人。

不仅运动员身上允许有不善辞令的缺陷，其他专业人士也可以不善辞令（除非其职业对口才有特殊要求）；各类专业人士不仅可以有不善辞令的缺陷，还可以有其他五花八门的缺点（当然，这些“缺点”的前提是不妨害他人利益）。而且，对于专业水平越高的人，我们越要宽容他的其他不足之处。

事实上，我们也知道，很多在专业领域属于绝顶高手的人物，在另一些方面，则可能表现平庸甚至显得低能。爱因斯坦算是不得了的大人物了，可是，据说他小时候根本谈不上聪慧，甚至木讷呆笨，动作迟缓，到了三岁还不大会说话，而且怕羞，很少与同龄的孩子玩耍。即使他成了伟大的科学家，在生活上也闹过不少“笑话”，有个故事说他有一次回家时竟然想不起来自己住在什么地方，只好打电话咨询……

至于少言寡语的名人，更是不计其数。很多年前，我刚到赣州时，就听文学界人士说过，本地一名曾经在国内产生重要影响的作家，为人十分沉默寡言，人家去他家里做客，他也不主动开口说一句话。可这个所谓的缺憾，根本不影响这些少言寡语者的专业成就，相反，倒有可能是他们获得事业成功的重要原因之一——正是因为他没时间琢磨口头上的功夫，才得以把精力花在专业上呢。

你看，名人的很多缺点，其实并不算个事儿，不但不影响名人在大家心目中的形象，反而从另一个角度让人觉得名人也是人，也有不如我们的时候，也是可以亲近的，甚至是可以追赶的。

大千世界，芸芸众生，怎么可能个个都活泼开朗、能言会道？正是因为每个人的性格不一，特长各异，这个世界才会如此多姿多彩呀。所以，我们还是要多看人家的专长，至于性格上，则尽量多些宽容吧，对名人如此，对凡人也可以如此。

真的不想为难你

休息日，几个同学很难得地小聚一次。天南海北胡侃一通之后，散席，各自回家。陈君住在位于城区一角的学校，路稍远，要打出租车。我住得近，便同他在路边等车。很快，一辆出租车迎面过来，陈君招手拦下。司机一问去处，觉得远了些，摇摇头，不肯去。陈君温文尔雅好言相商，对方还是不肯，只好作罢。

继续等车。不料，如是几次，居然没有一辆车愿意做这趟生意。

终于又拦下一车，陈君仍然赔着笑脸说了要去的地点。对方稍稍犹豫之后说，不打表，一口价。陈君觉得他报价太高，试图还价。对方果断地摆摆手，没有商量的余地。

看看时间已不早，我想，这样下去，今天恐怕就走不成了，看来不能以商量的口气办事。便凑上去，义正词严地问司机是否“拒载”。司机一听，觉得这话有名堂，警惕地说没这个意思。我对陈君说，既然没这个意思，你先上车。司机看着陈君拉开了车门，还是很不情愿地提出不打表的条件。我又问，难道你不知道我市出租车行业的规定？司机语塞——他当然是知道的。我便对他说，按规矩办事，打表计费，是多少就收多少。同时叮嘱陈君，到校后给我来个电话。司机看我说得严肃认真，只好无奈地作倒霉状，拉着陈君一溜烟去了。

不久，接到电话，陈君说，到了，按表付费，情况很好。我舒了一口气，这司机，终究是个明白人，省了大家的麻烦事。他当然知道，市里对出租车拒载、不打表等违规行为抓得紧，万一被哪个较真的举报了，那可就捡了芝麻丢了西瓜。

想想自己又唱了一回黑脸，心里不禁苦笑。其实，我根本不愿以这样的态度去面对别人。我甚至天真地幻想，每个人每天都能笑靥如花，让世界处处都是那么美好。然而，这可能吗？很多时候，我们就是硬生生地被人逼出了一张冷脸，逼出了一个坏心情。而这些逼你的人，很多都是和我们同一个阶级的人。

比如说，很多年前的一个晚上，在城里坐公交车。离终点站还有一段路，司机突然说，所有的乘客都下车，他要开车去加油了。当场就有人不愿意。司机口气越来越硬，看样子，你不主动下车，就要被轰下车。我问他，为什么不把大家送到站之后再去加油？也不差这么几分钟嘛。司机嗓门很大：是你说了算还是我说了算？我说，谁说了都不算，道理说了算。司机显然不想讲道理，非把大家赶下车不可。我也不示弱，明确告诉他：下车无所谓，反正路不远，但是——明天，我一定会让公交公司给我一个说法！这世上总算还是明白人多，这司机很快在心里把账算清楚了，收回自己的决定，把车继续往前开了。

你看，本来我希望做一个默默无闻的乘客，可人家不让你低调呀。

这种鸡毛蒜皮的琐事，随时可能和你不期而遇。大多数人并不想多事，本来想尽量忽略它们，可有的又偏偏忽略不了，你不惹人家，人家要惹你。早些年，我在跑“传媒江湖”，经常碰到这种事，有的是发生在自己身上，有的是别人找上门来要求替他讨公道。那些不按规矩办事的人，起初总是不但不把自己的过错当回事，还仗着自己某方面的“优势”，振振有词，咄咄逼人，全然不把别人当回事。其实，他们那点自我感觉良好的“优势”，是那么地脆弱，那么地不堪一击，只要碰上不怕麻烦、喜欢较真的，最终“受伤”的还是他自己。我就闹不明白，为什么连这些没多少“实力”的人，也喜欢和别人过不去？

我也不喜欢多事，甚至最烦的就是多事。可是，面对不讲规则的人，我又不想无限度地宽容忍让。不是我想为难你，而是你这种做法破坏了秩序，使大家无端受累，实在让人无法接受。这种事，即使通过据理力争讨回公道，我也无法高兴起来，因为，面对这样的对手，你根本没有成就感。

要是大家都按规则办事，我们能省多少事！真的不想为难你，也拜托你不要为难我。

没完没了的幼童式闹剧

我真是孤陋寡闻，居然不知道天下有个张悟本。直到最近看到媒体连篇累牍的报道，才明白原来又有一个神话般的人物倒下了，或者说又有一个“伟大”的“专家”转眼间被人们拍成了“砖家”。

事后补补课，知道了张悟本曾经是传说中的神医，他的养生“专著”畅销神州大地，在图书印数难得乐观的今天，其印数却接近天文数字；他在电视上开的讲座更是吸引了无数的“粉丝”。这就难怪我事先没听过张氏大名了，因为我尽管经常逛书店，但从来不看什么养生类著作，电视更是看得少，标准的一个落后于时代的人。

我对张氏的沉浮录并无兴趣。只是，粗粗了解此事之后，却觉得这种事情眼熟或耳熟得很。难道是一种幻觉？

想起来了，不是幻觉。

可不是嘛，这么多年了，类似的故事何止发生在张氏身上！这么多年了，我们见过的或听过的各路“神仙”还少吗？就说神医吧，以前也出过不少，有的甚至动静闹得比张氏还大呢（比如有个胡某某，他的名字，不知大家是否还有印象了）。此外，还有别的“神”，比如神童、神僧、神算、股神、财神、神话般的气功大师……算了，俱往矣，还是不要提及人家的大名吧。

为什么生活总是有雷同之处？特别是，这种在事后看来并不是很难清醒认识的事情为什么总是没完没了地重复发生？今天出了张悟本，明天会

不会再冒出王悟本、李悟本？

说到这里，我不禁想起了这么一幕。一群幼儿园的孩子在玩耍，其中有一个比其他人年龄稍大些，他是他们的头。孩子们一切行动听指挥（其实不用指挥，大家对领头的大孩子都是自觉地“唯马首是瞻”）。大孩子做什么动作，其他孩子都跟着。大孩子叫，大家都跟着叫；大孩子笑，大家都跟着笑；大孩子跳，大家都跟着跳。最后，大孩子不小心摔了一跤，结果，所有的孩子都立马模仿他摔倒。

这就是幼童式闹剧，可能大家都不陌生。孩子们并没有别的想法，他们把为首那个当成主心骨，他做的一切都是有趣的，当然也是对的。他要是跳进臭水沟，大家也会毫不犹豫地跟着跳。有样跟样，人云亦云，这本来就是幼童的一大特征。

而成年人这种造神运动，正是建立在幼童式思维的基础之上。对很多人来说，他们只知道盲从，自己基本不带脑子。他们也缺乏自信，只知道以别人为标准。所以，别人怎么说（做），自己也跟着怎么说（做）。今天有人说，大米要涨价了，大家一窝蜂去抢购；明天有人说，吃饭不利于健康，大家于是一起勒紧裤带饿肚子。这时，某个“带头大哥”如果要使歪点子，就太容易得逞了。

为什么幼童式思维拥有这么广阔的市场？我觉得，其中一个重要原因是我们平时太不讲究培养个性。长期以来，我们推行的是“划一教育”，忽视了人的个性，甚至在一定程度上压制着“个性”。于是，“独立思考”对许多人来说成了一种奢侈的行为。关于这个问题，教育界已有认识，当前重要的是如何践行。通过个性教育，可以强化独立思考的能力，让人们的眼光里充满智慧。一个问题，如果只有一个脑袋在思考，得出的结果是让人不放心的；如果有千万个脑袋一起思考，得出的结果总是更可靠些。

没错，只有让大家都学会思考而且不再健忘，一个人忽悠千万人的闹剧才不会没完没了地上演。

最后，想起一个故事。一个卖草帽的人在大树下打瞌睡，醒来时发现担子里的草帽全被树上的猴子取去玩了。卖草帽的人大急，朝猴子们又跳又叫，猴子们却一个个模仿着他的动作，也是又跳又叫。卖草帽的人见此情景，灵机一动，把自己头上的草帽往地上一丢，结果，猴子们也纷纷把草帽丢下来。卖草帽的人捡起这些草帽，回家后把此事告诉了儿子。

若干年后，这个人的孙子也碰上了同样的事情。他想起爷爷的经验，赶忙对着众猴把自己头上的草帽丢在地上。这时，一只猴子倏地蹿过来，把地上的草帽捡起，边走边说："你以为就你有爷爷啊?"

就是呀，猴子都知道长点记性，人类进化这么多年了，总不能连猴子都不如吧!

网上得来终觉浅

上海华东理工大学博士段凡最近一不小心受到许多网民的关注：2 月 23 日，他在《解放日报》发表短文《"卧槽"是怎么回事》，引经据典时，轻信网络，结果把网民恶搞的国骂"卧槽泥马"当成了典故，还煞有介事地向读者介绍这个典故出自《战国策》——其实，这个所谓的典故是网民们的恶作剧，他们在网上发帖，像模像样地解释这个并不存在的"典故"，并拉上《战国策》的大旗，乍一看，弄得比真的还真。段凡一时疏忽，没有去查阅原著，将网上的资料信手拈来，没想到闹得好不尴尬。

单凭这个偶然事件，当然不宜评论段博士就是个怎么样的人。据了解，段凡写这类文章纯属业余爱好，和他的研究方向并不相关。而且，事情发生后，段凡很快在博客上对自己的疏忽大意、考证不严表示歉意，那么，对事情本身，是不需要再去议论了。

这件事倒是给网络时代的人们提了个醒：网上得来终觉浅，获取知识，单凭"百度一下"是不可靠的。

通过网络"百度一下"，已经成了众多网民查询信息、掌握资料的习惯用法。某句诗文是否这样表述、某个人物是否生于某个时代、某个机构，是否合法甚至某种病可以如何治疗……进入网络时代，生活中的许多问题，似乎都可以通过“上网查一下”来解决了，很多人逐渐形成了对网络的依赖心理，认为网上的就是权威的，把网络上所查获的结果奉若圭臬。久而久之，人们就很容易忽视平时对知识的积累，面对网络，貌似博学多才；离开网络，头脑一片空白。

事实上，网络由于其特殊性，上面的东西良莠不全，泥沙俱下，如果不加甄别，一不小心便要落入陷阱。在这里，错的对的都有，不管你怎么查，都可以查到相关的结果。这大量的差错，有的是无意造成的，网络毕竟不像报刊，有专业的编辑与校对员层层把好文字关；有的则是某些网民为了达到某种目的而有意为之，比如“卧槽泥马”“马勒戈壁”之类的“典故”以及大量的其他虚假信息。所以，网上查证资料，必须慎之又慎，认真加以辨别。特别是写文章引用资料时，更不能轻信网络，以免以讹传讹，误导更多的读者。

古人云：尽信书则不如无书。相比于变幻莫测、完全处于动态的网络，书籍是更严肃、更可靠的。若是如此，古人还要提醒读书人不能“尽信书”，因为任何事物都有局限性，书籍也是需要不断完善的，书上的东西虽然是前人或当今高人总结出来的，但它也有可能并不正确。所以，读书要有怀疑精神，勇于质疑，才能推陈出新，正本清源。否则，只能是守着老皇历，一代不如一代。“怀疑精神”还直接提高了读书人的思考能力。真正的读书，是需要充分利用大脑的，带着思考去读书，才会受到书籍的滋润。现在的读书人，如果习惯了从网上信手拈来，那还能留下多少“怀疑精神”呢？只怕大脑的某些功能也要因此逐渐退化了。网络给人们带来了方便，这不是错；真正的问题，恐怕是世事让人心浮躁，面对种种诱惑，一些文化人实在没有兴趣与文化、知识“较真”了。

科技的进步给我们学习文化、知识提供了莫大的便利，有力地促进了全民文化素质的整体提高。但是，万丈高楼平地起，学问千古无速成，科技再发达，掌握知识仍需脚踏实地，打好基础，练好内功，单靠网上“轻功”肯定是远远不够的。

第二辑
爱的细节

两个娃娃

楼下小卖部的老板娘生了一对龙凤胎，男娃叫京京，女娃叫珠珠。两三岁的娃娃最是惹人爱，妻每天下班路过时都要逗弄他们一阵。

一天傍晚，妻回来，眉飞色舞地诉说刚才逗弄小孩的情景。两个娃娃虽是双胞胎，性情却大不一样。妻说。路过小卖部门口时，见两个娃娃正在吃糖果，她逗弄珠珠："送一颗给阿姨吃，好吗?"珠珠一言不发，死活不肯伸出手。再逗京京，小手还真把糖果递过来了。妻于是高兴地摸着京京的头："京京乖，阿姨不要，还是留给京京吃!"

同一天由同一个娘生下来，怎么京京这么大方，珠珠这么小气呢? 妻还在纳闷着。

又一个傍晚，妻回来，像宣布一个重大发现一般，郑重地告诉我："天哪，我错了，京京是假大方、真小气!"原来，妻路过小店，又逗弄了这两个娃娃一回。这次，京京还是把糖果递过来了，妻兴致勃勃地接下来。不料，京京的另一只手马上伸过来，要把糖果取回去。妻故意合起手掌不给，这下不得了，小家伙立马在地上打滚。还是老板娘更了解自己的宝贝，她告诉妻：珠珠一般不舍得把东西给别人，但有时给了就是给了，不会讨回来；京京呢，往往是左手将东西送给别人，右手立即要取回来，迟了片刻就大吵大闹。

如果不是把手伸出去接了这一下，还真被这小家伙给骗了呢！妻感叹道。

也就几秒钟的工夫，对一个人的认识就会发生翻天覆地的变化。省了这几秒钟，你收获的就是一个错误的答案。认识一个小娃娃也不容易呢。

当然，小娃娃是会变的，小时候的性格并不能说明什么。没准哪一天，抠门、小气的京京就真的成了一个豪爽、大方的人。而我们面对众多的成年人，要了解他们，就比这复杂多了，这必要的几秒钟是不能忽略的。

满脸堆笑、满口豪言壮语的人是否真有一副热心肠？不苟言笑、轻易不肯表态的人是否如你想象的冷漠不可靠？那个隔三岔五在电话里热情邀请你去做客的朋友是否真有诚意？这个一见面就对你吹毛求疵从来不舍得送你一顶高帽的家伙是否真的对你怀有敌意？也许，只有某天你真地把手伸出去“接”这一下时，你才会找到真正的答案。

童言无忌

窗外响起“呜呜”的声音，女儿跑过来问什么响。我心不在焉地应付她：“是抽水机在哭。”女儿蹦蹦跳跳地跑到她妈妈身边，告诉妈妈：“是臭水沟在哭!”——把“抽水机”听成了“臭水沟”。妈妈逗她：“臭水沟为什么哭了呢?”“臭水沟的爸爸打了它，因为它不听话!”女儿认真地答道。

女儿那时两岁多。关于臭水沟，后来又有了“臭水沟好臭，臭水沟的爸爸更臭”的经典语录。她还由此及彼，在黄金广场玩时，说“黄金广场的爸爸更黄”，并举一反三，联想到“白金广场的爸爸更白、黑金广场的爸爸更黑”云云，真是童言无忌呀。

冬天来了，女儿看到街上的行道树刷上了石灰，每见一棵，都要问：“这棵树穿了裙子漂不漂亮?”后来，见到一棵没有穿“裙子”的，我问她：“这棵树为什么没有穿裙子呢?”“它没钱!”“它为什么没钱?”“坐‘摇啊摇’坐掉了!”女儿不假思索地说。

在孩子的心里，相信一切都是真的，相信万物都和人一样，所以臭水沟也会挨爸爸的打，也会哭，所以广场也有爸爸，所以小树也会像孩子们一样花一块钱硬币去坐商店门口的“摇啊摇”。

有时我就不禁感叹：小孩子的想象怎么会这么有趣呢！大人当然比小

孩子聪明，然而，在很多时候，我们却惊讶地发现，大人居然未必有小孩子的想象力。大人知道许多事情离现实太遥远，根本没必要去想，所以想都懒得去想；大人知道有些东西是不应该去想的，想了对自己可能没有好处，所以懒得去想；大人的想法都集中在眼前，缺乏锻炼的思维、逐渐失去了远行的能力，“活动范围”悄然固定，终于想“想”也想不起来了。而小孩子的想法呢，无拘无束，无边无际，不识利害，不问缘由，就像他们的性格，想哭就哭，想乐就乐，变脸变得比谁都快，也不管你高兴不高兴。小孩子还有一个特点：只要能想到的，能听到的，都信以为真，而且是发自内心的相信。所以，小孩子的想象，虽然是乱想，却也是认认真真地想，你还真不能小看。

遗憾的是，等他们渐渐长大之后，渐渐知道了很多事情（特别是别人说的很多话）都不是真的，渐渐知道了什么是有用的、什么是“没用”的，于是，他们的想法也渐渐变得越来越现实，并在这个过程中走向了所谓的“成熟”。

谁会批评你

两个小孩子在上课时间偷偷溜到校外的小溪边玩水，被一个在地里干活的老农看见了。老农走过来，对着其中一个大声责骂，还差点动手；而对另一个，他却基本不闻不问。

看到这一幕，不用说，你也知道，那个挨骂的小孩子肯定是老农家的亲人，而另一个，当然和他没什么关系。

想起小学时代的往事。学校里有一位老师，对学生特别严厉，经常批评人，而且好管“闲事”。同学们都很怕分到他带的那个班，可大多数家长却希望让这位老师来管教自己的小孩子。在背后，同学们悄悄地骂这位老师，给他取难听的绰号，以泄心头之愤。长大后，大家都明白了，这位喜欢“多事”的老师，其实是个很有责任心的人，连被他打过的学生，都对他表示感谢。

脾气“大”的人，不仅仅是老师，参加工作后，你还会碰到这种领导、同事。曾经听很多人说过，某部门有位已退休的老领导，在任时，对工作要求很高，单位没有哪个没挨过他的批评。当然，这个单位还有一个规律是，受批评越多的人，往往进步越快。久而久之，大家也就习惯了挨骂，并不觉得天会塌下来。大家还知道，如果这位领导对哪个人不再批评了，说明他对这个人基本失去信心。

谁会批评你？谁会为你的失误和缺陷而着急？是那些和你有关系的人。越是急得厉害，关系越不一般。

生活往往是这样：别人的失误或缺陷，事不关己时，站着说话不腰疼，打个哈哈，就可以大大方方地“算了”；关系到自己时，才会真正着急，才会深入地挖掘原因，才会认真地寻求补救措施。最近听朋友聊起一件“趣事”，说的就是这么回事：去年，他们单位的某公，见同事的孩子高考落榜，慷慨陈词，力劝同事要想开点，别批评孩子，而且引经据典论证“条条大道通罗马”“天生我材必有用”“是金子总是要发光”的大道理。按他的意思，上不上大学，并不影响孩子的未来。而今年，他自己的小孩子高考也没考好，大家以为他很豁达、很开朗、很看得开，岂料错了——自从分数发布后，他见人就发牢骚，谁安慰也没用，差点把小孩子骂个半死。

你看，这位先生，不是不批评，而是关系没到这一层。对外人的失误，他可以很大度，不放在心上，可对自己的至亲，那就流露出真性情来了，那个急呀！

其实，我们早就知道，批评不是坏东西，所以，我们要求开展“批评与自我批评”；对人客套，常说“请多多批评指教”。尽管现在教育界有人提倡“表扬教育”，但我总觉得，表扬未必可以让人进步，而真诚的批评，则是进步的良方。

会当面向你提出批评的人，我们管他叫“诤友”。古人说：“大夫有诤臣三人，虽无道，不失其家。士有诤友，则身不离于令名。”“诤友”难做，所以十分难得。这种人，说话虽然不中听，但往往管用，而且不用担心他背后搞“小动作”。倒是经常对你说好话的人，未必真正为你好。

如果你身边没有“诤友”，且慢责怪朋友们，得先问问自己的耳朵愿不愿意听那些“刺耳”的声音。有些话，不是人家不愿说，而是不敢说——因为“不好说”，担心“说不好”，所以决定“不说好”。如果你根本听不进，人家又何必自讨没趣？到了这个地步，就算是你的至亲，恐怕也只好“免开尊口”了。

让耳朵学会听话，不妨从琢磨这个简单的问题开始：谁在批评你？为何批评你？

因为信任，所以批评；因为关心，所以批评。当然，恶意的攻击不在此列。

想明白了这一点，“善待批评”就不会是一句空话。

二十元做了个小测试

在北京西客站寄存了行李，离火车发车时间还有 7 个小时。一个人闲着也是闲着，于是走出车站，信步闲逛。

走了几十分钟，来到复兴路，迎面过来一个年约六旬的老汉。他礼貌地和我打招呼，然后向我问路。我还没回过神来，根本没听清楚他问的是什么路。不过，我还是很诚实地告诉他，我只是匆匆过客，对这里的一切情况都不熟悉，抱歉抱歉。老汉便顺口问我是哪里人。当他得知我来自江西，便兴奋地提起江西的几个城市，包括赣州。他甚至还说起和江西的某些缘分，我们的距离一下子近了许多。这时，老汉略显尴尬地说，他要到火车站乘车去河北廊坊，可是由于和朋友多喝了几杯，身上的钱被小偷取空了，而去廊坊的车费只需 17 元。

我很快明白了他的意思。还没等我开口，老汉又赶紧分辩，你千万别把我想歪了，我都这个年纪了，你看我像是为了十几块钱而丢脸面的人吗?

看他穿得比我客气，而且脸上的确喷着酒气，还真不像是装的。

老汉说，这样吧，你借 17 元钱给我，我到时给你的手机充话费还给你。你放心，我绝对不是那种人。

我说，也许我是相信你的，不过，呵呵，这些年，我经常碰到这样的情况……

老汉有点急了：我真不是那种人！区区十几块钱我还不至于丢这个人。你留下手机号码，我一定会把钱还给你的！

需要说明的是，我的确无数次遇到过先问路再求助的小把戏，对这种事情，我早已麻木了。如今那些层出不穷的骗术，早已把人际关系糟蹋得不成样子，让人觉得谁都不可信。但是眼前这个老汉，听他说得有板有眼，我一时还真不敢确定他是否真的遇上了困难。设身处地，如果自己孤身在外碰上这种倒霉事而无人相信、无人理睬，那会是什么心情?

我决定做个小测试，姑且相信他一次。我想，如果像他这个样子都还是骗子的话，那么，今后恐怕不得不强化“不要和陌生人说话”的理念了；而如果这个老汉说的是实情，那么，我们或许大可不必把每个求助的人都想象成骗子，更不必把陌生人的问候都看成是别有企图。毕竟，遇上困难是谁也意料不到的事。我把答案设定为：如果老汉所说属实，就算我赢；否则，就算我输了。

于是我掏出 20 元，交给了老汉。老汉感激地说，够了，够了！掏出纸和笔，要记我的手机号码。

为了这个小测试的结果，我报了手机号码给他。我说，你可以不给我的手机充值，只要你平安到达后，借你朋友的手机给我发个短信，报个平安就够了。

老汉一个劲地说，一定要的，一定要的。谢过我之后，我们分头走了。

我继续在北京的大街上溜达。我在想，这个小测试，会是什么结果呢？如果是别人向我转述这种经历，我会认为这绝对是个骗局；可是当亲眼面对一双看似无助的眼睛时，我还是宁愿相信这次是真的。不过，如果这次我输了，那么，以后即使遇上了真正需要帮助的人，我恐怕也会错过了，因为上当受骗的经历会让人对别人的怀疑变得越来越坚定，“狼来了”的故事就是这么残酷啊。

我当然非常希望自己能赢，因为我非常希望人和人之间能多些信任。可是不知怎的，我又越来越觉得赢的希望只有万分之一。就为了这万分之一，我也愿意等上几天！

现在，事情已经过去许久。如果你想知道答案，我只能很遗憾地告诉你：我输了。

爱的细节

同朋友散步，路过一所中学门口，朋友说，我儿子在这里读书，进去看看。走进校园，朋友来到自行车棚，很快找到一辆自行车。“这就是我那小子的车。”朋友说，“看看轮胎的气足不足了。”

朋友分别捏了捏自行车的前后胎，还好，鼓鼓的。看我一脸惊奇，朋友说，他经常与妻子散步路过这里，每次都会进来检查一下儿子的自行车有没什么故障。如果轮胎气不足了，他就去校门口的自行车修理店借来气筒，把气打足。“这小子粗枝大叶，几年了也不知道这事，他还以为这辆自行车的质量太好，从来不需要充气呢！”说这话时，朋友笑容可掬。

这只是父爱的一个细节。朋友的儿子没有发现这个秘密，朋友当然也没有说破。天下父母为儿女做了多少这样的不易体察的小事？又有几个做儿女的能体会到父母所做的一切？

再说一个关于母爱的故事。很多年前，一位乡下的母亲去县城吃酒席。在那个年月那个地方，酒席是乡下人难得的一次大餐。当时农村的酒席，人们只吃那些不方便携带的菜肴，其他的菜则平分给每个人带回家去。开席前，这位母亲按乡下的做法，以平均数取了桌上的几块饼干，却并不吃，用手帕小心地包起来。原来，她家里有两个小孩，平时难得吃上饼干，她想把这好东西带回去给他们尝尝。

吃完酒席，这位母亲坐车回到乡下。不料，到了家里才发现，手帕里的几块饼干已经压碎了。虽然这样，两个孩子还是吃得津津有味，这位母亲当然甭提有多高兴。

这是一件真实的事情，它就发生在我的家乡。当时，村里人把它当笑话流传着，我听了却有一种异样的感动。

不管是城里的父母还是乡下的父母，在父爱或母爱的后面，都有一些不为人知的细节。这些细节无意中被曝光后，无不散发着熠熠的光彩。

生命的拐点

校办主任大老张带着一个帅气的年轻人来到我办公室，说："这是章江创意公司刘总经理，准备给学校捐赠一批电脑。"

我说，这不是刘校长的公子刘学强吗？小伙子长这么大，开公司啦？

刘学强腼腆地一笑："李叔叔，您还记得我啊？我是小刘。"

不记得才怪呢。当年，刘校长在这所中学任校长，全校师生都知道校长家出了个刘学强。刘学强逃课、打架样样在行，是个谁都管不了的主。从读初中开始，就邀集一帮小兄弟成立帮派，公然敲诈勒索同学，为此没少被派出所逮过。刘校长管理学校有一套，管理儿子却束手无策。我作为当时的副校长，在教工宿舍与老刘家是两对门。有一次，刘校长正在教训惹是生非的刘学强，还没说上几句，就见刘学强从门后抄出一根粗木棒，直把刘校长撵得无影无踪。那一幕定格在我的记忆深处，从此我也认定了孺子不可教也，朽木不可雕也，刘学强长大了准要落个强盗的下场。

可是事情大出我的意料，眼前的刘学强不但不是强盗，还是个热心助学的公司经理。

大概是在县中读高一那年吧，那时，刘校长已调到城里。有一次，刘学强突然生了一场病。刘校长心急火燎带着儿子到市里看病，居然查不出病因。只好转到省城医院继续查，最后的结果让刘校长一家人惊呆了：白血病。

消息传回县里，刘校长的亲戚、朋友、同事感慨不已。虽然刘学强这小子不是个好鸟，但碰上这种事，大家还是不忍心看着一条年轻的生命就此消逝。刘校长当然比谁都急，他甚至通过市晚报社恳请社会各界对他们家伸出援助之手。

熟悉与陌生的人们并没有漠视刘学强的生命。经过多方努力，刘校长手上募集了30万元巨款。当然，超负荷奔波的刘校长也憔悴了许多，甚至差点晕倒在课堂上。

那一段时间里，坏小子刘学强老实了许多。也许，病痛让他没有精力捣弄那些缺德事。

接下来，事情再次发生变化。还没等这30万元送给医院，刘学强的病痛自行消失了。省医院复查时，白血病的证据已经遁逃。刘校长不放心，带着儿子到北京检查，总算确定了省医院纯属误诊。

虚惊一场之后，刘学强换了个人似的，竟然变成了老师眼里的好学生，父母眼里的乖孩子。直到他上大学、走上社会，这个评价一直没变。

我们曾经问过刘校长：刘学强的“白血病”是不是你布下的局？

刘校长说：我也希望是呀，就是没这个脑子、也没这个胆。

想想也是，这样的“点子”谁敢去想？毕竟这是件很“晦气”的事情。

现在，面对意气风发的刘学强，我还有个悬了多年的问题：当时怎么想到要“重新做人”，不再像以前那样过？

刘学强认真地说：其实，在“病”中，我曾经有过破罐子破摔、来个

"最后的疯狂"的一闪念，但最终还是选择了洗心革面，在生命的最后几天做做"好人"。没想到的是，下了这个决心后，生命竟然没有结束，于是有了我的今天。现在回过头来看，那时我的生命正面临一个拐点，可是往哪个方向拐，偶然性太大了，一念之差，天壤之别呀！

那年，学校开了文科班

读高二那年，我们这些讨厌数理化的学生莫名其妙地躁动起来。学校是一所升学率仅为百分之一的农村中学，高中每个年级都是两个班，从来就没考出过文科生。学校里也没有专职的历史、地理教师，更没有开设过文科班，每届只有三五个偏科的学生自学文科，每次高考，他们的分数都是离录取线差一大截，这就更加坚定了学校不开文科班的决心。

偏巧语文老师是个不安分的人。几年前，他从县重点中学"贬"到这所乡下中学来，便总是在这里尝试着打破一些传统的框框。我和老包、歌星等几个偏科严重的同学异想天开，试图通过语文老师说服校领导将高二这两个班重新组合，分设文、理科，语文老师居然表示支持。

同学们的呼声陆续反映到校领导那里。一天早上，做完早操，高二年级被留下来集合，一位副校长给大家训话。副校长严肃地说，你们这少数想读文科的同学，趁早断了这个念头吧，学校里是不会考虑开设文科班的！副校长还说，读文科有什么出息，学校里什么时候考出过文科生？没这个条件嘛！

一盆冷水泼下来，想读文科的同学心都被浇凉了。不甘心的我们，再次找到语文老师。老师说，要不你们写封信给校长试试，好好地说道理，说不定有用呢。

只好碰碰运气了。几个闹分科的"骨干"一凑合，一封言辞恳切的信很快到了学校最高领导手上。

又是早操。散操后，高二年级被留下来，校长要给大家训话。我们的心都提起来了。

校长大概50多岁的年纪，两个儿子都是大学毕业，一个在县里当干部，一个在美国留学。因为这些，他早已成为乡里德高望重的人士，说话掷地有声。他说，收到了同学们给他写的信，说得有一定的道理，学生的意愿还是要尊重的，所以，学校决定：只要有50个人愿意读文科（当时全年级120人），就分设文科班、理科班！

当场有人欢呼起来。语文老师告诉我们，要赶快普查登记，看看到底有多少人想读文科。

两个班想读文科的“骨干”一碰头，普查工作同步进行。很快，结果出来了，大约只有30人明确表示若分科的话，将选择文科。

语文老师说，数量不达标，得加大力度，做那些文、理科成绩都没特色的同学的思想工作！当天晚上，他陆续找了一批同学谈话。

没想到，事情发生了转折。两天后的晚自习时间，语文老师铁青着脸冲进教室，愤愤地说：“你们这些想读文科的，彻底死了这条心吧！我再也不会管你们的闲事了！”原来，有人向校长写信控告说，语文老师采取威胁的手段逼他们读文科，校长把语文老师狠狠地训了一顿，并说如果这样的话，千万不能分科了。

语文老师走出教室后，我和老包不约而同使个眼色，跟了出去。在僻静处，我们追上老师，请他务必息怒，并表示我们一定不会就此放弃。

语文老师见我们总算“懂事”，就说，要不你们再给校长写封信，大家要联合署名，一要澄清“威胁”的说法，二要把大家的决心说清楚。他还说，今晚就要把信写出来。

当晚，我和老包他们忙到深夜，终于将这封信搞定。我第一个署名，然后，找了20多名支持者签上了名。校长办公室早已锁门了，是身手矫捷的老袁爬上窗户，挤开上端活动的小窗页，将信准确地投在校长的办公桌上。

这封信的效果是明显的。校长的口气松下来了，同意给大家一段时间考虑选择文、理科的问题。最终，我们掌握的名单上有了43人，再也找不到“发展”的空间了。

数字报到校长那里，虽然离“目标”还差了点，校长还是同意分科了！

学校因此有了建校几十年以来的第一个文科班。重新分班那天，我们喜洋洋地搬课桌，仿佛打了一个大胜仗。语文老师成了我们的班主任。刚刚排好座位，一个同学扛着自己的课桌破门而入，说他也想通了，自己还是更适合读文科！他成了班上第44名同学，毕业后经过复读，考上了江西师范大学。

没有专职的历史、地理老师，我们怀着浓厚的兴趣，以自学为主。后来，经过几次高考，我们这个班出了多名大学生，情况比以前各届好多了。现在回想起来，我们这些混了个“第一学历是本科”的同学，还得感谢老校长的开明：如果当初他不同意开设文科班，在那个年月、那个地方，我们的大学梦或许真的会成为一场梦。

“表扬教育”的隐忧

在单位食堂吃饭时，一位同事聊起一件事——他是当笑话来说的：一次，他带的一个实习生（在读大学生）写了一篇非常普通的稿子，却自我感觉极好，先是当着众人的面美美地自夸了一番，然后在飘飘然中进入陶醉的忘我状态，谁的意见也听不进了。这位上了年纪的同事惊奇地感慨：现在的年轻人，怎么会这么“自信”！

听罢，我和另一位同事不约而同地笑起来，因为此前我们曾经接待过一个来自市内某高校的学生，情形与此太相似了。那个学生专程来报社投稿，作了一番自我介绍后，郑重声明：“我不但文笔好，而且思想性特强，肯定可以在报纸上发表，这是我的老师和同学公认的！”

这个学生送来的稿子，恕我们眼拙，既看不出文笔好在哪里，也领悟不到思想性深在何处，倒是他的“自信”给我们留下了深刻的印象，也引发了我的好奇心。恰好我的一位同学在这所大学任教，某日相见，说起此事，我特地向同学请教：“为何贵校能给学生培养出这么强壮的自信力？想当初我们做学生时，看谁都觉得比自己强，考了第一名也不敢自认为水平高，而宁愿相信只是运气好。”从中学教师做到大学教授的同学苦笑着为我释疑解惑：“现在时代不同了，我们从中小学开始，就被要求对学生进行表扬教育——只能表扬不能批评，为的就是鼓舞学生树立信心，积极向上，以充分激发他们的潜能。大学生自尊心强，就更不能批评了！现在大学老师不好当，每次考试后，还有学生上门质问我们，为什么他的分数没有自己估计的高，或者老师凭什么把他的分数打得比别人低呢!”

同学一语中的，原来是“表扬教育”惹出来的事。

“表扬教育”是近些年提出来的吧（至少，我们这一代人接受的就不是“表扬教育”），其目的，据说是要培养人的自信，这样就有利于一个人今后的成才。于是，老师对学生只能小心翼翼地呵护着，甚至不能说不中听的话。早几年，我去一所中学采访，就听过该校一位教师抱怨，现在当老师很尴尬，有些学生，明摆着浑身是缺点，可老师不敢批评，不敢指出，期末评语也只能尽挑好话说。而许多家长也总认为“孩子是自己的好”，听不得老师的批评建议，甚至和老师对着干（想当年，我们小时候，家长往往是把小孩全权委托老师管教，要打要骂都随老师，现在的学生真是幸福啊）。在这样的环境下成长起来的年轻人，几乎没受过挫折，能不自我感觉良好吗!

问题是，真正的“自信”与自我感觉良好是两码事。自信，是需要有实力的，否则，便成了自大。一个人在甜言蜜语的氛围中成长，他能真正拥有自知之明，正确认识自己的能力吗？他能真正具备良好的心理素质，正确面对困难吗？我看未必，更大的可能，是导致眼高手低，内心脆弱，自以为是甚至狂妄自大。

我不是教育专家，也不懂教育心理学，所以对“表扬教育”的推行不敢妄下结论。但是，通过上述被人当作笑谈的事例来看，作为旁观者，我还是觉得所谓的“表扬教育”，其实是存在巨大隐忧的。我们的教育不该走极端，表扬与批评应该是可以完美结合的。我们这一代人接受的“棍棒教育”固然存在诸多的不合理之处，但一味地推行“表扬教育”，也不是教育良方，到时候，只怕不但没有培养起学生的自信心，倒是培养出一批“自大狂”，那后果就十分不妙了。

美式“不知为不知”

在郝煜写的《空降美国中学》一书中看到这么一段话：“美国人注重的是你的真诚，而不是你试卷上的分数，不会就是不会，你完全可以交白卷，千万不要为了面子问题就想要作弊。要知道，无论是老师还是学生，对作弊这一行为都是相当鄙视的。即便是你侥幸作弊成功又没有被发现，但这样也无法让老师了解你的基础情况，如此一来，只会影响你以后的学业，真是有百害而无一利。”（见该书《在美国上学需要休力》文末）

读到这里，不禁为这种美式“不知为不知”生出些许感慨。

美国学生考试为何不用舞弊？原因很简单：他们参加考试的目的，只是为了检验知识，而不像我们，直接为了排名，为了奖励，为了升学。

中国的教育，问题多多，其中重要的一点，就是把教育的目标搞偏了。以我的肤浅理解，教育的目标，应当重在培养健全的人格，让受教育者成为一个对社会有用的人。可现实当中，我们采取的手段，却很容易培养急功近利、只讲究对自己“有用”的人。“十年树木，百年树人”，教育应当着眼长远培养人，可现实当中，我们的教育机构追求的是短期效益，只看当时的考试分数，而不考虑其以后的发展。这种教育模式，只会导致培养的学生考试本领天下一流，而人文素养、综合素质让人不敢恭维，更严重者，连诚信做人的基本品格都丢失了。

这不是危言耸听。为了考试成绩，可以不择手段，这样的现象比比皆是。那些不断创新的舞弊手段，让人不得不佩服某些人的聪明才智，可惜他们找错了用武之地。还有，连那些被人景仰的荣誉也被人用上了手段。比如，评上了省级“三好”学生可以在高考成绩中加 20 分（也就是降低 20 分录取)，于是很多有路子的家长、老师盯上了这一条，想方设法让不够“三好”的学生成了“三好”。学生时代便大显身手弄虚作假，走上社会后还能把诚信当回事？

你追求什么目标，就会采取相应的手段。教育把分数当作指挥棒，舞弊造假等行为当然要大行其道。而如果像郝煜所说的美国中学那样，分数并不说明什么，那么，谁还愿意为了这个意义不大的数字而搞那些让人看不起的小动作？同理，如果评选“三好”学生和高考无关，或者来个改革，规定评上了省级“三好”的，高考录取线要求比普通学生高 20 分(而不是低 20 分)，我看谁还会花代价、走后门评“三好”？对那些没这个实力的学生来说，这个荣誉白送给他，也不敢要了；只有那些真正在全省拔尖的学生，才敢接下这个荣誉，因为录取线提高区区 20 分是难不倒他们的。

分数也好，荣誉也罢，其实都是外在的形式，过了某个阶段后，基本成为“浮云”。真正的能力素质，才能管自己的一辈子。不是有报道说，恢复高考几十年来，多数高考“状元”在事业上并不见有多大的建树吗？我就不说高考“状元”之类，单说我自己的中学同学，20 年过去，目前事业上相对成功的，很多都是当年没考上大学的呢。是金子总是要闪光的，这话虽然未必绝对准确，但大体上也差不了多少。事实证明，高考分数不是试金石，有能力的人，落榜也不可怕。现在如果还有哪个人躺在 20 年前的分数上沾沾自喜不思进取，那只能让人窃笑了。

不要只为应付考试而努力学习，只为追求荣誉而奋斗终生。这种人生，内涵太单薄。可以为之终生学习、奋斗的，不是分数，不是证书，而是能让自己立足的品格和才干。明确了学习的目的、奋斗的价值，我们就可以用诚实的态度对待考试和荣誉了。

“知之为知之，不知为不知，是知也。”美国人明白的道理，其实并不深奥，早在两千多年前，我们的孔老夫子就已经说过了。这事倒是提醒我们，中国的很多优秀传统，不能在孩童时期就丢失了。遗弃它们很容易，要捡回来的话，却可能要几代人的努力！

从麻将扯到家教

春节期间回到乡下，但觉牌风蔚然，不减当年。一个明显的“进步”是，咱那并不富裕的家乡，扑克也逐渐被淘汰了，精致的麻将取而代之，进入寻常百姓家。更令我吃惊的是目睹了这样一个小场面：读小学的侄儿，同邻家几个小学生拥坐桌前，大模大样地摆开了长龙阵，其手法之娴熟，令人惊讶之余又不得不暗自“佩服”。

说来惭愧，麻将于笔者，是个十足的外行。这也难怪，我们在家读书的时候，麻将在乡间算得上是“贵族消费”，我们在校学生根本没机会接触，当然也就不会去想这玩意儿了。如今，经济发达了，玩的花样也越来越多，“麻风”吹遍城乡，早已不算新闻（兴许人们还听过不少有关歌谣呢）。成年人闲暇打打麻将，以消遣娱乐为目的，这本无可厚非。然而，眼看着年幼的一代更显青出于蓝之势，笔者却总觉大为不妥。

麻将这东西，可真有点难评说。大伙儿如此钟情于斯，想来此物必有妙处。但也不能忽视它的另一面：致赌。打麻将赌博，这事太普遍了。而赌博产生的危害，更是不言而喻，严重的甚至导致倾家荡产，家破人亡。这等事例，不胜枚举。

少儿接触麻将，弊害则当更多。单看“麻风”影响之广，便知麻将魅力之大。更何况中小学生自控能力有限，任由他们玩麻将，三两个回合便可能上“瘾”，从此牌桌旁神采飞扬，课堂上精神恍惚，这无疑将直接影响他们的学业。更为可怕的是，由此沾染赌博恶习，进而派生偷、骗、抢等行为，堪称后患无穷！

据说，家里这几个孩童玩麻将，并非家长所教，而是他们自己在牌桌旁看会的，真是“无师自通”了（可见孩子们资质不错）。如此“宽松”的家教，不免使人生忧。在今天这个忙碌的社会，不少家长由于种种原因疏忽了家教，殊不知，青少年身上的许多不良习气，就是在这样的条件下滋生的，这已不仅仅局限于打麻将了。同样是在家乡，这几年接二连三出了几位令人摇头的年轻“浪子”，他们的父母如今只能感叹：以前没注意管，现在想管都管不了……类似的教训，还不足人们记取吗？

一个人接受教育，首先是从家庭开始的，然后才是学校、社会。可以说，家教是关键的第一步。特别是在当前的形势下，由于社会原因，学校教育力度不够，家教意义更显重大。为了你的孩子顺利成才，家长，请投入必要的时间和精力去把家庭教育搞好。

你给多少压岁钱

压岁钱是我们过年的传统节目。记得我们的孩提时代，平时零花钱几乎没有，一年的主要“收入”就是过年时长辈给的那点压岁钱。数目不大，顶多一两块钱，甚至几毛钱，我们却得珍惜着用一年。压岁钱，对当时的孩童来说，可真是一笔可观的“年终奖”啊。

如今的孩子可就幸福多了。在许多家庭，孩子们平日都有充足的零花钱。我想，他们对年底的那个“红包”，肯定没了我们那个时代的那种神往，尽管这“红包”比起若干年前，已经丰厚了许多。

不管怎样，压岁钱却还是人们的过年话题之一。自家的孩子，亲戚、朋友的孩子，每人该给多少，总共支出几何，联系自己的实际收入，还在过年之前，我辈低薪阶层就不得不进行“财政预算”了。

不可否认，发压岁钱，也如放爆竹，攀比倾向在所难免。在“一掷千金”的大款面前，我们普通人家简直“自惭形秽”，也许，咱一年的工资还不如人家一笔压岁钱哩。

笔者邻家一位富商，富则富尔，发压岁钱的手段却令我等大开眼界：自家孩子，亲友孩子，一律一个大小相等的红包，包得严严实实。待得一层层打开，里面却是十张崭新的号码相连的一元币（是年前特意从银行换出的）。有人笑他“抠”，笔者却对着他自认惭愧：那才叫有见识！

是呀，压岁钱本是一种象征，何必陷入“多多益善”的攀比误区！年终岁首，“请吃”等风已经把我们折腾得够困难了，对“压岁钱”，“保守”些又何妨？况且，如今有种观点说“再富也要苦孩子”，象征性地发压岁钱，对孩子不正是一次上好的教育机会吗？

那么，今年，您给孩子多少压岁钱呢？

呼唤松绑

很多人本来都具备很强的能力。

然而，很多本来能力很强的人，最终却未能很好地表现出他的能力。

原因很多，其中之一可以从“虎皮鹦鹉之死”的故事中去寻找。

很惭愧，鄙人虽经若干年苦读，好不容易熬了个“科班出身”，却一无所长，平庸得很。这固然与自身资质有关，但与当年过严的家教亦不无联系。幼时，我被父亲处处偏爱，看管得紧紧的，连出门走几步也得“请示”。于是，各种游戏不会玩，大小事情做不成，及至成年，方为幼时的“不抗争”而悔悟，甚至觉得自己也成了一只“鹦鹉”。

我们现在正大力呼吁“素质教育”。可是，现实当中，我们的教育还是颇似“克隆教育”。许多家长总不放心孩子发展个性，仍以自己的意图左右孩子的发展方向。于是，“千军万马过独木桥”的景观年年重现。

望子成龙心切，可以理解。于是，许多可爱的孩子很听话地顺从了长辈的意愿，在一条自己并不甘心走的路上跌跌撞撞地前行（不知他们长大后是否也会略有异议）。

读完了书，拿到了文凭，正是一生中壮志凌云、豪情满怀之际。走上工作岗位，年轻的心跃跃欲试，多想大显身手！然而，现实又令许多人心渐冷，因为他们找不到那么多事情可做。例如，在高校学到了几手，毕业后却安置在某些清闲的办公室陪伴茶杯与报纸，过早地“休养”起来。学无以致用，锐气，就此磨得光溜溜。

悄悄地，惰性滋生、蔓延着。鹦鹉的悲剧，在这里埋下了伏笔。

看得出，有一根无形的绳索在束缚着人们。这根绳索，当然不是某一个人制造出来的，它是由一代又一代的各类滞后思想拧起来的。然后，它束缚一批人的思想，以此制约下一批人的行为并转化为这一批人的思想，再去束缚下下一批人……

扼杀千里马，至少有两种方式。既要马儿跑，又要马儿不吃草，是其一。把马关在厩里，使其饱食终日，养尊处优，此其二。二者或“残忍”或“温馨”，却是殊途同归。

管得太紧，失去了自由，有了这根强有力的精神绳索，纵算你是千里马，又如何跑得起来？

恢复朝气与活力，办法只有一个：斩断绳索，松绑！

傻蛋

他十四岁那年被父亲从小镇中学拉回二十里外的山村，因为村里的田太多，人均三亩，老爹老娘实在弄不下来。山里人天生是种地的料，不消一年，他就能犁会耙，几乎抵得上一个壮劳力。十六岁时，正是城里孩子称“花季”的年龄，父亲竟然要带他去相亲了。这在山村本是稀松平常之事，偏偏他被书本毒害了，死活不肯去。和爹娘吵了一架后，在后山躲了

一个晚上，居然得胜了。他连老婆都不要，村里人从此便叫他“傻蛋”了。

山村的农人最爱到小镇来赴圩。只要有空，傻蛋也是每圩必到。可他名为“赴圩”，却并不往圩上走，倒是常常跑到学校里，独自站在某个教室的窗外发呆。镇上的人觉得奇怪，村里人便告诉他们，那是俺村的傻蛋哩，不要老婆的。“的确傻!”镇上的人一致认为。有的调皮鬼就故意跟进学校和他打趣：“怎么，嫌山里的姑娘不靓，想要学校里的吗?”傻蛋毫不理会，只是默默地盯着教室前头的黑板。

农闲时，小镇上又多了个收破烂的，那就是傻蛋。镇上的小孩子特喜欢和他打交道，发展贸易关系，因为都知道他傻，且有事实为证：他傻得连数都不会算，常常错给孩子们几分钱。傻蛋因此每次都是满载而归。另几个精明的“破烂仔”便有些纳闷：这世道难道傻瓜更吃香?傻蛋也因此更加出名：他的智力还不如小学生，确实傻得出奇，怪不得不会想媳妇。只是他以前的同学却隐约记得，傻蛋读书时曾代表本班参加全校数学竞赛。

忽有一天，街上的“四季发”杂货店老板胖刘笑眯眯地说道，傻蛋在他这里买东西时，迷了心窍还是怎的，明明付了钱的，临走时却又付了一次账!“要是咱这小店的顾客都这么傻，可就真的发了我一人啦。”刘老板说这话时眉飞色舞。这事传开，有相熟的便质问傻蛋：还没老呢，怎的就这么糊涂了?傻蛋却说，哪里，是刘老板自己糊涂，多找了钱给我，我再退还给他——分明是他搞错了嘛，怎能说我傻?

什么?咳——还是傻呀!傻得没治了!

给流浪汉找家

老陈在晨报上看到一组感人的报道：晨报记者在市区东河大桥的垃圾堆旁边发现一名昏倒在地的流浪汉，将他送到医院抢救后，还多方联系，得知这人竟然是因为间歇性精神病，从万里之外的东北一个富商家庭走失到这里的，流浪时间已整整三年。在晨报记者的热心帮助下，流浪汉终于和东北的亲人团聚了。整整找了三年的家人非常感动，专程向晨报送上了一面锦旗，同时为当地一所希望小学捐了一笔资金，以表示对当地人民的感谢之情。

老陈是个古道热肠的人，喜欢做好事。老陈想到了自己所租住的房子楼下过道上那个整天捡垃圾的流浪汉——如果能帮他找到家，自己不是也做成了一件功德无量的事？

老陈于是买了几块面包，专门来找那个懒洋洋躺在过道上的流浪汉。流浪汉毫不客气地接过面包，三下五除二吞下了。老陈耐心地诱导流浪汉说话，流浪汉果然开口了，只是一腔异乡口音让老陈不知所云。老陈试着打手势，然而还是无法沟通。正当无计可施时，老陈看到流浪汉身下垫着的报纸，心念一动，指着报纸上的大标题问流浪汉是否认识。令老陈惊叹的是，流浪汉居然识字！老陈很快通过笔谈的方式，弄清楚了流浪汉名叫吴三狗，来自 A 省 B 县一个叫枫树坳的地方。

老陈上网查了一下，B 县共有 3 个枫树坳。老陈把 3 个枫树坳村委会的电话都查询清楚，一个个拨过去。当拨到第三个枫树坳村时，那边自称村主任的人大吃一惊："吴三狗？他还活着？都已经失踪20 年了哇！"

通过村委会，老陈和吴三狗的家人联系上了。尽管对方有些迟疑，老陈还是很兴奋，并当即表示，他将马上将吴三狗送回老家。

出发时，老陈让吴三狗在自己租住的房子里洗了个澡，并送了一套七成新的衣服给他穿上。老陈没有通知报社、电视台的记者，因为他做好事不是为了出名。两个人上路了，下了火车乘汽车，下了汽车坐三轮车，下了三轮车搭摩托车，下了摩托车又走了一段，终于到了吴三狗的家里。老陈这才知道，枫树坳是全县最边远的村庄，吴三狗的家住在村里最偏僻的半山腰，一座土墙房子少说也有七八十年的高龄，其中一面墙还展示着一条长长的裂缝。

吴家的人看到老陈和吴三狗，努力地挤出一脸笑容，但远没有表现出老陈想象的热情。吴三狗居然和老陈一样有点拘束，好像不是回到了家里而是在一个陌生人家做客。老陈不介意，只要他们一家团聚了，他就高兴。在吴家简单地吃了一顿饭，老陈就告辞了。一路上，一股难言的自豪感不断地在心头升腾。

半年后，老陈在楼下过道上又看到一个流浪汉懒洋洋地躺着。老陈不禁凑上去看，竟然发现还是吴三狗。

从吴三狗无奈的表情上，老陈突然明白了些什么。

母亲的谎言

早就跟母亲说好了，今年暑假不回家，留校读一点书。不料假期将至，母亲却忽然来信催我回去，说是今年家里活儿太紧，很需要帮手。无奈，只好打点行装踏上归程，暑期计划遂成肥皂泡。

回到家里，浇了两天菜之后，天公便作美，风调雨顺，隔三岔五降甘霖，真是大快人心，日子也就过得清闲了。其实菜地并不多，即使不下雨，每天下午挑几担水便够了。除此之外，在家几乎无事可干。刚好同村的一位老同学从另一个城市回来度假，于是我们二人整日东游西逛，访朋拜友，优哉游哉，何其逍遥。相比之下，这些年来，还没有哪个暑假玩得这么开心呢。

玩上了瘾，是最容易忘事的。离校时，曾经带了几本书压在包底，以备有空时读一读，可是在家玩了几天后已不记得有这回事了。日子穿梭过，很快便到了农历八月初一，离开学的日子只有两天了，于是感慨暑假太短（其实有两个月时间），一恍惚便过完了。

那天晚上，收拾行李时，母亲忽地说："总算过了七月，没事了。"我正奇怪，母亲顿了顿，轻声告诉我："几个月前，我到莲花庵朝拜，师太说，你今年七月可能会遇到小麻烦，让我捐了一百块钱。我还不放心，就写信叫你回来，在家里更好照顾。其实，家里哪有你做的事！只是耽搁了你读书。现在好了，七月已过，可以放心了……”

原来是母亲对我撒谎！回想暑假生活，我顿时百感交集。母亲也真是的，太相信那师太了，其实，那一百元完全可以省下给我添些书籍嘛。然而我怎能埋怨她老人家！为了儿子的平安，她“宁可信其有，不可信其无”，用心良苦，甚至把我“诈”回……母亲毕竟是母亲，即使是她的谎言，也是一种真挚的爱！我这才领会到今年暑假的真正幸福处，幸福之余脸上又颇有愧色……

母亲捎来的馒头

中秋节，家住城郊的室友收到母亲捎来的东西，打开一看，又是一袋馒头。

学校吃早餐，天天都是有馒头的。室友收到的馒头，似乎比食堂里的松软些，其他区别却谈不上了。学校的馒头并不贵，我们就很为室友的数次收到馒头而纳闷了。

依然招呼大家嚼馒头。嚼着嚼着，室友就在月色里道出了母亲捎来馒头的缘由。

小时候，住在贫穷的乡下，除了吃米饭，能称得上“零食”的就是村里唯一那家饭店所卖的馒头了。逢年过节，母亲总要给每个孩子买一个馒头。好香甜的东西，兄妹们细细地咀嚼，多馋人啊！馒头，竟成了儿时最向往的美味佳品！孩子们的馋相和啧啧的赞叹成了母亲永恒的记忆。

后来，到镇上读中学，每天早晨都吃起馒头来。吃得多了，味感也就淡化了。而这时，家中境况好转，饮食已不再那么单调。逢上农闲，母亲来赶集，便在家里蒸些馒头送到学校来。那时，体谅母亲一片爱心，虽然对馒头已吃不起劲，却还是满口地应道“好吃，好吃”。然后，才嘱咐母

亲不要再送过来了，学校里有卖的。

然而，母亲却认定了我这辈子爱吃的就是馒头。我的推辞被当成了对母亲的体谅。母亲说，只要你安心读书，将来有出息，我再辛苦也值！就这样，馒头还是照旧送来，伴随而来的还有那饱含期待的叮咛。于是，每每想起母亲送来的馒头，我就坚定了前进的步伐。这个时期，馒头成了我进取的动力。

进城读大学后，离家远了，母亲很难到学校来看我，可她还是找着机会托人把东西送来。虽然少了那份叮咛，但我知道，母亲对我的期望是越来越高了。“梦里依稀慈母泪”，真的，馒头给我的感触太多了。一想起它，我就仿佛见到了母亲在家中日夜操劳的身影，还有她那颗望子成龙的滚烫的心。一想起它，我就告诫自己：努力啊，千万不能使母亲失望！所以，我只好每次都默默地接下馒头，也就是接受母亲的期待，除此别无选择……

事情的原委就这么简单。我们当然不会见笑。倒是觉得，这馒头，较之普通馒头，是别有一种滋味的，因为它饱含着世上最珍贵的营养成分——母亲的期待、母亲的爱。

乞丐、拾荒者与风尘女

旅馆不大，价格较便宜，住的都是生活在社会底层的人。

乞丐和拾荒者在同一个房间长期租住。房间里还有别的床位，属于那些不大固定的房客，他们有的是流浪汉，冬天为了洗个热水澡，十天半个月花上几元钱住一次旅馆；有的是定期进山收购特产的小贩，因为做的是小本生意，在小城过夜时，住旅馆能省就省；也有的是出来找事做的工匠，挣几个钱不容易，只要能栖身，什么都不计较。总之，旅馆一年到头充满着汗臭味，来来往往的人都适应了。

乞丐在这里住了五六年。他无忧无虑，每天睡到日上三竿，才换上一身更脏更破的衣服，懒洋洋地出门。县城的几条主要街道和几个大市场都是他的“地盘”。他有规律地在“地盘”上巡回，每次都是空手出去，满载而归。

拾荒者也在这里住了五六年。他本来是工地上的壮劳力，在一次偶然的事故中，不该受伤的他受伤了，从此浑身使不上劲，工地的活是干不成了，可一家老小的生活还得继续。于是，他在这个小旅馆住下来，把县城的大街小巷、菜市场、垃圾场都当成了自己的“地盘”。他每天起得比太阳早，也是空手出去，满载而归。

乞丐出手阔绰，身上常常不留余钱，心情好时，天天在旅馆以各种方式请客。夏日端上几个西瓜，冬天炒上几个热菜叫上一瓶白酒，旅馆的常客都沾过他的光，吃了都称赞乞丐的豪气。每每这时，乞丐脸上便风光无限，心里那份成就感油然而生。

拾荒者沉默寡言，精打细算，一条毛巾用了五六年早已分不清什么颜色了，一把牙刷至少掉了一半的毛。他每天买点菜，借用旅馆的灶台自己动手。乞丐请客时，他也参加，但吃得少，话也不多。拾荒者也请过客，但次数有限，一般是逢年过节时，而且总是算好了分量。

两三年前，楼下又住进了一个风尘女。风尘女昼伏夜出，出去时化妆，回来后素面朝天。日子久了，也和大家混得精熟。乞丐请客更勤了，只要风尘女在，乞丐就大鱼大肉的开宴，旅馆房客因此常常分享到免费的午餐或晚餐，乞丐的豪气也因此越来越足。

风尘女嘴甜，见人都喊大哥，特别是对同为长住客的乞丐和拾荒者，更是亲如兄妹。小小的旅馆，竟让他们找到了家的感觉。

让乞丐心动的是，这年盛夏，拾荒者中暑发高烧起不了床，风尘女竟然耐心地照料了他两天，直到他能重新出门。那温情，让充满汗臭味的房间弥漫着缕缕馨香。

乞丐心里某个隐藏多时的念头开始升腾。他花钱更大方了，为此少不了在自己的“地盘”加大巡视力度。不修边幅的他还学会了留心自己的衣着，平时乍一看，根本看不出他是乞丐了。

谁也想不到，那天午后，一向无忧无虑、豪气冲天的乞丐，竟然倒在床上号啕大哭。拾荒者没有回来，旅馆老板娘和其他房客闻声一起来相劝。

乞丐在断断续续的泣诉中，人们大致知道了事情的原委。

午宴后，趁着酒兴，乞丐跟进风尘女的房间。乞丐勇敢地拥抱风尘女，一改豪气为柔情，不料被风尘女连扇几记耳光。风尘女说，不要以为你天天请客就是英雄，大家吹你捧你只是逢场作戏。你和拾荒大哥一个天上一个地下，你花的钱本来就不是属于你的，在我心里你根本不算个男人！

风尘女简单的几句话，竟然翻起了乞丐掩埋十几年的那丝自尊。乞丐放开手，掩面回房，哭得很伤心，谁也劝不断那两串闪亮的泪珠。

大山深处

碧云天，黄叶地，正值一年好景时，朋友大刘利用休息日，邀我去山里看望他那几个炼松油的老乡。

车过赣县王母渡，大刘特地停下来，在一家商店买了一扎啤酒和一瓶便宜的本地白酒。见我不解，大刘说，别小看这点东西，我在山里待过，等下你就知道它的分量了。

汽车继续前行，路越来越小，山越来越高，坡越来越陡。在爬一个坡度超过45度的Z字形陡坡时，跑惯了城市水泥路的汽车终于坦白地亮出了自己无能的一面，趴在半山腰打了几次滑之后，投降了。我们只好小心翼翼地把汽车退到坡下，徒步进山。

这道坡，的确够陡的，穿着皮鞋，连走路都打滑。还没爬上去，迎面来了一辆无牌、无照的破货车，车上的木头高出车身两倍。看它那摇摇晃晃的样子，我们赶紧闪到路边，心里暗暗祈祷它千万别出事。看那司机，一脸坦然，旁边还坐着一个同样坦然的村妇，一对勇士啊。我惭愧地对大刘说，运费再高，我也没胆赚这个钱。

已是大山深处，路边偶尔能看到正在收割的农人，他们都知道山里有个炼松油的点（山里就这么些人，这么点事）。走一程便问一次路，每次得到的答案都是“还有五六里”。走了若干个“五六里”，前途依然渺茫，看来，山里的计量概念还没和城里对接上。

总算到了！路边几间塑料纸裹着的小木棚，一间“餐厅”，两间“卧室”，这就是我们要找的炼油点？我的想象真是不到位。四五个工人正在准备午饭（已是下午两点多了），客人的到来，让他们喜出望外（尽管大刘事先已经打了招呼）。饭菜很简单，有了酒，味道就不一样了。倒酒的小伙子把我们的碗斟得满满的，我分明看到“酒平线”已经超出碗沿，没办法端起来，只好俯首喝去一口，刚抬起头，那边酒瓶又对过来了，挡都挡不住。这就叫热情，大山深处才有的热情。

工人们说，这地方，离最近的圩镇也就几十里路，交通工具主要靠自己带来的摩托车。由于路况差，谁都不愿骑车走这样的路，所以，他们一个星期才派人出去买一次菜（说到这里，他们再次为桌上缺乏美味佳肴而致歉）。在这样的地方，吃的东西才是最珍贵的，而钱呢，在山里是死的，出了山才是活的。这时，大刘得意地瞄我一眼。我知道，他停车买酒是英明之举，两扎便宜的本地酒，到了这里果然分量特沉。

小木棚前面是一条一两米宽的小溪，小溪上空覆盖着严严实实的杂树、野藤，形成一道天然的顶篷。工人们利用这个得天独厚的优势，在溪上架了几根木棍，天气热时，这里就是他们的凉床。当城里人享受着空调的清凉时，这几根横在溪面上的木棍，同样给炼油工带来幸福，说不定，没了山外的喧嚣，大山的幽寂还使这种廉价的幸福“纯度”更高一些呢。这么一个简单的生存环境，实在没办法激起人们更多的欲望。

拉木头的无牌、无照货车，是山道上难得的常客。炼油工人告诉我们，他们拉一车木头的报酬是两百元，运气好的话，每天能拉上两车。从理论上来说，他们当然也知道危险，也知道不能超载，也知道开报废车更危险更不能超载，然而，这是生活，是大山深处的一种生活，是一种敢于或者说不得不与理论对抗的生活。就如炼油工人，他们在这里辛苦地干上一年，清苦地过上一年，总收入也不过万元，可他们也认了。

出山时，炼油工人用摩托车送我们到陡坡停车处。骑车送我的小伙子说，买菜的事主要是派他去，所以，这条路数他走得多。但是，有几处陡坡，骑摩托车还是上不了；有几处急弯，路况太差，得分外小心。尽管如此，这小伙子居然认为，相对于熙熙攘攘的城市道路，他倒觉得还是这山路好走呢——山路无拘无束，自己把住车龙头就行；城里的路人多、车多，你不碰人家却难保人家不碰你。

你的曾祖叫什么

我们来做一个小测验：你知道自己的曾祖父叫什么名字吗？

我估计，“回答正确”的比例，肯定高不到哪里去。

父亲的名字，大家当然都知道；爷爷的名字，很多人也是知道的；而说到曾祖的名字，知道的人的确没多少。

不知道曾祖的名字，和是否讲孝道、尽孝心没有任何关系。根本的原因，是多数人没有机会见到自己的曾祖，而自己的上辈人，也几乎不会提起曾祖那一辈的事（除非这个“曾祖”是个大人物，有很多值得后人津津乐道的事迹，其人其事其名值得后人引以为豪）。也就是说，“曾祖”这个称谓，对许多人而言，更像一个抽象的概念。

曾祖离我们很遥远么？从时间上来说，说远，其实也不算太远——屈指数来，不就是百十年光阴么！

细细一思量，原来，对一个人来说，区区百十年的时间，也是够漫长的了，漫长得足够让我们遗忘很多。而在历史的长河中，烟消云散的东西就更不知有多少了！

放在时空坐标上，作为个体的人，就是这么渺小。正是因为时空的短暂渺小，我们非常有必要珍惜属于自己的有限的年华。

想当年，在农村，计划生育是头等难事。很多人想方设法都要多生几个儿子，除了为“养老”打算，另一个重要原因是，传宗接代是国人的头等大事。“不孝有三，无后为大”，而传统的陋习又只认男丁为“后”，从父姓者方为“正统”。一条莫名其妙的“规则”让芸芸众生承受如此巨大的思想压力，计划生育工作能不难吗？

如果你想一想，不管这辈子如何子孙满堂，要是自己没有做出什么能够流传于世的功业，不出百年，照样被嫡传的后人忘得连名字都说不上了，那么，生男生女又有何区别？牺牲一家人、一代人的幸福，做个流离失所的“超生游击队”，是否值得？在这个问题上，我们还真应该想明白些。

要是可以比较的话，父辈的生活、自己的生活、子孙的生活，哪一个更重要？现实当中，我们看得更多的是，许多人把子孙的事看得比什么都重要，好像自己活着完全就是为了他们。在他们看来，父辈的事就那么回事了，自己的事也可以不当回事，只要子孙有出息，自己再苦、再惨也是幸福的。

一个熟人就曾经说过，他这辈子，最大的心愿就是把小孩供养出来，要让他上名牌大学、留洋，在事业上出人头地。至于自己，他认为，哪怕在事业上做得再出色，也没什么很大的意义，“小孩没出息，一切都等于零！”而另一个熟人，工作一般般，平时很低调，自从小孩考上北大后，很快换了一个人似的，整天把他的名字挂在嘴上，觉得自己最了不起，谁的成就都不如自己。

为了下一代，无私作奉献，这当然很好，毕竟，人活着不能只为了自己；对后辈的业绩引以为豪，也是人之常情，值得亲友们同喜同贺。但是，如果把活着的目的诠释成只为了下一代，甚至为了他们而“奉献”过头，其意义又何在？

除非迫不得已，否则，我倒觉得，为了下一代而无条件地“牺牲”自己的做法并不值得提倡。我们可以（也应当）将希望寄托给下一代，可以为他们创造良好的发展环境，但前提是，我们还应努力过好自己的生活，做出属于自己的事业。

至于把儿孙辈的荣耀当作最大的荣耀，也未必就是最有面子的事。当前，以父为荣者，容易被人看不起（如果他自己不上进的话）；以子为贵者，则容易受到认可（哪怕他自己一无是处）。其实，两者都是一回事，都不是自己的荣耀，不过是“沾光”而已。要真正让人认可，还得自身有东西。

没几个人知道曾祖以上的事，所以，过好自己的生活、做好自己的事是关键。对社会而言，每个人都有各自的责任，在这个问题上就不必推让、无须客气了。先贤林则徐曾经说过：“子孙若如我，留钱做什么？贤而多财，则损其志。子孙不如我，留钱做什么？愚而多财，益增其过。”尽己所能，多干实事，后辈的事，也许不必你刻意操心。或许，正是因为你做出了足够的业绩，后辈们才在这个坚实的基础上走得更远、过得更加幸福呢。

可电者几人

熟人越来越多，朋友越来越少。如今的都市人，总是免不了发出这样的感慨。

打开手机，每个人的通讯录里都保存着几百个甚至上千个名字。可是，当你闲下来时，当你感到寂寞时，当你特别苦闷时，你想找个可以随时见上一面聊上几句的朋友，但是，翻遍满满当当的通讯录，你可能失望了：可以随时打扰、尽情倾诉的人，居然没几个，而且他们可能偏偏在这个时候没时间。

忙碌的都市生活、现实功利的现代生活让我们越来越没时间去照看感情，顶多在自认为有必要时，抽出一点有限的时间经营一下友谊（友谊是需要经营的么？现在似乎的确需要了）。

因为太忙，因为追求实惠，不相关的人，我们没时间搭理。我们忙得连邻居也不认识。你问问看，都市人还有几个会去邻居家串门？这事还真少有。不知道对门住着谁，倒是个普遍情况。我在小区住了十几年，说来惭愧，还真是认不到几个人；平时有招呼打的几个邻居，基本上是入住小区之前就认识的。刚搬进来时，沿袭乡下的思维，也曾试图和邻居混熟一些，可敲响人家的门之后，看到人家只是打开门上“猫眼”，淡淡地问一句“什么事”，于是什么心情也没了。

越来越大的生活空间稀释了友谊。如今，交通、通信这么发达，人们不再像以前那样过着“两点一线”的单调生活，活动空间扩大了许多，动不动就出城了，离开本地了，甚至出国了。可去的或要去的地方越来越多，认识的人或要见的人也越来越多，多了就顾不上，所以，花在每个人身上的时间自然就锐减了。

越来越丰富的娱乐生活淡化了人与人之间的交往。好玩的花样层出不穷，感情交流的时间只好让位。更因为网络的横空出世，人们可以当“宅男宅女”，不需要面对面交流了，当然见面的机会也就少了甚至可以免了。既然见得少，就可能熟人也认不出了。路遇某个人，见着眼熟，热情地互相招呼之后，却拍拍脑袋就是想不起对方是谁。这样的遭遇可能你经常会有。某县流传一个段子，说的是某君见到一个熟人，想个半天想不起人家，于是灵机一动，夸张地来个“哎呀——是兄弟嘞”，总算把尴尬掩饰过去。

兄弟，兄弟！叫不出名字，就直接叫“兄弟”，听到这里，我心里一激灵：还真有人这么称呼我，是不是人家也记不得我的名字了？

怀念当年的乡下。那时，人们日出而作，日落而息，生活单纯，思想也单纯，人与人相处，总是能感受到相应的温度。尤其难忘的是，左邻右舍，碰上谁家改善一下生活，总是见者有份，来者不拒。小孩子嘴馋，看到哪家做了好吃的，心里窃喜，就在家耐心等待。时候一到，果然有人送上门来。村里谁家有个什么事，很快大家都知道了。当然，邻居之间隔几年总要为一些鸡毛蒜皮的事吵上一次，但你放心，过不了多久，他们一定会和好如初。

怀念当年没有电话更没有手机的日子，要找一个人居然是那么容易。临时起意去走访哪家，骑个单车，走上几十里，到他家一看，门关着呢。别急，问问邻居，很快就把他给找回来了。现在想起来，这事简直有点不可思议。如果是现在，事先没打好电话，你敢去找人吗？你会去找人吗？很多人久不联系，突然偶遇，他告诉你，因为手机丢了（或坏了），以前的号码全没了，所以联系不上你……听到这里，我倒吸一口凉气：现在，要找一个人，真的全靠手机了？如果哪天没了手机，我们怎么办？

说来说去，怀念的其实是那份人情。科技进步当然是大好事，让我们的生活质量今非昔比，但同时希望科技的进步，不要让人与人之间的感情也跟着机械化、格式化。不管社会发达到了什么程度，我们都需要一批能够随时说说话的朋友。

第三辑
收起你的保护伞

总差一步

记得很多年前，刚上高中时，因为作文在班上还算过得去，便有一位新同学问我：“听说你的文章在外面发表过，可否让我拜读?”当时我不禁心下大为惭愧，于是发誓：一定要“不负众望”，发表它几篇让大家瞧瞧！功夫不负有心人，后来，真有文章在报上发表了。正待舒一口气，却又听得老师在学校宣传，说我已发表文章多篇云云。于是只得再次绷紧工作之弦，为了那“多篇”的称誉而奋斗。待得有了“多篇”，岂料人家早已对此不以为然，他们认为你已经应当拿出有分量的东西来了……

大学生被誉为“天之骄子”。那个时候，我们村里秀才少，出大学生是众多农家的一大追求。我背负着家里那几分沉重的期盼，在书山学海跌跌撞撞地跋涉。终于我闯过大学的门槛了。然而，惊回首，大学生却已遍地皆是，一纸本科文凭已经黯然失色，人们的目光照到研究生身上去了……

我无法想象自己再往前冲刺后，现实与期望还会有多大的差距。生活给我的感觉就是这样：我是一个很不逢时的人，无论我走到了哪一步，鲜花和掌声都已先离原位，总是与我差着那么一步。

可恶可恼的一步。这一步，如同吊在毛驴前的那根鲜红可人的胡萝卜，它那迷魂的远香若隐若现，给你制造了一个无法摆脱的诱饵。正是它，吸引着你不分昼夜，奋力前冲，身后延伸一条洒满汗珠的坎坷曲径。

这也是可爱的、神奇的一步，它虽然若即若离，从不让你沾身，却也并非当真无情，只要你在走，它就不会让你两手空空。在前进的途中，你时常可以获得些令你欣喜的馈赠。于是，你虽然历尽艰辛，却还是兴味盎然、义无反顾地往前迈。

这些年，我不正是常常为这一步所“累”么？为了创造出一个神话，

征服这可望而不可即的短短一步，我牺牲了多少杂念，耗费了多少心血，虽然也有过一些成绩，然而，这一步，却还是与我保持着那既定的距离，我进一步，它也进一步……

什么时候才能彻底解决这一步？冥冥之中，我似乎听到生活在对我大吼：休想——你永远等不到这一天！

青春与激情同在

说到青春，人们常常将它与年轻人联系在一起。诚然，青春是美丽的、是鲜活的，如朝阳、如鲜花，象征着进取、象征着希望。

然而，青春与年轻似乎又不是同一回事。

现实中，我们时常可见，有人虽年过花甲，却精神矍铄，老当益壮，对生活依旧充满信心与激情，生命不止、奋斗不息，浑然不知老之已至；而另一些人则虽值青壮年，却未老先衰，胸无大志，过早地放弃了追求，厌倦了生活，做一天和尚撞一天钟，今朝有酒今朝醉。前者，生理年龄虽老，心理年龄却依然年轻；后者，徒有年轻的外表，其心灵却已日趋年迈。这时，你能说前者已远离青春，而后者正值青春年华吗？

这么看来，青春不随年龄的增长而去留，它既非年轻人的专利，更不会如阳光雨露，平分在每个人头上。别以为只要年纪轻轻，青春就可唾手可得，要知道青春是无法不劳而获，不会无偿馈赠的。

拥有青春，你必须首先拥有对生活的热爱，亦即对生活要有激情。

你必须有所追求。从小学到中学到大学，这就是一个长长的追求过程。这个过程中，我们都有一个大同小异的目标，于是我们身上共同洋溢着青春的气息，展现了青春的风采。后来，我们走出了校园，奔上了各自的工作岗位，这时，差距就在各人之间显现出来了。有人被生活磨光了锐气，追求的目标终于渐渐模糊甚至无从寻觅，有人则被生活激起更热烈高涨的激情，在人生之旅迈过一级又一级台阶，树起一座又一座丰碑。

青春从一些人身上散失了，青春在另一些人身上凝聚了。只因为，两种人，对生活有两种不同的态度。

你想永葆青春吗？那么，首先别让你对生活的激情流失。

抛砖引啥

一看这个命题，不少读者也许会不假思索地脱口而出——抛砖引玉呗！

据传，唐代进士常建十分仰慕赵嘏的诗，当打听到赵嘏要到吴地游览灵岩寺的消息后，自己先到灵岩寺前墙上题了诗句："清晨入古寺，初日照高林。竹径通幽处，禅房花木深。"以引起赵嘏题诗的兴趣。赵嘏到了后，见墙上有一未完成的诗，便在后面续上："山光悦鸟性，潭影空人心。万籁此俱寂，但余钟磬声。"续的诗比前两句要好，所以当时人们评论常建的做法是"抛砖引玉"。

现在，"抛砖引玉"一般是指以自己粗浅的东西，换出别人更高明的东西来。固然，这一说法是饱含着典型的中国式谦虚在内的。国人喜将自己贬得一文不值，而将别人抬得高不可攀，所以这"砖"未必是砖，"玉"也不见得果真是玉。姑且撇开这一痼疾不谈，剔除其中的谦虚成分，回到这个说法上来，我们不妨仔细揣摩：如果你实实在在地抛出一块"砖"，真见得能引出你所追求的"玉"来吗？

未必！

艺术有云：师法其上，得乎其中；师法其中，得乎其下。以此作参考，单就艺术而言，抛"砖"便未必引"玉"。有句俗话说：黄鼠狼下鼠崽，一窝不如一窝。你自己都拿不出好东西来，还想换得别人的好东西？仍以常建为例，如果他的原作太差，我看赵嘏是不会有兴趣续诗的（倒架子嘛）。

一位老报人曾对笔者说，根据多年的办报经验，新开一个栏目，首发文章还是以高质量、高标准为好，否则，如果首发稿件质地欠佳，投稿者看到这样的文章也能上，来稿便可能一篇不如一篇，终至栏目坚持不下去。可见，我们办报亦不宜滥提“抛砖引玉”。

如此看来，对不少事情而言，“抛砖引玉”其实并非解决问题的良方妙法。可是，为何大家又如此偏爱使用这一说法？除了自谦，还有一种原因便是偷懒，说白了，就是对自己要求不高，总想以“砖”引“玉”，轻轻松松捡个大便宜。殊不知，长此下去，若是形成一股风气，结果必将是砖日渐其多而玉日渐其少，甚至成为一种误导，那便容易导致人们某些方面的能力每况愈下了。

随着社会的进步，人们对自己的素质要求应当越来越高。窃以为，“抛砖引玉”的做法也应当“改革”了。首先应当认识到，抛砖未必引玉，你自身要求不高，怎能过高要求别人？己不正，难正人。也许，抛砖不仅引不来玉，倒是有可能引出一堆垃圾呢。若想真正引出“玉”来，“抛金”才是可靠可行的办法。

“苦旅”为哪般

读大学时，曾经有过几次“苦旅”的经历。印象最深的，当数徒步登赣州峰山和安远三百山。上山几十里，下山几十里，累得够呛，却也累得心甘情愿。

当然，我辈这等登山活动充其量勉强可称“小勇”，本是不值一提的。20 世纪 80 年代尧茂书、90 年代余纯顺，这些已经倒下去的“行者”，他们才算得上是“大勇”之人。

余纯顺在日记里记叙了他在西藏独行的情景。荒凉的公路上偶尔有汽车驶过，车上的人见他步行，好心约他乘车，却被婉言谢绝。余纯顺看出了车上人的诧异。是的，会有人对他的举动百思不解。

上峰山、三百山也可乘车，但我们也拒绝了。旅行者如此自讨苦吃自找罪受，为的是哪般？

世界是变化的，物质世界在变，人的观念也在变。人类用他们智慧高度发达的头脑，不断地提高生产力，创造了许许多多的高科技产品。在这个过程中，劳动方式不停地更新，劳动正逐渐变得轻松、舒服。一些原始的劳动方式（包括长途步行）终于成了历史。

然而，不管科技使现代人办事能够多么省时、省力，也不管人们的观念在如何变更，一种原始的精神却还在人们的思维意识中生存着。这种精神支配了人们千年，于是“苦旅”还在高科技的今天频频出现。

苦旅，是为了维护生命的强大。在地球上这些生物中，人是最具有生命力的一类。人类从混沌的原始社会、茫茫的原始森林走出来，数百万年间，经历了多少次沧桑巨变，却一直没有倒下去。生命真是太伟大了，而这伟大，就在于它能抵挡一切来自大自然的毁灭性压力。时至今天，人们征服大自然的能力越来越强，生命的巨大能量反而少了许多释放机会，于是，有人选择了跋涉在大自然、挑战大自然的“苦旅”。

苦旅，是为了巩固精神家园。现代工业文明极大地方便了人类的生活，同时又容易使人从繁重的体力劳动中骤然解脱后一时无所适从。面对得来全不费工夫的一切，有人反而会失却生活中应有的情趣，渐至对一切感到厌倦。选择一种回归自然的方式，也许，你就从一时的迷失中回到了原本的精神家园。

苦尽甘来。通过苦旅，你会在汗水中体味到你是强者，由此树立战胜一切困难的信心。你还会在风雨、阳光之中窥察生活的真实面貌，从中领悟到生命的真谛。

就如计算机的发明并不能消灭书法艺术，苦旅作为一种精神投资，也会不绝于人类的社会活动。

收起你的保护伞

一个雨天，我和一位朋友得赶一段路。不巧的是，雨伞只有一把，雨又下得不小。在这种情况下，我索性先行冲进雨里，留下朋友独自打着伞在风雨中小心翼翼地行进。结果，等我们抵达目的地时，我的衣衫固然淋湿了一些，而打伞的朋友由于行动无法迅速，身上竟然湿得比我还透。

朋友笑着说，早知这把“保护伞”并不济事，不如收起它，像你一样放开手脚跑算了。

收起保护伞！朋友这句话，我早就深有感触。

在当今这个大织关系网的时代，不少人都以拥有一把“保护伞”而沾沾自喜。的确，在保护伞的作用下，他们可以付出极少的劳动收获最多的成果，可以享受普通人所无法得到的优待，甚至可以成为一个为所欲为的“特殊公民”……保护伞，给某些人带来了极大的优越感。

然而，保护伞带来成果，带来优惠的同时，也带来了惰性，带来了忧患。因为有了保护伞，有的人从此贪图安逸，难经风霜；从此不思进取，碌碌无为；从此不学无术，无以独立；甚至由此误入歧途，走向毁灭……

生长在大树庇荫之下的幼苗，总是缺乏点阳刚之气。中国古话说“富不出三代”“自古纨绔少伟男”，沉浸在溺爱之中的生命，其素质当然是一代不如一代。保护伞并不是万能的，把它看得太重，你难免也要淋雨。保护伞毕竟是身外之物，难以持久永恒、随意应用，很多时候，它也许成了你行动上的障碍，阻挡着你的发展。

我有一位朋友，本身能力并不差，家庭条件也不错，亲朋之中地位显赫者大有人在。这位朋友的人生道路一直由上辈妥为安排，从上学到上班，自己根本无须操心。结果，若干年之后，这位朋友并未如人们想象的那样大红大紫，事业上平平无奇，毫无过人之处；而另一些“起点”低，毫无“背景”的朋友，因为一切都得靠自己，自小形成独立意识及敢拼敢闯的开拓精神，照样开辟出了属于自己的一片天。

很欣赏那种个性鲜明的独立精神，很佩服那些吃苦耐劳白手起家的成功者。虽然没有保护伞，他们的人生却迸发出了最大的能量，创造出了极致的光辉。他们精神充实，人格高扬，是生活中的真正强者。

朋友，收起你的保护伞，试一试，也许结果会更美好！

书须常读

这段时间总感到身上有点不对劲，思维似乎不管用了，人也退化得近乎文盲。细究此症之因，还是因为耽误读书之故。

类似的经历不止一次。初中升高中那年暑假，因为时间上出现了断层的“无人管”阶段，两个月不与书籍打交道，结果，刚上高中时，作文课明显比先前吃力了不少。后来，“功力”渐渐恢复，总算能在报刊发表些许豆腐块了，岂料一场高考又使人心神不定，内心世界动荡不安，又荒废读书数月。所以，现在回头看大学一年级时所写的文字，那是多么的生硬、别扭。大学毕业，参加工作前夕，再度出现时间上的“真空”，烦人的世事使人无心也无暇顾及读书，于是，头脑再次迟钝，笔头再次生锈。

这些说远又不远的经历，使我越来越清楚地意识到：读书亦如逆水行舟，读则进，不读则退。“三天打鱼，两天晒网”的谚语故事，当永远成为我们的好教材。

书须常读。既然走上了读书这条路，你就别无选择，只有老老实实读下去。读书诚然算得上是件苦差事，但换个角色讲，读书又何尝不是美事一桩。读书的滋味须慢慢体会。品味读书，如品尝一坛陈年老酒，你会越来越觉出它的甘美来。如果你是一个读书人，却又还没感觉到读书所应有的妙处，那么，你先别忙着抱怨，只要坚持往前探索，请相信，柳暗花明的风光是一定会出现的。

书须常读。书山之高，上不封顶。世界上没有哪个人可以抵达所谓的知识巅峰。面对书的海洋，谁都没有理由中途却步。你想真正拥有光荣的“读书人”头衔，那么，对不起，劳驾你一岁接一岁地阅读吧。

书须常读。非常明白的现实：知识更新的速度已随着人类文明进展的速度逐日加快，稍有怠懈，你的头脑便要落伍于时代。昨天，你还满足于珠算高手的荣誉，今日，你若还不抓紧时机学电脑，也许，你很快便有可能沦为“现代科盲”。新知识、新观念层出不穷，作为文化载体之一的书籍，更有必要引起人们的随时关注。在书里，我们每天都可以发现新知。古人云“活到老，学到老”，书是一辈子也读不完的。唯有坚持读书，给头脑“换血”，我们的中枢机器才不会生锈，我们才不会被时代淘汰。

生命不止，读书不休！

关于“体会”

人们喜欢就读书谈“体会”。前不久在某高校接触了一些新同学，言谈之中，便有人提到了这个话题。最近，更有一位先前的学生来函，问候之余，即要我多谈谈自己当年读书时的“体会”。记忆中，我在那所中学讲课时，他们也曾多次问过“体会”这回事。当时，我是不厌其烦地谈了一些，而他们也确实虔诚地洗耳恭听。却不料，离开那所学校这么久了，居然还会有学生觉得不过“瘾”，在信中追问不休。这“体会”是啥？一时我竟不知该从何说起。

回忆自己的中学时代，似乎也对这类问题颇感兴趣。那个时候，对老师，不也是满怀着神奇的向往吗？我甚至幻想自己能够遇上孙悟空那种造化，啥时被老师慧眼相中，单独授予读书“秘诀”，轻轻松松地使学习成绩名列前茅……由此看来，这种心情对那个年龄的人来说，其实是很正常的，完全可以理解。

的确，中学时代堪称求知过程的苦闷期。面对浩瀚无边的知识海洋，中学生既兴奋，又急切，于是总希望能够觅得捷径，像武侠小说里面写的人物那样，意外获得武功秘诀或“天山雪莲”之类可增加功力的“神功丸”，一下子取得通向知识殿堂的通行证（这堪称“读书境界的武侠神话”）。所以，他们非常渴望师长能提供这些宝贵的东西。对于谈学习方法、读书体会方面的书籍、报告会等，他们总是不肯轻易放过，甚至真正读书的时间反而不及于此。

坦率地说，本人读了这么多年的书，对读书的门道，却还是甚感茫然。虽说书山学海的“读书之道”比比皆是，惜乎皆为别人所有，而自己心里隐隐感觉到的那所谓“体会”，却还是捉摸不定，根本无法示之以人，更谈不上为人所用了。有时便私下认定：这“体会”，到底还是因人而异，难怪鲁迅有不信“小说作法”之说。一个人若是总将时间花在追寻他人“体会”上，只怕反而一事无成呢。

为了使这位学生从那种读书境界的“武侠神话”中走出，这一次，我决定不再徒费笔墨去写什么“体会”，而是告诉他：所谓的“体会”，还是要靠自己老老实实去体会，别人的体会毕竟是别人的，千万不可对此期望太高。自己不勤学苦练的话，“秘诀”和“神功丸”永远不会出现。求知的过程中，谈不上完全意义的“捷径”，它需要求知者孜孜不倦的精神和坚韧不拔的毅力。唯有如此，才可顺利到达知识海洋的彼岸。

捡报岁月

对报纸我有一种特别的钟爱。

还是小学生的时候，我便有了附庸风雅的心态。看到一些单位的办公室里挂着报纸，我多么渴望自己也能拥有一种。然而，在农村，在那样的岁月，我的这一过分要求显然是实现不了的。于是，我央求二哥给我做了个简陋朴素的报夹挂在床头。没有报纸，我便开始利用课余时间去小镇各单位的院子里——捡。

那时候，一张破旧的报纸，也能给我带来意外的惊喜。我把所捡的脏兮兮的报纸擦得干净，皱巴巴的报纸抹得平整，如获至宝带回家里，渐渐地，那个自制的报夹居然夹满了旧报纸，已经不堪负重了。于是，我又开始将那些破损的报纸归类剪贴，按照自己所取的“书名”，制作了一本又一本剪报本。

中学时代仍是在这个小镇度过。放学后，我一如既往，去各单位搜寻猎物。每逛一圈，我的口袋里总是塞得满满的，回家后为整理这些宝贵的破纸又得折腾好一阵，为此可没少挨父母的训斥。

那时，走在大街小巷，我的目光随时都在注视报纸。只要一发现目标，不管旁边有多少诧异的目光，我必将地上的报纸捡起，看看有没有自己需要的内容。如果有，便整张收起或撕下“精华”。有一次，在乡政府的院墙外，一位乡干部正在点火焚烧一堆还很新的报纸，是我冲上去将火扑灭，把一大堆报纸乐颠颠地抱走……

上高中后，同学当中多了几个“捡友”，我们都在虔诚地热爱文学，为了弥补先天的不足，只好不约而同地向垃圾堆里汲取营养。其中，童年时的邻居崇武和我最有共同话题，放学后，我们常常结伴而行，先到各单位周围巡视一番，然后才带着或多或少的收获各自回家。另一个同学明生是住校生，他也每天差不多在这个时候沿着我们的路线边散步边寻找报纸。大家聚在一起时共享捡报成果，这可是苦闷的学生生活的莫大乐趣。忘不了，别人投来鄙夷的目光，初时我尚且羞怯，后来有了崇武、明生等同盟军，便理直气壮地认为：这不是垃圾，这是知识！

几年捡报，赔进了我许多课余时间，但也使我接触了全国几百种报刊，阅读了大量的新闻、文艺作品，并积累了不少课本上没有的知识。那时，我对所收集的报纸的有关情况了如指掌，还以刊号为顺序给各种报纸建立了名录，接触多了，很多报纸的刊号我甚至能背下来。尤其重要的是，一颗理想的种子深深地植入了我的心田，并发芽、成长：报刊编辑，成了我日益向往的职业。

而今，我在一家报社的编辑部里伏案编稿，办公室里多得是报纸。自己编的、外面订的，琳琅满目，比起昔年捡的那些报纸，自是精美多了，只是，我已无暇细细阅读上面的每一篇文章，有的甚至连翻阅的时间都没有。捡报纸的岁月，早已随着中学时代的结束而终结，当年那一大堆捡来的报纸及剪贴本，也是丢的丢、毁的毁，片纸无存。时代不同了，环境变化了，我们已完全不必依靠捡那脏兮兮、皱巴巴的旧报纸充当精神食粮，唯有那段难忘的捡报岁月，依然珍贵地收藏在我的记忆深处。

送你一支歌

我们来到了这所山脚下的中学，开始了一个多月的实习生活。

学校不大，是这个山区小县的重点中学，生活条件却远比想象中差。十多个人挤在一间建于20世纪40年代的老屋里，电灯必须没日没夜地亮着。宿舍里上有“飞机”（蚊子）下有“坦克”（臭虫），千沟万壑的木板床坦率地向我们昭示着它们苍老的资格。下课后，还得穿过几道走廊去厨房提生活用水。食堂的饭菜和我们的胃口也有严重的意见分歧，我们只好常常处于半饥饿状态。受着这等待遇，大伙心里都直叫屈：我们好歹是国家教委承认的大学生呢！

学生的素质也令人失望。刚到班上，带班老师便介绍，本县的高中录取分数线比邻县低了一百多分，若是如此，各班还有一半学生是没有上线的“议价生”。

各种原因汇在一起，尤其是自己正处于毕业前的阴霾中，那些时日，我总感到整天没有好心情。我甚至不无激愤地对学生说，我们都是世上的一群匆匆过客，这个学校只是我们人生的一个小小驿站。我们碰巧在这里相遇，当大家匆匆擦肩而过后，彼此间便谁也不必记着谁。

学生们以惊异的眼光注视着我。我没理会，从此执行自定的原则：准时进教室，准时下课，上课不点名，不提问，课后不下班，不与学生来往。不过有一点我很自信：我的课上得并不差——有鲜活的课堂气氛为证。

转眼间一个月便晃过去了。对班上的学生，我还是认不到几个，也叫不出几个人的名字。路上偶有人叫声“老师”，也只是程序式地点点头，并不在乎他是谁。

离校的日子终于到了，一起来的那些实习生，都有络绎不绝的学生过来道别、送行，甚至还收获了不少五花八门的温馨气息十足的小礼物。我这里却冷冷清清，无人上门。我知道，是我的严肃与矜持将这些学生挡到了门外。一时我险些产生一种失落感，巴不得立刻离开这里。

就在起程之际，学校广播按时响了。无意间，我听到了自己的名字，是一位学生在给我点歌！然而，由于我的疏忽，我根本没有听清楚那位点歌者的姓名，只是把歌名记得牢牢的，那是吴奇隆演唱的《祝你一路顺风》——平时我并不怎么喜欢的一首歌。

那一刻我竟然体会到了“感动”。原想迅速将这一切忘却，然而，一路上歌声总在耳畔响着，挥之不去。以后，我才明白了自己筑在心灵深处的这座冰城其实是多么地不堪一击，因为，只要一听到这首歌，我总是不由自主地忆起那所山区中学的一切……

司马光砸缸之后

司马光砸破水缸，掉进缸里的小朋友得救了，以后怎样了呢？书里没有交代。

近日，突发奇想，我觉得，我们不妨为司马光砸缸的故事设计这么一个结局：话说邻家小孩得救后，孩子的父母一看，家里那口花了八文铜钱买回的大水缸，因为被司马光砸出了一个大窟窿，自此报废，两口子一合计，翌日，一纸向司马光索赔的诉状送到了某某法院……

这虽然是一出滑稽的“故事新编”，却是有它的生活原型、现实依据的。6 月 27 日《中国青年报》有报道：济南军区某连指导员罗顺喜在旅途中，将一休克的老人送医院急救，并为他垫付 2000 元住宿押金。岂料，老人的两个儿子不仅不言谢，反而要罗顺喜负责到底，给予赔偿。

再往前想，几年前那部颇为感人的影片《离开雷锋的日子》，其主角乔安山不也经历了类似的一幕么（这部电影也是有生活原型的）？继续回忆，这几年，救人反被人咬的新闻，报纸上似乎还登过一些，只是已无法一一记清楚了。可见，罗顺喜这样的“冤大头”，不是第一人，也可能不是最后一位，这样我们就有理由为司马光设计这么一个不幸的结局了。

没有什么比人性的泯灭更残酷了。俗话说，“知恩不报是小人”，然则有甚于此的，应当叫“恩将仇报不是人”了吧？道德在这些人身上沦丧，我认为，拯救他们的灵魂比挽救他们的生命更重要。

当然，就如《离开雷锋的日子》有个光明的结尾一样，罗顺喜的故事后来也有了稍暖人心的发展：法律为罗顺喜洗冤，老人的儿子返还罗 2000 元并当庭公开道歉。后来，更因罗顺喜提着礼品登门看望老人，这一家人大受感动，老人开出租车的儿子甚至在自己的车上挂了“军人免费”的牌子，以表达自己的愧疚。

乔安山、罗顺喜的结局最终是令人欣慰了，但不管怎样，这类事件总归在人们的生活中发生了，没有理由不担心。司马光砸缸的“故事新编”，只怕还是会在人们心头留下阴影……

不说也不行

报纸上天天大喊反腐败，现实却似乎是“越反越腐败”（从有关数据来看，贪污腐败类案件近年来正呈直线上升之势），于是，有人对此再无热情了，认为“秀才人情纸半张，书生不过空议论”，讲了也没用。不久前，著名杂文家邵燕祥先生就在《杂文报》发表了篇出人意料的《不再做反腐文章》，声明自己从此不再做反腐文章。

其实，早在邵先生之前，也有不少文人志士已“看破红尘”，失去耐心，声言不做文章，特别是不做这虽带刺且刺中目标却刺不伤目标的杂感一类文字。例如公刘先生，他就认为杂文无用，数年前表示不再写杂文（后来是否真的不写，不得而知，总之的确是见得少了）。这也难怪，我们当前的现实有时是很容易令人失望的。

事实上，纸上谈兵，本来就不是从根本上解决问题的奏效之举。靠几个书生，发发牢骚，提提意见，于事确然无大补。倘若以为靠几篇文章就能解决问题，就能使乾坤清朗，那么这世界可真是一点也不够复杂，这可真正是“书生之见”了。毕竟，舆论是软的，一件事情能否办成，关键还应靠行动，所谓“动口不如动手”。

话说回来，舆论虽然威力并非无穷，作用并非万能，但也并非一无是处。对世上那些乱七八糟的东西，不说也是不行的。有人从心理学的角度分析，做坏事的人即使口头上硬，心里却多少有些底气不足（做贼心虚嘛），说的人越多他越心怯。那么，如果大家都不说，他做坏事时岂非渐渐感到心安理得？长此以往，坏事变得合理化了，人们就想说也说不来、说不成了。那才是真正的一大悲哀。

不平则鸣，即使知道鸣了未必有效，也不应放弃这一权利。我们这社会，不是愿说的人太多，而是肯说的人太少。连说都不愿，还怎么去干，怎么去阻止那些“人渣”为非作歹？想当年，老鼠过街，人人喊打，老鼠就怕；而现在，老鼠过街，无人喊打，它就大摇大摆，人也习以为常。街上扒手亦然，在十几年前，一个扒手被抓，他不被群众扒了一层皮才怪，可后来，渐渐地无人喊捉，人们都“事不关己，高高挂起”，终至变得好人怕扒手了，怪哉。同样的道理，对那些为非作歹之徒，若是连说的人都没了，他们还不要更放肆……再这样下去，丧失了说的权利，我们就会更可怜，只能眼睁睁看着别人在肆意贪污腐败、行凶作恶了。

当然，我们不但不能放弃“说”的权利，还要注意掌握“说”的方式，提高“说”的质量。这个“说”，应当有针对性，应当有理有据有力度，应当让“被说”的人听得见。如果所“说”的没有针对性，仅是泛泛而谈的空论，那就毫无意义，说了也等于没说；如果所“说”不是基于事实、理直气壮，那就缺乏力量，无法形成舆论的威力；如果所“说”只是私下里发牢骚，或是说给不相关的人听，那就产生不了实际效果。总之，既然说了，就应该掷地有声，让人信服，而不是颠倒是非，借机添乱。

该说的，还是要说，说了未必有用，不说一定没用。只要有一线希望使做坏事者恐惧，就要去争取。真的，哪怕是让他增添些许惶惶不安感，也比宽容他延年益寿、寿终正寝要好啊。

谁比谁大

我们乡下有位工商所长，每每与个体户们发生争执时，总爱不耐烦地甩出一句官腔十足的硬话：“是你更大还是我更大?”

这话乍一听觉得没什么，细玩味又感到有意思。

“你更大还是我更大?”所长的意思当然很明白：我乃堂堂一所之长（虽然未必算得上是几品官），你不过区区一个体户（尽管每年也许纳了不少税），当然我更大，你应听我的。可见所长的逻辑是：谁的职位高，谁的权力重，谁就称得上“大”。

然则共产党的宗旨乃是“为人民服务”，我们的干部不是称“公仆”么？这里的意思很明显：党的干部不是封建制度下某一家人的官僚，而是人民大众的勤务兵、服务员，他们和老百姓的地位是等同的，并无高低贵贱之分。可见，所长之言差矣：你其实根本不比那没职位的个体户“大”。

动辄“谁大谁小”，这是官本位思想在作怪。旧时，官大一级压死人，一切以权力的大小排行，等级秩序森然，人与人之间交往最是讲究身份、地位。随着民主社会的建立，官本位的腐朽思想正逐渐退向历史的垃圾堆，但在短时间内，它还会残存在一些人的头脑中。所以，在我们身边，总还是能感受到几丝馊馊的官僚主义气息。无形中，它便在影响着民主发展的进程。对这些头脑中有点“贵恙”的同志，难道不应要求他们好好地改造一下思想么？

“官”也好，“民”也罢，本质上谁都不比谁“大”。当社会进步到一定程度时，“谁比谁大”这一陈旧的思想，将越来越显得滑稽可笑以致在人们的意识中自行淘汰。

责任在谁

收礼受贿之类的不正之风，谈起来大家都深表愤慨。然而，在对受贿者进行谴责之余，对这一行为的另一方——送礼、行贿者，人们又该怎样认识呢？

或许，对送礼、行贿那一方，人们会寄予一定的同情。因为，这其中的大多数人，是出于无奈，忍痛割爱，用自己辛苦的血汗钱去“孝敬”别人，其本身便有不少可怜之处。

然而，同情归同情，我们尚有必要考虑另一个问题：受贿者为什么会想到索贿？

我想，最初受贿的那位先人（若能考证出来的话），也许不会是天生就知道伸手向人要钱要物吧！事情的发展总是有个过程的，人类历史上第一个行贿者与受贿者（如果能指出来的话）谁的行动在先呢？这还真值得人们去探讨。

先有行贿还是先有索贿，这个问题简直和先有鸡还是先有蛋同类。我们至少可以设想这种可能性：为了确保达到自己的目的，行贿“始祖”在绞尽脑汁之后，“发明”了这种颇具可行性的交易方式。后来历经多代人的共同“努力”，终于使之风行开去，成为一大公害。

这种可能性至少在当今的现实中客观存在。某高校就曾有这样一件事情：是年毕业分配时节，校园忽地空穴来风，盛传某一指标该年将有限制。于是，有关毕业生惶惑之余，赶紧走门串户……然而，以后事实却证明，这些都不是真实的，结果便有人大呼懊恼了。这真是天下本无事，行贿者自扰之。

正因为如此，笔者才有了上述这个“假设”。换个角度，可以说，正是由于行贿者太“关心”自己的私事，时常主动出击，迎合某些人的需求，使他们的胃口渐大，终于形成一种恶性循环，败坏了社会风气。试想，如若大家都能胸怀坦荡，洁身自守，刚正不阿，誓不低头，那么，索贿者没有机会得手，便只好熄了那个可恶的念头了。所以说，行贿者，在这件事情上，你的责任也很重大！

正本清源。如此看来，反腐倡廉，杜绝索礼受贿这股歪风，在严惩受贿者的同时，的确还应打打行贿者的主意！

无欲则刚

读了一篇关于“反腐英雄”公丕汉（泰安市检察院检察长）的报道，觉得此公的确无愧“英雄”之称。文中介绍，公丕汉铁面无私，刚正不阿，从不接受他人钱、物。他认为，身为领导，一旦收了下级所送的礼物，就再也不好去“领导”别人，所以，仅从维护自己的威信出发，也不能收受礼物，不能大吃大喝，这样，歪风邪气在自己面前方无空可钻。

俗话说，吃人的嘴软，拿人的手短。贪欲是一只可怕的猛虎，它的血盆大口，会吞噬一个人的信念、良知、人格，使人精神崩溃，委顿于地。

综观众多贪官的悲剧根源，不就是因为开初抵挡不住贿赂的诱惑，伸出了他的贪婪之手，以致后来一发不可收拾，被人牵着鼻子走，由且推且

就到主动索要，在罪恶的深渊越滑越远么？当他们走到末路那刻，又总是免不了忏悔：如果当初站得直，走得正，不被贪欲所左右，哪会有今天的下场！

腐败分子不会有好下场。即如陈希同、王宝森，虽然地位显赫，不可一世，最终不是也得落入法网，或自绝于人民！那些暂时还没有受到法律制裁的，虽然表面上平静无事，貌似安详，谁又知道他们内心不是惶恐不安，战栗不止？总之，他们在精神上是立不起来了，在人格上是硬不起来了。从这个角度来看，他们只是一群过着奢侈生活的可怜虫，毫无幸福可言。

无欲则刚，这真是至理名言。做人，最可贵的状态是堂堂正正，潇潇洒洒。为了达到某种一时的物欲而屈尊蒙耻，出卖永恒的灵魂，这是多么不值的行为！鱼儿因为不肯放弃水中的饵料而乖乖上钩，鸟儿因为贪图罩下的糠谷而被捕。前车之辙，后车之鉴，面对升腾在陷阱前的欲念之火，每个人（不仅仅是从政者）都应冷静地想想后果，以理智之笔将“人”字写得顶天立地。

作歹心虚

有一阵子，车匪路霸拦路打劫的事儿时常有闻。笔者因为少有在外走动，倒也难得有机会遭遇一回。勉强说来，仅有那么一次，匆匆忙忙与一个劫徒打了个照面。

那是几年前的事情了。暑假结束，笔者乘车返校。途经某县，上来一个赤手空拳的黑脸小子。直到他向第一位乘客伸手时，我们才反应过来这不是个好东西。因为是外地人乘外地车，那位乘客几乎是不假思索，便老老实实贡献了几十元“买路钱”。“遗憾”的是，接下来，这幕小戏很快便草草收场了——第二位乘客（看样子是个“老江湖”）面对那只伸过来的

“罪恶的黑手”，勃然大怒，拍座而起，来势还颇有点凶猛。结果，那黑脸小子“歹汉不吃眼前亏”，赶忙赔笑说“得罪”，随即喝令司机停车，灰溜溜地去了。

这次亲历，千真万切证实了一个简单的道理：邪不压正，作歹心虚。

作歹心虚，因为世上的坏人毕竟是少数，其力量实在有限。他们知道，如果那些“可怕”的大多数人只消来个“正当防卫”，那自己便将多么的不堪一击！所以，他们为非作歹时，往往是身心俱颤，手脚同抖，其恐惧不亚于受害者。说穿了，歹徒的本质就是欺善怕“恶”，外强中干，以“惊弓之鸟”“纸老虎”等来形容他们，是很恰当的。

遗憾的是，随着道德的一度滑坡，社会风气也有了些许变化。于是，在很多时候，面对歹徒，不少人变得还是宁愿学习上述第一个乘客，逆来顺受，忍气吞声，而不愿学习那第二个乘客，拍案而起，与之抗争。于是，有的歹徒居然频频得手，以致恶胆渐壮，不可一世。本报上期周末版刊发了一篇报道《铲除村霸》，几个小地痞横行乡里多年，却总无人向政法部门举报，就是因为许多村民抱着“多一事不如少一事”，“花钱消灾”的思想，纵容了“村霸”的嚣张气焰。长此以往，正气在群众中逐渐消退，邪恶势力怎能不趁机抬头！

欲克邪气，必应张扬正气。鉴于现状，这已是一个不容忽视的社会问题。正气的力量在于团结，以正克邪，也得呼唤“社会联动”。只有世上的好人团结起来，对鼠辈一致喊打而且真打（所谓该出手时就出手，万万不可“心太软”），邪恶势力才会销声匿迹，走向灭亡。

迷信的力量

迷信的力量有时奇大无比。哪怕是科学高度发达的今天，迷信也能雄踞一角，迸发出其他力量无法代替的威力。

史载，北魏权奸尔朱荣，本想篡位称帝，却因占卜失利，迷信上天旨意，只得怏怏作罢。又有，明代奸相严嵩，受世宗宠信，不可一世，最后却因方士蓝道行以“仙人”身份向皇上进谏，被逐出朝廷。可见，封建时期，迷信的力量不仅弥漫民间，甚至直接触及最高统治者。

不说过去，且说今天。

随着文明的发展，现代社会当然少了许多荒唐事。然而，有着千万年老资格的迷信，却还没有真正办理离退休手续。特别是在乡间，我们仍可频频发现它老人家的踪迹。

却说，某地一平民，因一件平常小事得罪了当地一霸。此霸势力太大，连当地政法部门也让他三分。眼见平民遭殃在即，幸得此霸“兴师”之前，有事前往拜望当地一著名巫师。平民乃乞求巫师出面化解灾祸。果然，巫师胡扯一通后，此霸居然取消了问罪行动。

此事经一位司法干部亲口道来，使人听毕感慨不已。朗朗乾坤，却有人不畏道德，不畏法律，偏服迷信，奈何?

在今天，迷信犹有如此威力，足见文明程度之欠缺。虽说迷信偶尔也可“做好事”，但它本身毕竟是落后的、腐朽的，代表的是野蛮、愚昧。在更多的时候，迷信的力量作用于阻碍科学、文明的发展。翻开人类进化史，迷信与科学向来都是水火不相容，有时，它们之间的斗争甚至白热化(在西方，不是曾经有许多科学家被“神权”摧残吗)。发展科学，振兴文明，就一定得反对、打击迷信，我们需要的是一个公平有序的文明社会，在这里，有些问题由道德协调，有些问题则由法律解决。

所以，尽管有时迷信可以起到超越道德、法制的意想不到的作用，但并不意味着我们要大力推广、使用这股“力量”。“以毒攻毒”，借迷信之力来对付野蛮行为，这本身便是悲哀的，决非长远之计。扫除人间丑恶现象（包括迷信），真正需要的是来自道德、法制的文明力量，只有这一力量日渐壮大，世道才能变得越来越合理。无疑，这是还需若干代人不懈努力的。

谁来出头

某次笔者以记者身份调查某县客运市场乱收费现象，曾向一位客车车主索要有关部门所开具的白条为证据。不料，本来侃侃而谈的车主一听要他提供具体物证，立即摇头道："这个我可不敢，他们会报复的，你还是找别人要去吧。"调查终因无法取证而没有进行下去。

对该车主的怯懦心生感慨之余，随即想到，何止这位车主，事实上，遭遇不平而不敢出头，类似的事情何其多。比如对腐败行为、强霸行为、流氓行为，背后说起来谁都表现得义愤填膺，深恶痛绝，大有慷慨激昂愿"激于义而死"之英雄气概，可一旦事到临头，真正需要你挺身而出当头断喝阻止恶行时，许多人却往往会尽量往后缩，甚至关系到自己的切身利益，也不敢挺起胸膛（常阅报，时常能看到这类忍辱的悲剧人物）。当然，这时难免会有人强调理由：主要是没人带头，如果有人带头，我一定跟上。

姑且不论有人带头时他是否真会跟上，单是"带头"一说，便值得推敲。反对丑恶现象、罪恶行为，该由谁来出头？法律规定过张三李四，还是道德要求了此行彼业？似乎都找不到依据。那么，为何非要有别人出头而君不可出头？

不愿出头，只因奉行的是"闲话莫说，闲事不管，无事早归"一类的"明哲保身"的处世准则吧。殊不知，正是因为大家怀着"多一事不如少一事"的心理，少了些管"闲事"的兴致，一些不正之风、不合理现象才得以迅速滋长。这样下去，大家就更会听之任之，觉得自己力量小，管不了，还是让别人出头管一管好。就拿汽车站公厕收费现象来说吧，这在许多地方都普遍存在，笔者曾经几次管过这个"闲事"，报纸上也多次对其进行过舆论监督，然而，不少汽车站还不是我行我素，照收不误，他们之所以收得如此顺利，究其主要原因，还是会与之争执的乘客太少，而恭顺的乘客太多（他们仅仅是因为几毛钱事小而放弃维权么？他们只希望别人出头摆平此事自己坐享其成吧!）。偶尔，也有个别读者专程到报社反映收费情况，然而，人们莫非不知：单靠几个记者，怎能管得了天下这么多厕所？关键还是靠广大群众自觉维权呀！还有那“好人怕坏人”现象，不也是因为众多的“好人”们不敢出头（以致有时还使极少数出头的好人吃亏）吗？

结论：激浊扬清，老是指望别人来出头是行不通的，少数人的力量毕竟有限。唯有大伙都抱定“我不出头谁出头”的念头，都怀有敢于与不正之风作斗争的勇气，都来“路见不平一声吼”，方能“玉宇澄清万里埃”。

追星签名为哪般

如今似乎仍是文体界的“明星”们走红的时代。大凡明星所到之处，无一例外总会出现些或大或小的骚动，而在这个“大场面”中，又往往少不了这么一个小景观：一大群“追星族”们追着星们求签名。日前刚与一位同事谈到一桩旧事，说的是某年某月，一批大有来头的明星来到咱们这座小城，一位咱俩熟悉的女士兴冲冲拿着笔记本去求其中一星签名，结果被该星不耐烦地推到一边，闹了个大没趣。巧的是，前几天的《羊城晚报》到达办公室后，不经意间，又瞄到该报娱乐版的头条是一组照片，说的是歌星张学友来到宁波，某小姐拥上前请其留下墨宝，结果被歌星的保镖一把抓住，甩在门上，直撞得头晕脑涨、涕泪俱下……

对文体界的“明星”，我向来并无“特殊感情”，除了承认他们在某些方面确实有其特长，从不拿他们当“青春偶像”什么的来崇拜（说句心里话，对那些科学界的名人，我倒是实实在在地充满了敬意）。因此，对这些追星族们的某些举动就不大容易理解了。单说求星签名这一项，便有诸多不解之处。

“明星”们所留下的墨宝，到底意味着什么？证明你曾经亲近过明星（或曰明星曾经亲自接近过你），并可借明星之光辉使自己亮起来？还是明星这几个字真的那么有价值，无愧“墨宝”之称，可以流芳千古？若是前者，那也不过是满足了你的虚荣心，增添了些许吹嘘的资本而已，事实上，明星还是那个明星你还是那个你，稍有见识者未必凭着几个破字（这种字也许挺好伪造呢）而对你刮目相看。若是后者，就令人糊涂了：据我所知，文体明星虽如云，擅长书法者却鲜有耳闻，他们的球打得好，歌唱得好，舞跳得好，这与书法高明可毫不相关（事实上，有些明星的笔下功夫甚至比区区在下还略逊一筹呢，实在无法让人恭维），那么，你得了他那几个字，和得了他抛弃的烟头、纸屑、汽水瓶等废品有啥很大的区别？窃以为，真要请人留墨宝，找书法家才是道理呀。

这样一想，对那些虔诚地保留一本本满载歪歪扭扭甚至错字连篇的“明星签名录”的行为便觉意义不大了，至于那在手背上留下签字后坚持几个月不洗手的“壮举”，更是颇具悲哀的气息。若是我们的追星族们也能好好想清这一点，恐怕就再也犯不着冒那跌面子甚至挨揍的风险去求那几个价值并不高的所谓“墨宝”了。

淡化“官瘾”

广州的《少男少女》杂志搞了一次“中学生就业意向大调查”活动，收到了2万多名中学生寄回的问卷。据悉，调查结果显示的特点之一是，与前些年的一次调查相比较，如今的中学生们“官瘾”明显地小了，在“最愿意从事的职业”表中，只有1.7%的人最希望成为干部、公务员，排到第19位；而在“最不愿意从事的职业”中，干部则排到了第7位，占3%。

如果这个结果能够基本代表新一代中学生的整体风貌，那无疑是值得庆贺的。长期以来，“官本位”思想一直在国人心头拥有不可动摇的突出地位，似乎“万般皆下品，唯有当官高”——旧时的读书人，其主要志愿不就是为了博个一官半职吗？甚至，对人恭维，国人也多喜用“有官相”之说，可见“官”之“相”实乃众“相”之大。

社会上尊“官”，在一些学校（尤其是某些高等院校），也有那么一种怪现象，学生不以学业为重，却热衷于从“政”，将全身心精力（注意：是“全身心”）投入到所谓的“团学工作”中去。结果，读了几年书，“官瘾”倒是过足了（从这“长”到那“长”，年年有进步），专业学习却是一片空白。这种同学，早在学生时代便官腔十足，却又腹内空空，笔者便曾遭遇过好几位，印象中，他们在广大师生中的影响并不佳，而偏又往往自我感觉良好，常常飘飘然忘乎所以。很难想象他们走出校门后能拿什么来“为人民服务”。

“官本位”是一种腐朽的落后思想。在文明与民主日益发展进步的今天，人们完全有必要更新观念，把目光从“官道”上分散开来。事实上，这一点已经在现实中有所体现，如今，人们的价值取向已经出现“多元化”，越来越多的人认识到，社会是个大舞台，工农兵官商，谁都缺不得。除了“当官”，其他职业同样大有可为，关键是，应该选准一条最能实现自己人生价值的道路。当然，淡化“官瘾”，并不等于不要关心政治。实际上，无论从事何种职业，关心国事、天下事都应是责无旁贷的。

山水之外

平生难得真正意义上的旅游机会。一不是大款，二不是领导，闲暇时间也不多，真个是没钱、没权、没时间，怎生消费得起，潇洒得起！没奈何，只得在书山报海或荧屏“饱”览天下大好河山了。

轻松的旅游虽没有，在外走动的机会却勉强还有些。这几年，为了生计，也充当了若干次路程或短或长的行者，多少也算开了些眼界，长了点见识。

没有去过沿海，不会感觉到内地的落后。没有进过山区，也体会不到城市的繁华。天下这么大，各地的差异不是人人可以准确想象的。不必说得太远，即使在同一个地区，各县市之间，各乡镇之间，情况也各有千秋呢。比如，原先我总以为自己所就读的那所农村中学，各方面条件足够差的，可是后来又去了一些农村学校，包括某地区中心城市的郊区中学，却不无惊讶地发现，原来，天下还有不少相当简陋的学校，有的地方甚至没有公路、没有汽车，学生都得步行几十里山路来上学——这种情形在文学作品里面见过，先前总以为是使用了夸张手法的。再如，同样是建制市、建制镇，即使两地基础相同，随着时间的推移，也会出现种种差异。至于在全国范围内，差别就更大了。沿海不少小镇比我们的县城漂亮、繁华，而西藏的许多县城又不如我们一个较大的村庄，甚至，那里有些乡政府还是驮在马背上的……

同在一片蓝天下，为何各地情况如此千差万别？读万卷书，行千里路，一个人若要逃避“孤陋寡闻”，除了阅读，还须亲历。我很想怀着这份心情将足迹踏上那众多的风景未必秀美的地方。我习惯将这也当作旅游。我觉得，与“萝卜青菜各有所爱”同理。旅游的目的也完全可以不在山水之间，而在山水之外，那就是多关注一下人们的生活这道最富内涵的风景。

在此不妨再扯几句似闲非闲之话。因为工作关系，我虽无法饱阅天下秀色，却有缘广读各地游记。在众多的来稿中，作者们的笔墨往往倾注在山水之间，而少有涉及当地的人文环境。窃以为，真正厚重的游记，必定蕴含着沉甸甸的人文意识，不知诸位“行者”意下如何？

第四辑
你一定得立起来

与新世纪共舞

初进新世纪，忽然想起了诗。

聊起这个话题，一位在本市开了一家小书店的画家朋友马上用很肯定的口气说：“现在的人对诗歌根本不感兴趣了！这个东西还是20世纪90年代初被那个……叫什么来着的年轻人捣弄了一阵子，火了一把，后来马上不行了。”

我相信，在今天，很多读者也一样的深有同感：不再读诗！

曾经一纸风行的诗歌刊物越来越小圈子化；作为大众传媒的报纸，副刊园地在缩小，很多报纸的副刊甚至公开宣布“不发诗歌”；“诗人”的称号不再风光体面，倒像是带上了些许嘲讽意味……是的，诗歌这种文体，似乎到了山穷水尽的地步。

诗歌为何被人冷落？以前我一直认为问题的主要根源出在读者身上：现在的读者太浮躁、太功利、太忙碌，所以没时间理会活跃了几千年的诗歌；所以，拯救诗歌，要先拯救读者……可在前不久——也就是20世纪末了，一场小小的遭遇却令我改变了看法。

那天，在一个朋友的办公室，恰遇一位老诗人前来办事。当他看到办公桌上的传真机时，惊奇地问：“这是什么东西?”当得知传真机的功能后，老诗人不由得大加赞赏：这东西竟然这么好使，比邮寄方便多了，我们的科技真是发达！

众人听毕，心里都在窃笑。都什么年代了，手提电脑、因特网都不再是新名词，我们的老诗人还沉醉在传真机的辉煌之中。真担心他激动之下立马来一篇讴歌传真机的大作！

在现实面前，诗人的见识严重脱节，他的作品怎么去获得读者的青睐！

20世纪末期的世界变得太快了，新生事物令人目不暇接，稍不留神，再渊博的人也可能成了一个和时代合不上拍的人。这种变化在近期内肯定是加速度的，所以，迈入21世纪的人们，更得小心翼翼地活着，否则便是面临淘汰。

而我们的诗人，还在埋头写着些什么？看看他们的作品，更多的，似乎还是沉醉在以自我为中心的小天地中，说着一些别人根本无法懂或者没必要懂的梦话。面对这些和读者不相关的文字，难怪读者要怀疑他们本来就只是玩文字游戏而已了。

和以前不同，随着科技文化的大进步，我们已经告别了“读者找文字”的时代，进入了一个“文字找读者”的年代。现在的读者，单就阅读而言，可选择的作品太多（更何况，还有许多比阅读更“有趣”的东西在角逐人们有限的时间），你自己不与时俱进，却要人家适应你，那几乎是梦想。当一种作品无人问津时，我们不得不考虑：是大众的生活离你太远了，还是你离大众的生活太远了？

面对生活，我们的态度唯有主动。进入21世纪，生活的节奏越来越快、越来越新，不仅诗人，整个文艺圈的人，都应迈紧步伐，与21世纪共舞，文化艺术才不致出局。

与时代共舞，适应新时代，融入新时代，我们有理由相信，任何一种艺术形式都如新世纪的朝阳，生生不息。我们同样坚信，和着时代的节拍，一度受到冷遇的诗歌艺术也会迎来重放异彩的时刻！

网络时代的写作

同窗在学校学生会创办一份内部小报，请我帮忙筛选所收到的投稿。我眼尖，指着其中一篇散文说，这个就不必再用了，前不久已在某刊物发表，所不同者只有五个字——作者的姓名。同窗当即到图书馆查阅该期刊物，果然，于是说我“火眼金睛”。

数年后，大学毕业，参加工作。还是这位同窗，他们单位举行征文赛，请我为参赛作品把关。看到其中一篇，我又说了，这篇不符合参赛人身份要求，因为它的真正作者是在外单位工作的——我。同窗再次惊诧。

上面说的，都是多年前的真实故事，陈芝麻烂谷子，毫无新鲜气息。那个时候没有网络，人们接触的阅读物相对固定，花在阅读上的时间也相对多些，两件事凑在一起，也许只能说明“无巧不成书”，或者说明那时的抄袭行为受“科技水平”的制约而风险偏大，容易露馅。

说说现在吧。也就这么一眨眼的不到十年工夫，世界进入网络时代了。就如共产主义社会将消灭剥削，网络时代几乎消灭了文章发表的“门槛”。每天都有无数的网民在网上炮制着无数的“文字群”（只好暂且这般称呼了，因为它们中的相当一部分与传统的“文章”概念并不完全是一码事）。这个倒也罢了，更让人感受深刻的是，网络时代的人们，“写”文章的水平似乎空前提高了，甚至，我们已分不清谁的写作能力到底怎么样，也分不清谁才是那些转来转去的文章的真正主人。

不用多说，大家心里都有数。有一次，报社一名业余通讯员坦率地对我说，现在算是找到了一条省时省力的写作捷径，只要打开电脑，输入关键词，不用出门采访也能写出大量的稿件，有时一个晚上的“产量”便达十多篇，抵得上以前一个月的。他说的是“裁缝”式做法，相对“辛苦”些，因为要多搜几篇相关文章进行剪辑。还有一种更轻松的“拿来主义”，只对外地文章的“五要素”之类略作处理，再记得把作者姓名改过来就行了，反正“网络时代”了，大家的阅读面越来越分散，也不像以前那样有足够的闲情来较真。

网络时代的人们，什么文章会写不出？只要会上网，小学没毕业也能“点”（当然不叫“写”了）出等身著述。前不久，漫画家罗琪告诉我：“现在社会上有一种说法：实在干不了什么就去报社当记者。你看，现在很多记者都是以前根本没写过东西的。”我一脸苦笑，无言以对。网络时代，不要说“混”进新闻行业，我看混个作家、理论家来干干也不是太难的事，只要你肯昧着良心。

网络时代给“不劳而获”提供了便利，这不是网络的错。“剽窃”是一种历史悠久的行为，也是一种到目前为止无法根治的顽症。网络为“剽窃”提供了温床，对于那些根本不把写作当回事的人来说，目前是没办法制止他们“拿来”或当“裁缝”的。“文章”对他们而言，纯粹是一块敲门砖，只要能达到目的，他们将不择手段。现在更需要做的，是预警那些严肃认真对待写作的群体，千万要坚守信念，可不能看着人家偷懒，抵制不住诱惑，一时糊涂晚节不保，也来充分享受网络高科技的“另类”成果。另外需要特别重视的是，对于“人生识字网络始”的下一代，万万不可忽视写作职业道德教育，否则，如果这一代人想当然地把上述“拿来”行为“合法化”，那后果可就严重了。

总之，网络时代的写作，更需要道德，更需要良知！

修订“英雄”观

诸葛亮曾经是我心目中的大英雄。小时候读《三国演义》，诸葛亮运筹帷幄，决战千里，纵横捭阖，战无不胜，只要他一出场，再凶险的局面也肯定化险为夷，令我们钦佩万分，神往不已。而他事无巨细必躬亲的作风，也曾经被老师拿来教育我们（简直成“优良传统”了）。不管是在神化了的《三国演义》还是在正史当中，诸葛亮个人能力之出众，应该是得到公认的。

可是蜀国还是垮台了。在诸葛亮星殒五丈原之后，蜀国的光明也随之逐渐熄灭，小说《三国演义》留给我们的只有无奈。小时候读到这一节，害得我几夜梦见孔明先生。那时，幼稚的心灵一时失去英雄人物的支撑，竟然是如此的脆弱不堪。

撇开诸葛亮，再提我的一位和诸葛亮毫无关系的朋友。朋友在一个

“要害”部门当头，在社会上拥有颇高的地位（虽然他本身职务并不高）。这位朋友做人的水平绝对一流，在朋友圈子里口碑极好，在单位更是拥有绝对权威，说俗一点，各方面的关系都“理”得很顺。这样的人按理说在工作上定然是左右逢源，一帆风顺。可有一次，他还是碰上了麻烦事。那是他出差期间，尚不习惯“独当一面”的下属将一件很简单的事情处理糟了，被人捅到一家颇有影响的外地媒体（注意：不是本地），结果，上级主管单位来了一批又一批的调查组，事情本身并不大，可因为产生的影响大，这位能干的朋友有生以来头一次尝到了“处分”的滋味。

这位朋友当然远远不能与诸葛亮相提并论，可是二人的处事方法却还真有点相似之处。诸葛亮把大小事情都亲自干完了，他平时没有注意培养年轻的“后备干部”，特别是对“年轻干部”不大放手（更谈不上“传技”了），所以，蜀国后继无人，在人才优势上明显不如人家。我的这位朋友也是，他的单位其实还处于“以人管人”的阶段，而不是“以制度管人”，所以他本人能力虽强，可一不在家，就难保单位工作不出疏漏。

仅仅依靠某一个人的力量，是不足于成就大业或“包打天下”的，“三国”故事已经告诉了我们这一点，上述这位朋友的经历也是一个明鉴。在某个特殊的年代，“个人英雄”曾经是国人崇拜的偶像，那是因为人们的心理还不成熟，就如人们初读《三国演义》的那个年龄。后来，我们经历的风浪多了，渐渐有了自己的思想，这种“英雄观”便需要修订了。少了谁地球都照样转，我们需要的是一种成熟的制度，而不再仅仅是“英雄”的个人。毕竟，相对于个人而言，“制度”更能保障我们“不出事”。

写到这里，我又想起了几年前亲历的一件事。某新闻单位的一位领导在业务部门中层干部会议上说：“我不要求你们写稿量保持第一，相反，我更希望你们能使自己的部下多出成绩，最好能比你们多发稿、多获奖，这才是你们的成功！”这种思维与传统的要求“高大全”式人物的观点不同，它更注重的是一个集体的整体战斗力，而非个人能量，的确值得回味。

麻将之叹

好几次，家乡的几个朋友在电话里客套地说，怎么这么久不回来看看我们，大家聚一聚嘛。我直爽但不客气地说道，回来干什么呢？我又不打麻将，还是不打扰了吧。

这话一点也不过分。此前，每次回到家乡那个县，总要找那几个感情较深的同学聚聚。他们当中，有的是中学教师，有的是机关干部，也有的在乡镇“七站八所”之类的单位当上了“一把手”。找了个酒店坐下来之后，还没说上几句话，服务员已手脚麻利地把麻将桌摆好，黄澄澄的麻将哗啦啦地倒出来。同学少不了客气一下，请我上桌。无奈，本人接受“新知识”的能力实在是差，麻将这东西，读书时既不是“必修课”也不是“选修课”，参加工作后又没注意寻找机会“自学”，所以不但不懂玩，而且连玩的兴趣也提不起（没有接触怎能“乐在其中”），只好实话相告“不会”（也许这在人们看来是很丢人的事了）。于是，各位同学也就不再谦让，说一句“那你就边看边学吧”，各就各位，稀里哗啦就玩开了。

起先，我还能在一旁见缝插针，有一句没一句地跟他们叙叙旧（主题当然和麻将毫无关系）。可不久，各位渐入佳境，顾不上同我搭话了，再后来，我都不好意思说出来了——他们已完全忘了我的存在，那份专注，胜过当年备战高考若干倍。

“有朋自远方来”，竟落得如此尴尬。这个时候，我总算尝到了“多余的人”极端无聊的滋味。站起来，这里看看，那里走走，好不容易等到开饭，席间，他们还在热烈地讨论已经过去的牌局，总结各自的战果，那些专业术语我是不懂的，当然一句话也插不上，也无法与众人“同乐”。饭后，他们兴犹未了重开战，我赶紧找个理由逃之夭夭。

每次回乡相聚，都是这般情景！

此间，我也留意了这个县，发现“麻风”果然极盛，在全市堪称首屈一指。在这里，已经很难找到扑克牌了，就算有，也肯定不是完整的一副，因为那是人们打麻将时用来计数的。打麻将当然不是“白打”，那是要讲究“经济效益”的，在很多酒店，我看到人们公然将一沓沓钞票摆在桌上。

还说这几个昔日的同窗吧，以前都是读书用功，理想远大的“有志青年”，自从回县里工作，就转为志在“麻坛”了，工作之余，除了打麻将，他们似乎再也没有别的事可干了。而一上了麻将桌，便将什么事情都抛到脑后，什么亲情友情、工作事业，似乎都不存在了，甚至家里有急事也不管（后来还得知，有个校友输了十几万元，只得请长假远走他乡躲债）……

每当这时，我就感觉到了麻将无穷的威力。我想，发明麻将的那个人真是太伟大了，竟能使这么多人沉湎于此，放弃一切“方外事”，甚至在麻将桌上忘了爱恨恩仇（比如，两个人平时有隙，经麻将一“磨合”，化敌为友啦!）。遗憾的是，怎么没有人把这项伟大的发明推广到战火纷飞的地区，让“麻风”吹散硝烟，吹来和平（说不定，巴以冲突之类的令全球头痛的难题早就迎刃而解了呢——试想，大家围坐麻将桌，还打什么仗?早就一家亲了）。真是可惜，可惜!

麻将，我虽然叫不出你每个子的名字，也不懂你的游戏规则，可是，每当想起这些，我不感叹都不行，我对你的“感情”，也是一言难尽呵!

当然出人意料的事也是有的。今年“五一”期间，我回到家乡，再次邂逅了这些老朋友。来到他们所说的酒店，推开房门，居然不闻嘈杂的麻将声，他们正在悠闲地打扑克！再一看，他们打的还是“精神文明”范畴的“升级”式，连时下“扑克界”流行的“物质文明”范畴的“加分”式也不玩！多年不见的扑克牌重现江湖，使我马上想到套用当前一些报纸常用的标题格式写个报道《家乡惊现扑克牌》。同窗们为何返璞归真打扑克？他们说：“现在有规定，不能打麻将了！”我说，一直也有规定，不准打麻将赌钱呀！同窗们再答：“以前的规定不算，这次是真的。”

原来，渐盛的赌风引起了全国各级的重视，今年，省里开展了整治行动，县里有几个单位的头不幸因此落马，还被作为典型在全省通报……在“乌纱帽”和“饭碗”面前，人们只好对麻将忍痛割爱了。

难怪说，世界上怕就怕“认真”二字。看来，治治“麻风”也不是没办法，就看是不是来“真”的。“五一”期间，我们好好地玩了几天，回到赣州后，我又担心的是，要是“禁赌”行动也像一阵风吹过，那威力巨大的“麻风”是否又会卷土重来？我并不反对把玩麻将当作一项娱乐活动，问题是，许多人确实在赋予麻将重要的“经济职能”，而且上“瘾”了呀。

你一定得立起来

参加工作的头几年，一直在一个岗位干着，坐烂了几把藤椅（当然是旧的），领导也不让挪个位，没办法，只好找了个请长假的机会换换环境。

我选择了去浙江。我一直以为，那是一块真正的“人杰地灵”之地，而这些年的经济发展速度更是令全国瞩目。大学毕业那年，我就差点落脚杭嘉湖平原，可是因为不喜欢那份职业，我还是在家乡找了件自己更想做的事情干。这次，我不能再放过这个机会。

那时，凭着从业经验和相关作品，在浙江新闻界找份工作是很容易的事。浙江有个名人王阳明与赣州特别有缘，秋风萧瑟的季节，我怀着对他的浓厚兴趣，在他的家乡当了一名记者。

让我始料未及的是，浙江这块土地虽然富庶，但未必能让我们找到家园的感觉。

在单位，报社“一把手”对我们外地人绝对客气，可是广大的同人就不见得了（后来，有机会接触了一些在这里工作的外地人，他们都说，与深圳之类的移民城市相比，这里的“兼容性”实在不够）。本地人的自我优越感强烈得让你感到窒息。这里的经济发展水平当然是内地无法比的(两者之间的差距甚至还在无情地扩大)，但也不可否认，并不是每一个本地人都富得流油。我们这些在报社工作的外地人，经济条件其实比一些本地平民更好，可是，即使是这些过得还不如你的人，也有底气鄙视外地人，真是莫名其妙。

某些本地人对内地省份的无知或偏见常让你哭笑不得。有一次，在该市最偏僻的一个山区小乡（这也是报社给记者分工时给我这个外地人的唯一“领地”。报社按条条块块给记者划分采访范围，在本地籍记者忙得无暇顾及自己“领域”内的较差行业或较偏乡镇的情况下，我这个外地人可以“合法”活动的只有“一乡半局”：一个最小的乡，半个农业局——农业局的另一半科室被一名本地籍记者“侵占”，我一直无法收回)，一名显然从来没出过远门的乡干部竟然问我：“在你们江西，两层的房子现在应该有了吧?”

惊讶之后，我说，两层的房子不多！——待他面露得意之色后，我补充道：“即使是在农村，不建三层以上的话，规划部门也是基本不批的。”

面对他的尴尬表情，我并没有感到快意，甚至觉得痛楚，为他，也为自己。

类似的话何止出自乡干部之口。即使是经常走南闯北的某单位一名领导，在我客套地邀请他来赣州观光时，也问出这样的傻话：“赣州应该有宾馆吧?”

以上只能说是“无知”，更让你“激动”不已的还有偏见。

某镇两群民工斗殴发生流血事件，一方是四川人，一方是江西人。我受命前往采访，分管政法的副镇长介绍了有关情况后，特别强调了一句：“总的来说，江西人是最坏的。”

这名副镇长并不知道我是江西人。他只是坦率地表达了自己的一种看法。他的看法，让我联想到浙江一些都市类报纸刊登的社会新闻，它们总是指出：警方抓获的这名偷（骗、抢）者，来自某某省，云云。这些报道让人觉得本地人是从不干那种事情的。

我的一位老师从赣州调到邻市绍兴某高校任教已有几年了，他对我说过一句话：浙江这地方很不错，当然，你要学会和当地人相处，千万别说他们不爱听的话，包括指出他们的不足。我说，这得多么小心才行啊，我恐怕没这等能耐。其实，他们的“黑点”也不少，比如经常有本地人当街小便，比如农村排在路边的露天厕缸（笔者按：这是当年的事实，如今事隔多年，也许人家已经进步了）。没有说话的权利，在精神上，你只能是个矮人，即使多拿几个钱又怎么样？难怪，在该市一所省重点中学任教的一位龙南老乡，在这里安家上十年了，居然还有调回老家的想法。

一次又一次的经历，最终在我的心底沉淀成了一句话：家乡，你一定得立起来！

沿海再富庶也是别人的家园，只有自己的家乡富裕了，我们走出去才能挺直腰杆，在外的游子才能找回尊严，否则，即使你个人成功了，也未必能找到快乐（我想，这个道理放在国际上也说得通吧）！也许算“狭隘”的家乡观念，动摇了我在这里久居的念头。

次年夏天，在完成自己计划内的最后一次采访后，我终于选择了“回归”。

虽然没能在物质上改变什么，我对这段客居他乡的经历却一直不后悔。有些事情，你不亲身体验的话，别人怎么也无法对你说清楚。

深圳的旮旯

又一个秋天，为了给紧绷的身心放假，我投奔了深圳。

因为内地一位朋友的热心帮忙，我在深圳当了一回“白居易”——朋友的朋友在深圳谋生多年，住处还算宽敞，可以容我栖身。

两个人到火车站接我，一是朋友的朋友派来的，一是老家的邻居华仔，他们之间互不相识。当他俩在火车站接上我，来到南山区白石洲我的借居之地时，华仔惊异地说，他也在这条巷子的前200米处租房。华仔还告诉我，老家的谁谁谁也住在这一带，熟人算起来还不少呢。

深圳，这座对内地的人们来说无异于“财富”代名词的移民城市，一直令我神往。有一年去香港，曾经借道深圳，但只是匆匆一瞥，除了林立的高楼，其实什么也没看到。如今，我总算在这座城市住下来了。

我对深圳的认识，是从和我住在一起的李作家身上开始的。

李作家以前是河南某县公安局的一名民警，数年前怀着对深圳的无限向往，仗着在《人民日报》等报刊发表了大量作品，勇敢地辞去公职，只身闯入鹏城。当时，深圳满街跑着从内地赶过来的“流浪记者”（有“三千流记下深圳”之说），他们给报刊写“广告文学”，给一些暴发起来的老板编个人传记，在深圳搅起了一层又一层“文化泡沫”。才华横溢的李作家在这里当了数年“流浪记者”，却还没能实现当年的梦想。床下的那只编织袋装着他的所有家当，李作家拖着它住遍了深圳的各个区。我认识李作家时，他披着齐肩的长发，而他的一张照片却分明剃着光头。我说，莫非作家就是喜欢走极端？李作家解释：不是的，我一年只剃一次头，这样省钱。

原来，深圳的钱来得快去得也快。有一位老乡，在深圳闯荡十几年了，头几年做生意很顺，很快拥有了几百万元的资产。可后来，因为决策失误，几百万元一下子贴出去了。我去拜访他时，他们一家的晚餐是三个人吃了四个馒头。的确，在这个富人太多的城市，你一刻也不能松懈，稍微打个盹或有个什么闪失，可能就远远落后于别人了。据说，有些思想“保守”的人，有了一定的资金后，就“退出江湖”，建一栋房子出租，靠这栋固定资产和相对稳定的租金收入来过安逸的生活。

那天，我和一位本家老乡去参观深圳报业集团。我轻巧地拎着皮包走在路上，老乡惊呼：“你怎么能这样拎包？你看有谁像你这样？”我奇怪地看看路人，只见他们一个个把皮包紧紧夹在腋下，另一只手还不忘抓牢皮包的提手。老乡说，在深圳，抢包的人多着呢，像你这样拎包，有多少抢多少！

还真不是危言耸听。我们乘公交车时，仅两站路程，车上车下就看到三伙偷（其实是抢）手机的人。毕竟是文明城市，这些小偷的手上往往拿一份报纸作掩护（不像内地的小偷，手上拿的是衣服或破塑料袋之类，文化品位明显差了一大截），趁人不备时夺了手机就跑。不过，有个胆识过人的泼辣妹子眼疾手快地把自己的手机夺回来了，只是，电板已被业务精湛的小偷卸下了。

在深圳报业集团的大楼，意外地碰到从赣州过来办事的同事钟林泉（可见世界果然不大）。聊起深圳的治安，钟林泉说，有一年，他在深圳向一路人问路，因为心急，脚步快了些，结果那个路人吓得撒腿就跑……

回到住处，将这些见闻说给李作家他们听，不料他们根本不以为然。原来，他们个个都亲身被人抢劫过。其中一位告诉我，某个雨天，他在公交车站台候车，身旁一青年突然掏出匕首对准他："大哥，救救急！"把他身上洗劫一空。瞧这劫匪，还挺讲究"文明用语"呢。

那些日子，我在白石洲见了多名在深圳"淘金"数年的老乡，也许是我的运气不好，或者说是他们的运气不好——这些老乡的境况都不理想（甚至比较困难）。在深圳谋生，并不是人们想象的那么容易，这里生活成本高，竞争激烈，成功人士固然多，不成功者更是不在少数。有些从内地辞职出来的人，甚至有了悔意。

南山区的白石洲，也许只能算是深圳的旮旯，它让我认识的深圳一角，就是这般模样。但愿，这仅仅是深圳一个不起眼的角落！

前不久和几位朋友相聚，其中有一位是赣州知名的律师。有人建议这位律师：你应该到深圳去发展，那里才有广阔的舞台。律师断然回答：不，我的舞台就在赣州——通过多年的打拼，在赣州，我已有了一定的知名度，有了较广泛的社交网络，如果我放弃这些去深圳，那里有谁会知道我？更何况，那里比我强的人多的是，我还未必能做出今天的成绩。

在双方进行辩论时，我强烈地支持了律师的观点。我说，深圳并不是适合每个人，更未必是每个人的最佳选择。为什么一定要将创业的舞台设在深圳呢？其实，我们更需要的是根据自己的实力、自己的性格等因素，在事业上寻找真正属于自己的"深圳"。

送份报刊作厚礼

在浙东待了大半年时间，大概是因为经济发达之故，这里的“礼数”也有别于内地，岁末年初，单位与单位、人与人之间迎来送往特别热闹，而给我留下深刻印象的莫过于——送份报刊作厚礼。

最受欢迎的报纸是当地的晚报。进入收订季节，熟人之间便常有这样的问候：“今年的晚报，送到了吗?”如果没有，对方多半会给你备一份作为贺年礼物。当地晚报发行部早已印制好了大批的订报卡，它们就像商店里的生日蛋糕那样备受人们青睐，作为一份精神产品领域的商品，它一点不比那些物质商品逊色。

除了晚报，其他报纸也有“礼品”资格。当时我谋职的单位是家市委机关报，它也毫不示弱，一样的发行订报卡，一样的有人送。报社记者采访有具体分工（即分了农业线、工业线、文教线等），他们所联系的单位，往往给记者订了一份行业报或专业刊物；编辑不分线，但“待遇”也不差，市里几家较“精明”的单位早已给他们人手备了一份相关报刊。一位同事年底刚从记者岗位调到编辑岗位，有关单位获悉，马上为他补订一份报纸。据了解，浙江省的报纸发行量都比较大，令内地同行好生羡慕。其实，他们拥有这种读报环境，发行量大又何怪之有呢?

发达的经济是报刊“横行”的大“靠山”。在中国，浙东无疑是较富裕的地方，多数群众完全有条件在文化生活上进行必要投资。更何况，与其他商品相比，如今的报纸价格便宜得很，单位、个人多订几份报，那根本不叫“经济负担”。

浓郁的文化氛围更使报刊的成长“如虎添翼”。浙江历来是出人才的地方（中国现代文学史上三分之一的知名作家出于该省，在当今，浙籍两院院士也占了惊人的比例），文化气息浓厚，读书阅报的习惯自然要代代

相传。值得一提的还有浙人读报用报的“精明”之处。一位农民养蚂蚁致富，当地党报在次要版面次要位置发了条小消息，结果前来取经的人便络绎不绝。在鲁迅的故乡绍兴乘出租车，司机不厌其烦地述说他们城市的报纸如何如何地干预生活，成为市民的“朋友”。类似的事例不胜枚举，人们对报纸就是这么关注。

从浙江的文化与经济现状不难看出两者之间相辅相成的亲密关系。浙江人舍得在文化、信息上投入，订报、读报、在报上做广告（在浙东，各报社往往是广告排队，基本不提倡记者“拉”广告，足见当地人宣传意识之浓。此外，企业的广告还想方设法做到全国各地），于是激活了流通，促进了经济的进一步繁荣；而经济的进一步繁荣，又带动了文化市场，各类报刊质量逐步提高，读者的文化素质也更上层楼，这是多么理想的良性循环圈！它带给我们的启示，绝对不仅仅限于新闻出版界。

送份报刊作厚礼，表面看，这只是人们生活中溅起的一朵小小浪花，往深处挖，它却有无穷的韵味。正是因为如此，笔者认为，在“送礼”往往容易与社会不正之风挂钩的今天，如果送另一种礼——精神产品能渐成时尚，则不仅毫无庸俗之气，反而折射出了一种文明之光。不瞒您说，我就很渴望收到这种高雅的厚礼——当然是多多益善。果真如此的话，不用说，我们“老表”们的生活肯定也上个档次啦！

遇上一个看相的

那天，我从乡下采访回来，快到报社时，一个民工模样的中年男人赶上来。

“师傅，看个相吧，很便宜的。”他拿着一张画有手相的“招牌”，一个劲地在我身旁唠叨着。“我家世代看相，手艺家传，保管看个准，不准不要钱。试试吧，师傅！”见我不理睬，他便改口说：“师傅，你是个正直、善良、很有才能的人，你有很大的前途，但是……”见我仍无反应，他又说：“本来你今年要交好运，可惜有小人作梗，你的位子被他们夺去了！”

看他那唾沫横飞的样子，我忍俊不禁：“你怎么知道的？”

这一问，他可来劲了：“我当然知道啦，我是看相的嘛！你本来今年有一次好运，可以当处长，但是位子被人谋去了。不过你注意点的话，以后还可以当科长。”听他说得煞有介事，我忽地想考他一考：“你知道科长大还是处长大？”“这——不知道。”他不好意思地说。“我来告诉你：处长比科长大。我手下管了一大批处长，那你猜我是什么官？”“……”语塞。我“提示”他：“处级上面是厅级。”“哦，对了对了，你是厅长，厅长！”这下他聪明了。在一阵大笑中我告诉他：“我根本不是这长那长！亏你还说看得准。不过，你不妨猜猜我是干什么职业的？”“和笔杆子打交道的。”他反应倒也不慢。我说，这不奇怪，我这么瘦，又戴副眼镜，当然干不了重体力活；再说，现在的城里人有几个不与笔杆子打交道！

“那——是新闻单位的！”这次他说得很肯定。这倒是实话，但我当然不相信他真能“算”，便故意逗他：“你看我走向报社，就以为我是记者？告诉你——错了，我是老师，是来报社送稿子的！”“这……哦，对了对了，是老师是老师——反正是和笔杆子打交道的知识分子嘛！”转得挺快的。

虽然屡屡“失算”，他还是缠得很紧，又问我有没有结婚。我说还是光棍一条。他便问我的年龄。我又逗他：“37 岁了。”于是他抓住我的右手，对手掌进行一番“观摩”后，认真地说：“你在感情上受到过挫折！”我笑问：“你怎么知道？”“要不，你怎么这么大了还没结婚？”——原来如此！我再次大笑：“我才二十多岁，没结婚有何稀奇？”于是，他又以我虚报年龄为由，推托“误算”的责任，脸皮够厚了。

这时已到报社门口。看他可怜兮兮“磨”了这么久，我问他看一次相收多少钱，他说 5 元以上。于是我正色说：“这样吧，我好歹也是个读书人，对你这一套是绝对不信的。但是，看在你是外地人的份上，如果你能回答我两个问题，我会考虑给你钱。”一听会给钱，他高兴地说：“问吧，问吧！”

我的第一个问题问他老家在哪里。当他回答是“安徽”后，我告诉他：“很遗憾，如果你是江西人，我至少给你10元。现在看来你只能得到5元了。”见他一脸懊悔，我又问他以前是干什么的。他还是说世代以看相为生，我只好实话相告：“如果你是庄稼人，你会多得到几块钱。”

末了，我掏出5元钱塞在他手里：“同是姚城外地人，我知道你的难处。不过我还是劝你不要在外面混了，你这个水平，给人当笑料还不够。你还是早些回到家乡去，学习浙江农民的生产经验，好好‘调整农业产业结构’，做些实实在在的事！”

他一脸迷惘，伸出手说：“再给一点吧？”

一声叹息，我转身走进报社。

山村，那束手电光

几经辗转，我们来到了这个“一脚踏三省”的山乡。此行的目的，是调查山乡百姓反映的特产税被私人承包的问题。为了掌握事情的真相，白天，我们采取的是“暗访”的方式。

这是赣南最小的乡，全乡才两千多人口，位于三省交界之处，从赣州过来，还要借道外省，果然是“天高皇帝远”。

临近黄昏才到乡政府所在地，其实也就是个几百户人家的小村。我们自称是前来收购特产的外省客商，村里人善意地提醒说，你们别白忙乎了，这里的特产税已被邻省的“烂仔”承包，特产只能交到指定的收购者手上，卖不到好价钱，不卖也得卖。

情况属实。村里没有旅店，我们只好到乡政府招待所借宿。乡里在家的“最高领导”是一名副乡长，他安排我们在食堂吃过晚饭，领我们去了乡政府楼上一间简单的客房（就是所谓的“招待所”了）住下，就没有多问，自个回房休息去了。

不到9点钟，乡政府大院已是一片沉寂。我们摸黑溜出大院，来到外头，总算找到电话，跟提供线索的人联系上了。对方说，你沿着街，往里走，看到一处亮着灯的房子，你就进来。

果然找到这个地方。我们向屋里人亮了证件，发了名片，以证明身份。然后，他们带着我们出门，拐进一条小巷，七弯八拐地走了一段，到了一栋两层楼房。上楼后，我们才发现，楼上已经坐了一屋子的人。

再次亮明身份。屋里的人却不急，泡了茶，招呼我们坐下。然后，有人出去了，门被反锁。屋里的人用方言低声交谈，并不理睬我们。

终于，出去的人回来了。他兴冲冲地对屋内一个中年汉子说：“打通了，打通了，没错，是他们!”中年汉子立即站到我们面前，狠狠地握着我们的手：“同志，可把你们盼来了!”

原来，出去的那个人，是拿着我们的名片出去打电话核实我们的身份了。当他们从报社了解到确有其人后，才真正相信了我们。

精神一恍惚，我还以为这里上演的是当年地下党员接头的镜头。

中年汉子是这里的村支书。相信了我们是“自已人”，这些农民兄弟们很快畅所欲言。原来，这地方虽属赣南，可是离外省更近。由于某些原因，多年来，乡政府把当地特产税“承包”给了邻近某省的一些“烂仔”。这些人欺行霸市，欺凌百姓，当地群众敢怒不敢言，生产的土特产只好以低价卖给他们。又是一年冬来到，土特产大量上市了，他们实在无法忍受，只好抱着试试看的心理，希望能把问题反映出去。从那以后，他们就在盼着“同志”的到来。

村民们的眼神，让我们激愤，强烈的责任感在心头迅速升腾。我们认真地把村民们的心声记录下来，暗下决心要为他们做点什么（后来的情况令我们满意：通过连续的舆论监督，问题引起了有关领导的重视，“税费承包”的做法很快得到纠正，不复存在）。

告别时，夜已深。村支书打着手电，送我们走出弯曲的小巷。来到街上，村支书担心被人发现，停了脚步说，乡政府就在前面，路不好走，这支手电，你们用着。

在这漆黑的山村冬夜，靠着这束手电光，我们才摸回了借宿的乡政府招待所。这个村里每天只有一趟班车进城，而且是凌晨发车。次日，天还没亮，也是靠着这束手电光，我们才找到村头，登上了进城的班车。

这支旧手电至今还在我家里。多年以来，想起那个山村，那个冬夜，那束手电光，我就感到记者身上的责任沉甸甸。

网上“拖拉机”

有一阵子，感到十分无聊，朋友推荐我上网玩一种“拖拉机”扑克游戏。

这是一种“升级”的扑克打法，很对我的胃口。如今，现实生活中的人们打扑克，玩“升级”的已少得可怜，大多是“三打一”或“三拖”，要么就是麻将。“三打一”“三拖”之类我没玩过，麻将更是连牌都认不到，玩“升级”倒还过得去，可惜少有玩伴，未免感到孤独。

没想到网上还有这么多“同盟军”。这种游戏是计分的，网站先给“新人”发1000分的“本钱”，胜一次加4分，输一次扣5分（如果打了“光头”则翻倍加减）。很多技术或运气欠佳者，输多赢少而又屡败屡战，那就肯定做“亏本生意”，低于1000分了。当输到499分时，就连“老本”也没了，变成“待业人员”，只有看的份，不能参与游戏。

一开始，没有经验，见到座位就入席，也不看看合作伙伴是几流水平，于是分数老上不了，甚至好不容易花半天工夫赚了一两百分，结果半个时辰便亏回几百分去。网上牌友水平参差不齐，有的甚至连规矩都不懂也跑进来连累别人，碰上这样的对家算是倒了大霉。更有甚者，水平差又不肯“散伙”，你若强行退出，那就有“逃跑”记录，而且罚20分，叫你进退两难。

发现了这个情况后，我慎选合作伙伴了。慢慢地，有五六个牌友混熟了，彼此知道水平不错，只要一进场，就是一拍即合，联手抗敌，结果真是心有灵犀，分数一路飙升。因为我找的都是精良的对家，没多久，我的分数就高居排行榜“三甲”之位，除了一两个花钱“买”的分数（现在有钱就好办事嘛，打牌的分数也有人去买），就数我的得分最高了（这可是靠实战拼来的）。

由此颇有感悟：做事情，合作伙伴很重要，他决定成败的比例可能占一半以上。

打牌的同时，还可以网聊。因为取了个老态龙钟的名字，索性告诉各位牌友在下已经五十来岁了，结果有幸被大伙拥戴为“老大”，那些自称大学生或三四十岁中青年人的，都亲热地称咱为大爷、大叔，嘻，狠狠地感受了一场亲情，过了一把当长辈的瘾。后来，因故“金盆洗手”，宣布退出江湖了，久未登录该网站。几个月后，偶尔回去“探亲”，众多的大小朋友们纷纷过来问候，你一言我一语，害得我手忙脚乱回话都回不过来，那热闹劲儿呀，令人想起了过年。

也有牌友在我“退出江湖”时希望留个电话号码什么的，想想还是算了吧，文字胜过语言，它比语言更易保持距离，而有些美好的东西，正是需要距离来保护的。

获遍荣誉的酒杯

某年某月某日，一群酒客欢聚逍遥酒楼研讨酒文化。杯来盏往、觥筹交错切磋过酒艺之后，散席时，做东的那位趁着酒兴随手拿起一只酒杯说：“本桌酒文化研讨会圆满成功，现在我宣布：授予这只酒杯‘年度先进酒杯’称号！”在一阵嬉笑中，众人吩咐店主给杯子贴上“先进”标签，并且郑重其事地交待："把它放好，下次我们再来时要检查的！"

店主当然没把酒客们的酒话当回事，这只贴有标签的杯子仍然和其他酒杯一起放置在柜子里。很快，另一群酒客光临。杯来盏往之际，有人发现某只酒杯与众不同，身上竟然有个"先进"标签。众皆不解，招来店主询问，店主便将上次那档子事如实道来。众酒客一听，觉得有趣，当即有人提议："既然这样，我们也授予这只幸运的杯子'优秀酒杯'荣誉称号！"吩咐店主给杯子贴上"优秀"标签。

又一群酒客来了，这只贴有标签的酒杯仍和它的同伴们一起被使用着。了解到前两次的趣事之后，这桌酒客兴致很高，硬是让店主给那只杯子加上了"杰出酒杯"的标签。

这时，店主已意识到这只酒杯不凡的身价，不再把它摆上酒桌当普通酒杯使用，而是摆在店里最显眼的位置，让人一进来就能注意到它。很快，又一群酒客在酒杯桌上作出重大决定：评选这只杯子为"伟大酒杯"。

岁月如梭，春去秋来，不知不觉间，这只酒杯身上贴满了各种各样的荣誉标签。"最优秀酒杯""最杰出酒杯""最伟大酒杯""顶级优秀酒杯""空前绝后杰出酒杯"……一张张标签，把酒杯加厚了一层又一层，到后来，人们已看不出这只酒杯是什么材料做成的，越看越觉得神秘。

这只酒杯早已非同小可了，因为它的传奇经历，因为它遍体生辉的一圈圈光环，广大酒客已对它顶礼膜拜，它也因此几乎成为圣物了。有人曾经想出重金收购它，可店主死活不答应，还专门在酒店为它设了一个精致的神位，虔诚地供上了香火。

某年某月某日，又一群酒客欢聚逍遥酒楼。当人们醉得进入酒仙状态后，话题集中到这只神圣的酒杯身上来。望着它一身厚厚的外衣，人们纷纷猜测它到底是由什么材料做成的，才能有今天这个身价。有的说是白玉，有的说是黄金，有的说是铂金，各抒已见，互不相让，直闹得不可开交。

这时，那个喝得最醉的家伙，从厨房拎出一把菜刀，不由分说将那只酒杯从神位上摘下来。几声闷响，酒杯碎了，剥去那些层层叠叠的荣誉，人们惊讶地发现：这只酒杯竟然就是一只玻璃杯，和大家手上端着喝酒的杯子毫无两样。

古村逸事

朋友老黄的单位为该县一个有名的古村编一本文史资料，由老黄带队。老黄一片好心邀我“帮忙”，其实是希望给我一个在书上留名的机会。我也久仰古村大名且一直希望有机会一睹风采，便欣然答应。

老黄的单位派车送我们去了古村。老黄他们带足了行李，因为单位领导说了，要一个月后才会派车接他们出山。

古村是乡政府所在地。在乡政府一栋二层的木板老楼住下，一伙人挤在一个房间，正值酷暑，刚好考验我们的革命意志。楼道极其破烂，走几步就缺一两块木板，晚上黑灯瞎火，又可考验我们的革命胆量。山里的蚊子倒是特别热情，夜深了还围着我们转，结果，我在半夜里梦见“刺客”来袭，情急中使出“降龙十八掌”，误杀了好几只正与我“亲密接触”的小生灵。

为了赶“工期”，我们抓紧时间进村入户采访、翻族谱、查资料。古村向来以人文荟萃闻名于该县甚至赣南（虽然今天的村民已看不出富裕的迹象），村里人津津乐道的是他们的一位先祖。正当他们盛赞着先祖的丰功伟绩时，我忍不住打岔说，这位先祖的事迹我知道，他本来是皇宫的工匠，皇帝复位时帮皇帝的部队开了门，于是论功行赏，当上了大领导，算是早期的“以工代干”吧。可是因为那些“第一学历”是“本科”的官员不服气，三天后，这位先祖就被连连降职，他在仕途的“辉煌”就这么昙花一现般过去了。

老黄出来打圆场：古村后来出了很多进士、知县、知府，这是非常少见的，有族谱为证。拜读了村人提供的族谱后，我实话实说，原来，这些

进士、知县（知府级干部其实很少）多是“捐”来的，或者是“候补”的虚位，正儿八经考出来的并不多，可见，古村在那个农业经济的时代，富庶是真，“文风蔚然”则未必。若论文化底蕴，这样的古村，在吉安那边可不少见。我很快感觉古村并没有我想象中那么神秘，当然，这得感谢当年诚实的修谱人（按现在某些人的做法，就未必会写上“捐”“候补”之类的字眼了）。

两天后，我对古村的兴趣渐减，恰好单位有事，我要回去了。古村没有班车直达县城，只有通往山外一个集镇的公交车。老黄带我到村头坐车，好破一辆车！老黄叫胖子司机撕张车票，他却一脸傲慢地说，从来没这个习惯。我这才发现，原来这是一辆无牌、无照的报废车，难怪只敢在山道上跑跑。回来后，我为此在晚报发了一稿。不久，该县交警大队给晚报回函说，获悉情况后，他们立即进山将这辆报废车拖出来强行解体了。

老黄出山后对我说，有一天晚上，胖子司机急匆匆找到他们住处，问老黄：“你那天带了个什么人来坐车？把我的车都坐没了！这下好了，大家都没车坐了！”老黄说，当然，后来有关部门责令车主更换新车了。老黄又说，你在村里说的那些话，村民听了不大舒服；你在报上发稿，乡里的领导也不高兴呢。老黄还说，早知道这样，当初就不带你进村了。

一个村庄的“革命”

寒夜，借宿山城，突然接到一个陌生人的电话。对方说，明天县里有爆炸性的新闻发生：他们全村人将到县政府集体上访。然后，他略带挑衅地问：“你敢不敢来采访？”

问清事由，原来，这个村的干部们有严重的经济问题，这么多年来，村民们到多个部门反映，可是这些部门毫无反应。于是，他们失去了耐心，决定到县政府静坐示威。

我说，你们能不能换个方式，不去集体上访？这样的话，我们也许可以帮忙反映情况。

对方说："行，要的就是这句话！我们村里人正聚在一起商量，你先过来听听？"

很快，一辆摩托车到宾馆来接我。夜幕里，街灯离我们越来越远，出城了，摩托车驶上乡间小道，四周一片漆黑。我忽然对骑摩托车的小伙子阿辉产生怀疑：莫不是上次采访得罪过的那伙人……

还好，前面有了灯光，到了一个村庄。在一座农舍门口停下，阿辉带我进屋。推开门，里面热气腾腾，几十个村民一起向我行注目礼。

阿辉指着其中一个说，这是龙哥，我们的事由他牵头。

龙哥看起来不是一般的老表，稳重老成，四十多岁的模样（没想到后来一问，人家刚刚"而立"）。他详细地讲述了村民们的"苦难史"：村庄邻近县城，是城里人的"大菜园"，本来相当富裕。可是，村里的干部近十年没改选过，也从没见他们搞过村务公开。特别是五年前县里建工业园，征用了村里的大量土地，一大笔的补偿金去向不明，菜农们纷纷失业，村干部们却家家建起了别墅，"上面"的人竟对此充耳不闻。龙哥他们通过秘密调查，发现这些村干部经济问题相当严重，于是，他们决定来一次彻底的"革命"，以改变村民的命运。

说到这里，一屋子的人群情愤慨，七嘴八舌地控诉着村干部们的种种不是：他们吃的喝的身上穿的甚至家里用的都在村里报账，每年还要出国旅游一次，日子过得比镇干部、县干部还逍遥自在……最后，他们用期待的眼光看着我，说："只要你能帮我们扳倒他们，我们在村里给你建别墅！"

我说，别墅倒不指望了，一则这个村我未必常来；二则我今后几十年的工作价值可能超过这个价，砸了饭碗可就亏大了。但是，这并不影响我介入这场"革命"，只要你们能拿出可靠的证据。

龙哥高兴地说，证据没问题，我们正准备将村里近十年的账彻底查一遍。

没过多久，龙哥他们果然把证据收集过来了。村干部们的腐败行为明显存在，我们的报纸立即加以详细报道。很快，在县委书记的批示下，县纪检、检察等机关行动起来了。

事情的进展超出我们的预料。有关方面并没有表现出村民们说的“官僚作风”，他们行动迅速，几个月后，村委会成员悉数落入法网，村里需要产生新的村委会。在镇党委的支持下，村里举行了一次真正的大选举。

在反腐斗争中立下大功的龙哥众望所归，当选为新的村主任。大选那天，我到了村里，龙哥陪着我在各个投票点采访。他边走边说，如果能当选为村里的头，他将发挥自己的专长，带领村民们发展养殖业致富；将在村里办起木材加工厂，壮大村集体经济，解决失地村民的就业问题；将好好地把村部大楼利用起来，设立图书室、电教室，丰富村民们的业余文化生活；还将把我们的报纸订到村里的每个家庭，以表示对报社的感谢……

我对龙哥充满信心。当晚，选举结果出来后，全村人欢呼雀跃，我也由衷地为他们取得“革命”的成功而高兴。

龙哥并没有订我们的报纸。也许，当了村主任后，他太忙了，忙得把这样的小事忘了。一年后，我又来到这个县城出差，街上一个摩的司机向我直按喇叭，细看居然是阿辉。问起村里的情况，阿辉说，龙哥嘛，忙着自己的养殖场、木材加工厂，我们很难见到哩。又说，他本来也在加工厂做事，可后来不想干了，就出来做摩的司机。

说话间，阿辉目光迷离，全然不像一年前那个朝气蓬勃的小伙子。

又过了四年，这个村庄快要淡出我的记忆了，没想到我又在县里邂逅了阿辉。他告诉我，村里刚刚换届，龙哥落选了。又说，这五年来，龙哥买了豪华车，在城里建了别墅，小日子过得蒸蒸日上，村里的账却从没公开过，唯一的村部大楼也被他低价拍卖了，乡亲们正商量着还要来找你，再搞一次“革命”呢……

“好人”吴六

都说吴六是个好人。

吴六还在乡下当农民时就是个出了名的好人。那时，只要吴六手上有钱，不管是什么人找上门来，他都慷慨招待，让客人吃得好玩得好，吃不了还可以兜着走。当然，吴六本身并不是有钱的主，没有分家时，他用的是大家庭的钱，为此，几个小气的兄弟没少闹意见，最后分家也是因此而起。分家后，吴六缺钱时，就毫不犹豫地向亲朋好友左邻右舍借，直至借遍了全村。反正不管怎么样，他身上不能没钱，因为他的朋友太多了，他绝对不能让朋友吃亏。所以，认识吴六的人，都知道他重义轻利，出手大方，好比当年的“及时雨”宋江。

后来，吴六成了村干部。吴六成为村干部的原因其实很简单，他对朋友总是这么热情，他的朋友遍天下，乡里的城里的都有。那年村干部换届，乡领导知道他的豪爽，早就有意推他，村里的干部群众也对吴六好评如潮，吴六就自然上去了。

做了村干部的吴六，依然热情好客。上面来人，不管是领导还是办事员，吴六都要招待得极为周到。村集体并没几个钱，吴六便豪迈地大笔一挥，每次都给餐馆开上一张白条。因为吴六的口碑实在太好，所有的老板都愿意让他欠账。他们认为，吴六能带着贵客光临自已的小店，那是给了天大的面子。他们甚至早就看出了，吴六前途远大，迟早是要高升到乡里去的。

没几年，吴六果然离开村里，到乡里去了。吴六高升到乡里的原因也很简单，吴六是远近有名的大好人，连县里的领导也知道了。吴六当然也接待过县里的领导，当然也接待得很到位。那年乡政府换届，在县领导的支持下，村干部吴六便成了副乡长。这种情况在农村并不多见，吴六的事迹便被县里往上报送，结果还真在市里的报纸上成了典型人物。“好人”

吴六于是全市有名，为村里、乡里、县里都争了光。

乡干部吴六更加大方。他接待客人，一如既往地让人感到“宾至如归”。县里的干部下乡，都喜欢找吴六接待，因为他热情、大方、真诚，不像有些乡干部，总是以“财政紧张”为借口，随便糊弄一下，让人吃不好玩不开心。吴六虽然手上也没几个钱，但他能大胆地打欠条。这么有胆识有魄力的领导真是难得的好领导，上头对他越来越认可。到后来，吴六调进了县里，先是做一个单位的副职，没几年就成了单位一把手。

做了一把手，大家才真正知道吴六的“好”是一种多么难得的好。不管是上级领导还是乡里的甚至村里的来客，只要找上门来，吴六都是一如既往，接待工作做得让人没话说。吴六一定要让客人在县里最好的酒店用餐，吃最好的菜、喝最好的酒，去最好的娱乐场所。吴六常常说：“有人来我们这里就是好事，说明大家看得起我们，说明我们充满希望。”这世上怎么会有这么好的人哪？客人（特别是下面来的客人）吃了玩了之后又听了他这番话，无不感动到心窝，深深地为自己能够认识吴六这么个好朋友而庆幸不已。

谁都没想到大好人吴六竟然英年早逝。那天他正在高兴地陪几个上级领导的酒，不料因为工作太努力，当场在酒桌上意外牺牲。吴六的追悼会开得很隆重，来了几百号亲朋好友。大家都沉浸在失去好人吴六的巨大悲痛中，有人还提出应该追认吴六为烈士。大家当然也知道，吴六所领导的单位已欠了上百万元的招待费；吴六在乡里任职时打下的欠条还挂在各个餐馆的账上；吴六当村干部时打的白条至今还没谁来帮忙兑现；吴六二十年前做农民时向乡亲们借的钱也一直没顾上还。

老吴比我差得远

老吴比我差得远。在他面前，我总是有一种天然的优越感。

老吴和我同年同月生，我们自小是邻居。村里人都知道，我能咿咿呀呀唱歌时，老吴（那时当然还不叫老吴）才结结巴巴地学会吐出几个音节；我能数到100个数时，老吴还说不清自己几岁。村里人都说，同一个时间出生的两个邻居，这小子怎么就差这么远呢。

老吴和我一起上学，而且同一个班。每次考试，我和老吴都是班上数一数二的，当然，不同的是，我是顺着数，老吴得倒着数。老吴没少抄我的作业，当然，我也没少让老吴帮着干些扫地挑水之类的体力活。

那个年月，小学升初中也要举行升学考试，在我们乡下，录取率只有五成。那一年升学考试，我是全校第二名，老吴运气不错，当了一回“孙山”，总算勉勉强强和我们一道升学了。

初中三年，老吴仍和我同班。他的成绩排名比起小学时靠前了些，但还是没办法和我比。每次回到村里，他家父母都要郑重地教育他向我看齐。在老吴面前，我是理所当然的榜样。中考时，我毫无悬念地上了县里的重点高中。老吴离乡下的普通高中还差几分，好在地方上为了让学校早日富起来，出台了“议价生”的土政策，老吴在交了一笔“议价”后，也成了乡里的一名高中生。

高中时，老吴读书越来越卖力，可还是没办法和我比呀。应届高考，我如愿考上了省工业大学本科，老吴所在的农村普通高中却是个“光头学校”。好在那时普通高中的学生都有不畏艰难连续作战的思想准备和锲而不舍、东山再起的奋斗精神，老吴“回炉”一年之后，总算运气不错，也考上了我所在的大学，当然，他只是一名专科生。

本科读四年，专科读三年，老吴和我同一年毕业。我被分配到市里一家正处级企业上班，老吴学历偏低，在县里一家小企业将就着。

你可以想象，在人们的眼里，市里与县里有多大的距离，大企业与小企业有多大的差别。我们都是读过大学的人（虽然学历有高低），当然不难读懂大家的眼神。

就这样，从小到大，老吴在我面前一直很谦虚（不谦虚行吗），我在老吴面前的优越感越来越强。

老吴上班两年后，小企业倒闭了，老吴成了下岗失业人员。下岗后的老吴只好去了沿海，和老家那些当年连初中都没考上的同学一样，成了私企的打工仔。

我在正处级国有企业拿着稳定的薪水，轻轻松松地上班，业余打打麻将逛逛街，日子过得无忧无虑。

同一个时间出生的两个邻居，差距怎么这么大呢。每次回老家过年，都听到村里人这么说。

后来，听说老吴的工作经常有变化，一忽儿在东莞一忽儿在深圳，一忽儿搞技术一忽儿跑采购。再后来，听说老吴转到了一家有实力的企业，职位在不断地升，薪水也在不断地涨。但我知道，不管怎么说，他只是个私企的打工仔，比起我，还是差得远。

现在，老吴又回到家乡，和我走到了一起，我俩从同学变成了同事（缘分哪）。当然，我还是像20年前那样是个普通技术员，老吴嘛，是我们企业的董事长。我们的正处级企业在几年前开始快速地走上了下坡路，今年改制了，被沿海回来的老吴买下。别看老吴像模像样一副老板相，还拿下了MBA什么的，但我怎么总觉得，老吴还是比我差得远。

神树保佑

吴小丁从小就听二爷说，吴村后山那棵巍然耸立的大樟树是一棵神树。二爷总是以感恩戴德的心情说起神树的种种传奇。

二爷关于神树的传奇，是从他的爷爷那里得来的。二爷的爷爷所讲的传奇，更多的也是上辈人口口相传而来的，当然，他亲历的事件也是有的，虽然只有一件，但这一件足以使他对上辈人流传下来的故事深信不疑。

二爷说，他爷爷年轻的时候，吴村周围的山丘都茂盛着呢，山上还有豺狼出没。有一次，爷爷在后山砍柴，和一只豺狼相遇。爷爷跑，豺狼追，一直到了那棵老樟树下。爷爷靠着樟树，大喊一声：“神树爷爷救命!”说来也怪，树上突然落下一根粗大的枯枝，刚好砸在豺狼的背上。豺狼负痛而去，爷爷化险为夷。

从此，村里人就更加相信老樟树是会显灵的。人们认为，吴村几百年来人丁兴旺，五谷丰登，从小村落发展成大村庄，多半也是靠了这棵神树的保佑。长期以来，村里人有什么过不去的坎，有什么病痛，有什么愿望，都到神树下好好地烧一炷香，虔诚地祷告一番。

二爷对神树充满感情。他说，小时候，自已曾经病过一个月，吃什么药都不见效，后来，是因为坚持天天到神树下面祈祷，病才逐渐好起来了。说到这里，二爷老泪纵横，教育吴小丁一定要多敬一敬神树，好好听神树的话，这样长大后才能丢下“牛粮”（农业户口）吃“马粮”（城镇户口)。二爷甚至说，村里几个在城里吃“马粮”的，都是靠了神树的相助。

在二爷的教导下，小时候，吴小丁便经常跑到树下，双手合十，心里默默地恳求：“神树啊，保佑我考第一名吧!”结果，吴小丁每次考试，都在班上名列第一。同学们少不了向吴小丁讨教学习的高招，但吴小丁总是小心翼翼地守着这个秘密，一直守到读完初中。只有二爷心里有数。每次吴小丁回家报告考试成绩时，二爷都说，是神树在保佑咱家小丁子呢。

读高中时，吴小丁慢慢地觉得，自己的学习成绩在班上领先，似乎主要还是靠了自己的努力。这时，他已不往树下跑了，不仅是因为学校离家远了，没时间，更因为知识让他不相信一棵树有这个效果。但是，二爷还信这个。二爷说，小丁子敬着神树，神树是不会忘记他的，你看看，他迟早要扔下锄头，吃上“马粮”的。

那年头，在城里工作吃“马粮”是村里人的梦想。吴小丁在二爷的激励下，一直以此为目标。遗憾的是，那年头，从“牛粮”变成“马粮”实在是不容易，太低的高考升学率，决定了大多数农村青年还得继续吃“牛粮”。

高考时，吴小丁也不例外地落榜了。那时，他已知道老樟树的确没有对自己产生过什么作用。二爷却不这样认为。二爷说，神树不会不管的，小丁子肯定还会有出息。

果然如二爷所说，吴小丁虽然没有闯过高考的独木桥，但天无绝人之路，那年冬天，一年一度的征兵工作开始了，吴小丁报名参加，结果一路绿灯，穿起军装了。

农村青年穿军装并不意味着能吃上“马粮”。但吴小丁不同，他在部队里找到了用武之地，利用自己良好的语文基础，频频在军报上发表稿件，结果，立了功，上了军校，成了取得“马粮”资格的军官。

消息传回吴村，二爷更加对神树的能耐深信不疑。神树保佑，神树保佑。吴小丁每次省亲，都听到老态龙钟的二爷喃喃不休。

若干年过去，吴小丁成了村里第一位团级军官。当然，他的成功，全被二爷记到老樟树头上去了。

前不久，吴小丁转业到市环保局，以政府官员身份回到村里休假。村里人都以他的事例教育学生娃。大家说，吴小丁是个能干人，从小学习成绩就好，如果不是那年头农村学校考大学太难，早就是博士后了。大家说，像吴小丁这样的能干人，走到哪里都吃不了亏，你看人家当兵都能当成大官。大家说，吴小丁认准了的事，他就认认真真地干，不怕苦不怕累。所以说，后生们要靠自己努力啊！

只有二爷，还是逢人就说，咱家小丁子有出息，全靠村里那棵神树。你们要好好敬到神树，它会保佑全村人如意的！然后，二爷就指着后山，絮絮叨叨重复他那讲了无数遍的几百年神树传奇。

其实，后山如今光秃秃的，老樟树早在十年前就枯死了，然后被村里几个游手好闲的小青年勾结外地商人偷偷地砍了。村里人早已不信“神树保佑”的传奇了，唯有二爷仍然深信不疑。二爷早在十多年前就双目失明了。

知道自己的位子

岁初，有关方面公布了上一年薪酬调查结果，据称：10%的人年收入不超过12000元；25%的人年收入不超过18000元；50%的人年收入不超过29000元；75%的人年收入不超过48000元；90%的人年收入不超过75600元；95%的人年收入不超过103800元。

这个结果一见报，笔者的一些朋友便认为，这组统计数字是假的，因为他们估算了一下，自己的收入竟然远未达到平均水平。换句话说，大家简直不敢相信自己居然处在某个水平线上。

笔者却宁愿相信它是接近真实的。由于工作的关系，笔者接触过不少行业，同外省一些朋友也常有联系。沿海一带的经济水平是不必说了，以浙江宁波为例，当地的朋友告诉笔者，他们这几年工资收入增幅每年达30%左右。就拿本省来说，虽说经济总体落后，年收入达四五万元者也是不乏其人的。有道是山外有山，人外有人，在经济收入上还真是这么回事，有些人平时不显山不露水，所在的单位甚至知名度不高，实际上腰包还挺鼓呢。接触多了，笔者因此常常觉得惭愧，同时，也就有了一种需要努力的紧迫感。

打听人家的收入是不礼貌的行为。正是因为这样，我们多数人对自己在经济方面的"位子"并不是很清楚。生活中常常可以遇到这样的人：因为有一份相对稳定的收入，便以为自己的日子过得很滋润，于是满足现状，不思进取，甚至飘飘然。而事实上，身边的人正以一定的速度在发展，在超越，大家在经济上的距离正在不断地变化着。个人如此，有的单位也是这样，所以人们直到醒悟时，才来感叹"十年河东，十年河西"。从这个意义来说，笔者认为，每年公布一份类似的调查报告，倒是一件大好事，它在使我们不便打听别人收入的情况下，能够大致找到自己的位子，以此作为家庭（或个人）理财的参考资料之一，合理安排支出，并增添些许赚钱的压力、动力。毕竟，贫穷落后不可怕，不知道自己贫穷落后才是可怕的！

该较真时要较真

消费者合法权益遭到侵害，怎么办？如果事情不大，诸如车站如厕被收费、拨打公话挨了宰、购买商品没发票之类，大多数消费者采取的态度肯定是：算了。

的确，上述“小事”，如果要消费者一一较真，讨回公道，不但费时费力，而且即使事情得到处理，到头来消费者本人也往往是得不偿失：为此付出的代价大，而收回的权益小。

偏偏有人就不会算这笔“经济账”，笔者便是其中之一。早在数年前，笔者在某汽车站，便因为公厕向乘客收如厕费之事费了把劲。当时，如厕费单价为 0.3 元，而国家有关部委三令五申要取消该项收费，可有关单位置之不理。为讨回公道，笔者光打电话向当地消协投诉的支出就超出这个价。其时，在全国已有为讨回如厕费愤而打官司的，他们付出的代价就更不用说了。笔者讨回如厕费的事在《赣南日报》见报后，也起到了相应的宣传效果，一时间，向报社投诉“如厕费”的事情明显增多，看来想为小事较真的人还是有的。

还有一次，笔者的一位朋友刘先生，在宁都县城一公话亭打了个电话，因经营者收费过高，他不惜奔走于电信、消协等部门之间为自己维权。结果，经营者受到了教育，多收的 0.7 元话费退回来了，而刘先生为此支出的“车马费”则远远超过 0.7 元。

许多人对上述行为也许不以为然。其实，包括笔者在内，谁愿意为这类琐碎、烦人的事而操劳？可是，偏偏事与愿违，你不惹人家，人家要惹你，这种碰碰磕磕的事总是免不了要发生。于是，在感叹某些经营者素质不高之余，笔者觉得，光发感叹还是不行，要切实“帮助”这类经营者提高素质，还真得有人腾出精力来与他们较真。

与这些行为较真，其意义实在是超出了追讨损失本身。几元、几角钱的事，当然是小事一桩，多这点钱发不了财，少了它也穷不到哪里去。可是，为了这点小事较真、讨公道，它的重大意义在于捍卫公平交易这一市场原则，它维护的是一种神圣的权益，而不是到手的这几元、几角钱。某些经营者为何屡屡使出诈人的伎俩，其中原因之一就是大多数消费者无心与之计较。这时候，如果不冒出几个钻牛角尖的消费者，他们不是更加有恃无恐？短斤少两、以次充优之类的“小事”不是要越演越烈？

有位朋友在一篇文章里说，购买小商品如牙膏毛巾之类而索要发票，是一种爱国行为。我想，面对侵害消费者正当权益的“小事”。敢于不惜代价去较真，也可称为爱国行为——它确确实实是在为营造良好的社会环境而努力啊！

谁扼杀了“神童”

日前从有关媒体获悉，当年中国科技大学少年班名气最大的几名“神童”，人到中年处境均不佳，其中，赣州人很熟悉的宁铂，已经出家为僧；他们的同学当中，反倒是当时相对默默无闻的张亚勤等人，如今事业有成，成了中国科技大学的骄傲。

天赋出众的宁铂等人，为何没有继续保持那耀眼的光环？昔日“神童”的“泯然众人”，原因是多方面的，而笔者认为，过度的舆论渲染，当数“罪魁祸首”。

狂热，是国人的一大通病。媒体尤其难以克服这一点。多少年来，我们一说到好的“典型”，总是高大全式的，似乎他还没出生就已然立志克己奉公，无私奉献；而对于“坏”的“典型”呢，当然在娘胎里就是个孬种。这不是夸张，举个例子，曾在赣南担任要职的一名落马高官，早年曾从政府部门调到教育系统任教，落马前，他的这段经历被人们当作不计较个人得失的佳话；落马后，有媒体竟然说他那个时候就在“投机”：他是不甘于政府部门的清贫而“换岗”的。

闲话扯远了，回到正题。对于当年名闻全国的几名“神童”，媒体又何尝不是不加分析地“狂炒”。20多年过去了，现在回首，我们便会发现当时的“火力”确实太集中了，以致终于对这几个未成年人的身心造成了伤害。据现在的报道，当时，在赣州八中，其实有3名同学和宁铂不相上下，在中国科大特别组织的考试中，宁铂在4人中只考了第二名，可是，因为他先出名，传媒的焦点还是只对准了他。有人分析，可能正是因为成名太早，给宁铂造成了极大的精神压力，成年后感到“盛名之下其实难副”，于是多次在重要关头临阵逃脱（例如，他三次报考研究生，最终都没走进考场）。在离开少年班16年后，宁铂也说过，自己当时的痛苦主要还是来自于舆论的过分渲染。就是啊，这种舆论环境，成年人也未必能坦然相对，何况他们还是未成年人。

宁铂在中国科大少年班的同学认为，他们班上张亚勤、秦禄昌等人今天的成就，恰恰得益于当年的默默无闻，不受瞩目。二者之间的反差，的确发人深省。

时至今日，人们逐渐见多识广，思想成熟多了，但媒介的“狂热”症并未祛除。“捧杀”的事例，还在一个个地出现，被“捧杀”的人，今后肯定还会有。一夜之间成名的体坛明星、文坛新星，不乏被媒体过度关注者。还有每年的所谓“高考状元”，有关部门虽然早就禁止对此进行炒作，可关于“状元”们的报道依然没有绝迹（事实上，许多“状元”进入大学后，也必然“泯然众人”，因为高考分数毕竟只是一个数字，相差几分甚至几十分都不能说明什么）。面对这一现状，单单呼吁传媒“降温”恐怕还不可靠，更要紧的是多给“光圈”里的人泼点冷水，告诉他：你一定要正确认识自己，你一定要学会输得起，你一定要……

制书年代

又一位年轻的朋友出书了，而且一口气出两部。说出就出，不几天两本书稿便脱胎换骨成了两种散发着墨香的新书。

如今出书真是既快又方便。于是有朋友怂恿我：努力一把，也去出本书吧。

正儿八经出书，目前倒还不敢。不过，“出书”的念头却是由来已久的。因为对书有一股莫名其妙的爱，中学时代，我曾经疯狂地自制“书籍”。

那时，生活在农村，家里藏书极其有限。为了增加自己的“藏书量”，我只好自己动手“做”书。办法有二：一是将剪报粘贴成“书”，二是手抄资料成“书”。

我在小文《捡报岁月》里已提到，中学时代，我的课余时间都花在捡报纸上面。有些破损的报纸，保存不便，就取其精华，将有用的部分“截留”下来。时间一长，剪报资料就多了，翻阅、查看便越来越不方便。这时，我便想出了一个好办法，将它们“文以类聚”，粘贴成册，像出“丛书”般。这些自己制作的孤本“书”，分生活类、文艺类、科技类等，五花八门，样样齐全。那几年，这类“书”我几乎坚持每月“出版”一册，而且给它们编上了“统一书号”。为了使它们美观些，在编排上可得费尽心机，才能做到每页数篇文章刚好吻合成一个整体。我想，报社的工作人员也没我辛苦，当时便很盼望着编辑同志能方便我剪报，尽量把每篇文章排得方正些。

与剪报“辑”书相比，手抄“制”书的经历更值得我引以为豪。读中学时，我有个不错的阅读习惯：借人家的报刊书籍，见到自认为有价值的，必抄录之。起先因为没有“出书”的预见，抄得很潦草。后来数量多了，感到很有必要按内容整理成册，于是便越抄越工整，最后干脆将前头不工整的几册重新抄录一遍（称为“再版”）。那时，正宗的教科书没读到多少，“杂牌”书刊倒是一册接一册地借阅，时间浪费不少，试卷上不考的“见识”也增长了不少。记得有一年寒假，从语文老师那里借得一部《唐宋词鉴赏辞典》，如获至宝，没日没夜地抄，连春节这天也不例外，二十来天假期过去，一千多首词被我一首不漏地抄完，还编为上、中、下三册。开学还书时，右手中指已被钢笔压得起了厚茧。

读初三那年，正值全国各地通俗文学刊物泛滥之际，我很不小心地迷上了武侠小说。年轻人果然有激情，读得多了便想一试身手，笔名也取好了，就叫“全庸”（意思是比金庸还差着两点）。尝试着写了几章，困难就来了：自己不学武术，每逢小说中侠士过招时，场景描写总是“活”不起来。咋办？想出了一个笨法子：做笔记。大约两年时间，我将数十部武侠小说中的武打场面描写、历史地理知识都抄了下来，每逢“写作”卡壳时，便翻到其中一段模仿几招。这样一来，这所谓的“小说”还真“活”起来了，有关笔记也积累了十几本。

大约四五年时间下来，我剪辑了二十多本铅印的书，手抄本更是多达数十册，所抄字数在百万以上。后来读大学中文系，有些同学惊诧于来自乡野的我在文史知识方面颇有“博览群书”的嫌疑，我将当年制书的经历如实道来，闻者无不咂舌。

当然，读大学后，书籍多了，也有条件买些书了，自制书籍的历史便自然终止了。当年那些“书”，剪报本因为太粗糙，且已“书老纸黄”，我早已废弃不用，后来干脆塞进老家的灶膛；手抄本则因为付出心血太多，至今仍珍藏在书箱。

第五辑
相隔一堵墙

错出来的美丽

一次，骑车前往一个从未去过的地方。我只知道这个地方属郊区某镇管辖，出城后，在三岔路口，我凭印象选择了一条通往该镇的公路。

然而，半个小时后，我便知道了方向有误：这条路并不通往镇上，因为我眼前出现了邻市的界碑。如果不是走错了，或许，我已经在镇上打听我要找的那个地方了呢。骄阳当空，我只好懊恼地往回走了。

行不多远，忽然，路边一块宣传牌引起了我的注意：下面的落款，正是我要找的地名！莫非，那地方就在附近？向路人一问，果然，再行几百米，走上一条岔道，就到了这个地方。

那里的人们告诉我，这里虽然归属某镇管辖，但从市内出发，如果经镇上到这里来，路程远了几倍，远不如直接走这条公路方便。原来，如果不是三岔路口的选择失误，我还没这么顺利到达这里呢，真是歪打正着！难怪我要找的人很惊讶我第一次来这里就能抄近路找到这个市级地图上都找不到的小地方。

留心生活，类似的“错出来的美丽”，也许并不鲜见。

一位写诗的朋友曾经拿着一首近作给我欣赏。当我读到某一句时，心下对该句中的其中一字暗暗叫绝：就这一个字，使这首诗平添无限风光！不料，没等我出声赞叹，朋友却忽地叫起来：“不好，有错字！”而这错字，正是我最赞赏的那个字！当我将自己的感觉说出来时，朋友不禁仰天大笑：没想到一首佳作是错出来的。

不要对“错误”一概而论，一棍子打倒。错误也像囚犯，可以区别对待，适当量刑。失败是成功之母，错误呢？未尝不是正确之源。甚至，有些“错误”，只是从表象看起来是“错”，如果深入挖掘，却完全有可能找准“对”的根子。所谓真理，不就是在经历了千百次谬误之后所得的收获么！错误是一种不漂亮的甚至有毒的花，但它却有可能结出无毒的、美丽的甚至可口的硕果。因此，面对错误，不必惊慌失措，束手无策，而应拓宽思路，积极应付。冷静地想一想，最佳处理方式也许很简单呢。鲜血溅污了精致的小扇，顺势发挥，不就成了美丽的桃花扇么？

人生憾事何其多

邻居是位退休工人。每每闲聊，他总爱跟我们说：“嘿，想起来好后悔，年轻时单位想把我调到子弟学校，我却因为那时教师待遇太低而不愿去，要不然——现在也是干部编制呢！”“唉，那年领导叫我去工学院进修，我又目光短浅不肯去，否则，有了文凭，现在也不是这个模样啦！”及至退休后，还常常听到他唠叨：“真后悔：退得太早了，如果再挺它一年，我就能评高级工嘛！”

邻居不厌其烦地诉说他的几大遗憾，终于引起了我的思考。回首自己的经历，我忽地发现：自己的憾事居然也不少呢。如果读初中时能用功些，后来就不用上普通高中了。如果读高中时不自暴自弃，也许我的大学就不是这所名气太小的一般院校。如果大学这四年不虚度光阴，以后的工作……这么多“如果”，足够年轻的我懊悔下半辈子了！

再把眼光转向其他人，更发现：各式各样的遗憾，在任何一个人身上都普遍存在，不是你缺漏了这项，就是他做错了那般，真是人生憾事何其多！

的确，世上不存在完美无缺的人生。可是，话说回来，其实，有许许多多的缺憾，却是本可避免的。遗憾的是，由于种种原因，一些类似的失误总是一次又一次地出现在我们的生活中，从而形成一个“失误—感慨—再失误—再感慨”模式的怪圈，使人对此只能表示无奈，由此徒生许多悲愁。

面对这等现实，我们应当明白：遗憾之事人人有，我们没必要对一己之憾耿耿于怀。对待遗憾，首先应当有一份超脱的心境，万万不能因此陷入懊恼而不可自拔。“牢骚太盛防肠断，风物长宜放眼量。”前车之辙，后车之鉴，人生存在失误是正常的，重要的是以实际行动消解失误所结的恶果。亡羊补牢不为晚，只要尽了努力，破坏了上述怪圈的循环链，也许，我们就不会总是感到憾事多多吧！

人生如圆

每个人的一生都构成一个圆，大小不一的圆。

生命从无到有，又由有到无，从终点回到起点，这就是圆。

圆的轨迹以生命为原材料。生命有长有短，生命之圆有大有小。寿命长的人，他向人们展示了一个巨大的圆圈。而有的生命则是刚刚开始便匆匆结束，它也构成一个圆，不过是个已缩小成点的圆。

生命之圆只有朴素的弧线，仅凭这，还无法展现一个人的人生。生命之圆镶上色彩夺目的金边，便是完全意义的人生之圆。

于是，便有了这样的情况：有的生命之圆虽然硕大罕见，却是平平淡淡毫无色泽，而另一些弧线不长的生命之圆，却散发出恒常的熠熠金光。

人生之圆，唯重质量才能闪光。

不要因为最终归属是另一个意义上的起点而停滞不前。不要因为人生如圆而忽视各圆的差异。实际上，走了和没走，在什么时候也不会具有同等意义。而各圆的差别，更是明显地写在它们的大小与质量上。

人生之圆，需要以双脚为圆规去画好。画好人生之圆，唯有全身心地投入，才能使它最大限度地接近完美。放弃一切，这样的人生只能是一个——几乎没有任何内容的——小黑点。

最了解自己的是我

常常，听得人们如此感慨：这世上没哪个真正了解我——知音少！

就因为，当你陷入痛苦的沼泽无法自拔时，满腔的苦水找不到宣泄的出口。

就因为，当你误入生活的阴影茫然失措时，竟然没听到任何指点迷津的声音。

就因为，一肚子心事积淀多日，成为难解的心结，却遇不上一个可以倾诉的对象。

于是，抱怨就在我们心中油然而生：知音难觅！知音难觅！没有人理解我，那么——我是谁？

就在这个时候我们险些儿丢失了自我。好在，你心底，理智的阵营蓦地冲感情暴喝一声，这才把你从思维的死胡同拉出来。

它说：不！这世上至少有一个人非常了解自己，那就是——“我”！

你不认为：最了解自己的是“我”？

没有谁比“我”更了解自己了。我是属于自己的。我伴随生命的整个过程。我渗透在生活的每个细胞之中。该干什么，该怎么办，我不清楚谁清楚？

别人对你的了解，凭的是感觉。你对自己的了解，凭的是知觉。我太了解自己了，因为我的内心只对自己绝对、完全开放。旁人的目光，又怎能将我的内心世界看穿看透？

“我”不了解自己，那么，别人不了解你，那是活该。

没有理由不了解自己，没有理由不信赖自我。别人的了解，永远属于别人，你要想永不丧失自我，首先就应当学会了解自己！

相隔一堵墙

一堵高墙傍大道而立。曾经有一段时间，频频打那墙前过，墙前的景物便谙熟于心了，一草、一木，甚至一堆垃圾，都记得清清楚楚。可是，墙那边的风景怎么样呢？每次路过这里，都会升起这个好奇的念头，却又因墙太高，每次都带着问号匆匆而去。

忽然有一天，那墙被拆倒了。惊喜的目光迫不及待地投向墙内，却收获了满眼的惊讶：这墙内的地盘，不就是我们学校的后操场么？每天早晨、傍晚都要光顾的地方，还有什么比这更熟悉的处所？可是，因了这堵高墙，我却一直对它饱怀神秘的向往，莫名的憧憬！

墙外一个世界，墙内一个世界，两个世界本来都是相当熟悉的，但在墙的阻隔之下，我怎么也没能将它们联系起来。走过墙外，我憧憬墙内；漫步墙内，我向往墙外。咫尺之距就这样变得遥远了。一堵墙，费思量！

我们的目光就是这么脆弱，无法穿透一堵墙甚至一层纸。我们的思维就是这么无奈，能够远越时空却想不透一堵陋墙。于是，一些本来挺简单的东西就这样让我们自已弄复杂了。于是，许多事情的真相水落石出后便常常令人瞠目结舌、啼笑皆非，就如做一道程序繁杂的数学题，算了一整天原来得数竟是零。

很多的时候，在人与人之间也相隔着这么一堵墙，一堵无形的墙。两颗炽热的心，都是那么的渴望友谊、渴望交融，却终因受堵于这道无形的高墙，把距离凭空拉开，彼此顾虑重重、遮遮掩掩，将一个个交流的好机会错过了，却将一颗颗苦涩的青果留下来。形影孤单之际，除了一声无奈的喟叹“知音少”，余下的只有恍如洪荒旷野的孤寂。

有形的墙，可以用手拆除，无形的墙，该怎样去摧毁呢？

“没有感觉”

初游赣州郁孤台，对家住台下的那几户居民颇为艳羡。然而，一位游客却说：“他们住在这里，是没有什么感觉的。如果我们住过来，那我们也对这里没感觉了。”细细想来，此话是有道理。

有句俗话说：“身在福中不知福。”这话用到这里也是挺恰当的。久居郁孤台下，对这里的景点熟视无睹，便难免会纳闷：为什么每天都会有那么多闲人找到这偏僻的角落来破费一块钱门票？苏轼有句著名的诗：“不识庐山真面目，只缘身在此山中。”这不也是郁孤台下那几户居民的写照吗！

还有许多类似的“没有感觉”。比如，同一位优秀人物生活在一起，久而久之，你会对他身上的闪光点视而不见，以致惊讶于别人对他的盛赞；而与缺乏修养的人为伍，也就难以理解自己的粗俗行为有何值得指责。又如，我们常常对某些“热门”的职业向往不已，却不知，不少从事该职业的人，居然根本无视自己的优势，也在孜孜不倦地做着跳槽梦，真是“墙外的想进去，墙内的想出来”。还有那婚姻的“围城”，也常因两个人距离的拉近而使空间变得狭小，缺乏了流动的空气和持久的活力，于是使人感叹“距离产生美”……

实际上，没有感觉，并不等于生活真的凝滞不变，而是因为我们自身缺少敏锐的目光和活跃的思维。外界事物无时无刻不在发展，生活也在天天增添新的内容。世界每天都在给你新的面孔，“感觉”本身是永远不会消失的，只不过是主观上“感觉”不到而已。因为这，也许会使我们无法正确认识自己，从而对生活作出错误的判断。为此，我们必须学会寻找感觉：不断更换自己的视角，永不停止搜寻的目光，达到“久在花中也知香”的境界。

不要轻视感觉，它是思维活动的产物，是心灵感应的标志。感觉使个体与外界紧密联系。世界是瞬息万变的，寻找感觉不能一劳永逸，感觉麻木势必冲淡生活的情趣、消解生活的激情。积极投入生活，每天都有新感觉才好！

尊重谦虚

朋友的同学公然口出狂言：在这个学校，没有哪个我瞧得起！朋友当即针锋相对："你可知道——在这个学校，同样也没哪个看得起你！——我只看不起一个人，而这个人就是你。"

如此以不恭的态度对付狂傲之徒，倒也不失为一种处世良策。藐视狂妄，尊重谦虚，这本身也是一大美德。

狂妄的"后台"是无知与浅薄。头脑稍微清醒的人都应当知道，尺有所短，寸有所长，世上任何人都可能拥有一定的优点，同时也会具备某些缺点。十全十美的人从来都不存在，谁都没有理由轻视他人、小看一切。

狂妄本身便是一大缺陷。狂妄使人故步自封，停止追求，狂妄使人头脑发热神志不清，狂妄使人威信下降走向孤独。谁会轻信一个狂妄之徒的德行、才干呢？

没有理由不尊重谦虚。谦虚不是虚伪，不是懦弱，不是自卑，而是对自己的不满足，对他人的信任与尊重。谦虚，是为了使现实始终与理想保持一步距离，从而不断提高自己，完善自我。谦虚，是因为自身的短处需要吸取别人的长处来弥补。任何时代的人都会有缺点，谦虚使人看到自己的缺点，认识别人的优点，所以，谦虚是不会过时的，那曾经流行的"打倒谦虚"之类的口号，在明眼人看来显得多么荒唐、滑稽。

谦虚永远可敬，谦逊者永远可爱。

正确认识自己

年轻的心灵不拥有甜美的梦想，那简直是怪事一桩。也许你常有自己当上部长乃至总理的幻觉，要么你梦寐以求的是那至尊的诺贝尔奖，抑或你老是认为自己是要超过牛顿、爱因斯坦的，总之，你年轻的心绝不会是一口无动于衷的平静得近乎无聊的小池，甚至可以说每个年轻人总是野心勃勃。

然而部长、总理名额有限，诺贝尔桂冠也不是垂手而得，至于牛顿、爱因斯坦，那更是百年难出一个。于是，无数个美丽的追求，都将是海市蜃楼、梦幻泡影。

为此，在梦醒时分，我们就应好好地重新掂量自己。先前的估计失误，并非什么不可饶恕的过错，谁叫我们是年轻人。但在此时若还要执迷不悟一条道走到黑，那才不是年轻人的本色。

例如你在炎炎七月拼死拼活厮杀一番后累得气息奄奄，到头来却进了一所别人不屑一顾的三流院校，这时你如果还要虔诚执着地编织中学时代的“重点梦”，那就不可谓为明智之举了。面对现实，你首先应当承认自己确实是能力有限（根本不必以“考场失误”为借口），也就无须开支一笔时间去怨天尤人。然后是在这次“变故”中较准确地量测自己，重新设计人生坐标，尽量缩小下一步的偏差。只有如此，才可摆脱那些莫名其妙的忧愁烦恼，活个轻松洒脱。

正确认识自己，真的很重要！

奇迹，有可能发生

高考前，数学老师再三强调，数学一定得考到100分以上（总分120分），这才有可能在“千军万马过独木桥”的竞争中胜出。然而，考场上，鬼使神差，一道看似复杂的题目将我引入迷境，做得太投入了以致忘了这是在考试，竟把老师反复叮嘱的“控制时间，顾全大局，先易后难”要诀抛到脑后去了。于是，当清脆的终考铃声激动地响起时，我险些惊得跌下座位：后半张试卷连题目都还没看呢！

按数学老师的理论，这次考试是稳成败局了。本打算后面三场考试就此放弃，可想到寒窗苦读、亲友期盼……最后，还是怀着一丝脆若蛛丝的侥幸心理，强把痛苦与懊恼压在心底，咬咬牙，硬着头皮坚持考完。

成绩出来了，数学比预料的还惨，只得了54分，离老师的要求相差太远。奇迹也正是在这种情况下发生，由于其他几科的帮助，总分居然上线了！就这样，在老师惊讶的眼光护送之下，那年秋天，我进了一所不起眼的本科院校。

至今犹记，接到录取通知书时，我真是百感交集。假如当初仅因一念之差而坐以待毙，放弃考试，那岂不造成终生大憾！这次经历，使我深切感到：面对紧急关头，千万不能退缩，即使是那希望极其渺茫的最后一根稻草，也不要轻易放过，也许，这里正孕育着一个柳暗花明的转机。无论身处怎样的困境，我们都不该丧失信心，只要竭尽全力去奋斗，奇迹，就有可能发生！

何必担心“得罪”我

曾经虔诚地捧着习作请几位老师、学兄指教，然而，他们往往只是接过来翻了翻——倒像是在数页码，随后便赞上几句虚无的“好”“不错”之类。久之，只好将求教之心收起，省得自讨无趣。

好在我对自己的水平心中有数，这才不致被那甜腻腻的“糖衣炮弹”炸昏。尊敬的师长、学兄不对我的习作进行具体的批评指正，是怕“扼杀”我的积极性还是担心言辞过厉“得罪”我？我也清楚，现在的人是很有自尊的，有时候别人稍稍说上几句不恭的话，就把那人给得罪了。适应一些人只听得“顺耳”话的形势，人们只好把逆耳的话（哪怕是忠言）藏起来。于是，竟连老师对学生，尤其是对较敏感的大学生说话时，也分外谨慎起来了，有的干脆放松对学生的要求。至于平辈交谈，那更是要“三思而后言”了。

其他方面不管，笔者认为，在治学方面，其实哪有什么“得罪”人的事？我既然有心向您请教，那自是信得过您，自是有迎接“暴风骤雨”式批评的准备，您但说无妨嘛，何愁我不理解您的心？假如“我”真是那种忌恨“不恭”话的人，那更不用担心得罪“我”：“我”这种人显然无法在学问上站起来，而且连基本的胸怀都没有，可以说不值得继续交往。既然不想和这种人多交往，则“得罪”了又何妨？

所以，笔者觉得，从“文”的人，对待“文”事不妨畅所欲言，各抒己见，多开展正常的批评。假如连这点要求都达不到，还谈何学术繁荣、文化进步！而对年轻的后学之人来说，要是大家都由于社会环境的影响，嘴上的防线日益坚固，都不愿轻易开金口，他们便会因为没机会得到前辈的具体指点，只能进步缓慢甚至不可避免要走些弯路。

关于哲人的雨伞

有一天，天空阴沉沉的，正是大雨将来的前兆。许多外出的人们自觉地带上了雨伞。

几个年轻的学者走在大街上，忽见他们的导师，著名的大哲学家亚里士多德，左臂夹着厚厚的讲义，右手打着雨伞急匆匆地赶路。

当时并未下雨，只是阴天而已，对于哲人的这一举动，学生们立刻开动思想机器，作了深刻的分析研究。

甲心想，哲人是世界上最聪明的人，能料身后五千年之事，因此，肯定是他有先见之明，料算到将有一场令人不及打伞的迅来之雨。所以，跟着他去做，绝对没错。

于是甲“扑”地打开了伞。

乙认为，哲人是深懂未雨绸缪、防患于未然这一道理的，正抓住这机会进行“身教”呢。作为他的学生，不遵师嘱显然不行。

乙的雨伞也张开了。

丙的看法是，超凡脱俗的哲人，思想已到了有即无、无即有的极致境界，下雨和不下雨无区别，下雨可打伞，不下雨怎么就不可以打伞？凡物必有用，有用则当用，他是在向人们显示伞的多功能性啊！

丙当然要效仿了。

丁则是从审美的角度来看这个问题。毫无疑问，打开伞，便自成一处风景，这是流动的艺术！

伞像一朵鲜花那样在丁的手中绽放。

街上的行人有一部分是认识哲人的，见了他的模样，本来便有所疑惑，又见四个年轻的学者也如此这般了，于是一个个（不管认识不认识他们的）也开始了思想。一万个人有一万种答案，于是满街的红伞、黑伞、花纸伞全开花了，街上五颜六色比花园还美丽。雨天之外出现这种景观，这还是头一次。

只有一个懒惰的小学生有点特殊。他今天去上学根本没带伞，他嫌麻烦。见到街上长出了这么多蘑菇和花朵，小学生连思考的精力也省下了，直接问身边的第一个打伞者——也就是哲人：“老爷爷，天没下雨，您忙着打伞干什么?”

哲人身在蘑菇林中，却没有感觉。他看着没带伞的小学生，慈祥地说：“我的右手今天出毛病了，无法下垂，这样拿一把没打开的伞肯定会令人费解，所以便把伞打开，这样更协调些。其实，这种天气嘛，不一定就下雨。”

雨中的红袖章

那次在南门广场，喉咙忽地一痒，还没等他明白是怎么一回事，“喀”的一声，一团浓痰已迫不及待落地了。马上赶来一个带红袖章的老太婆，出示她的卫生监督证和罚款单一张，索了他十块钱。起初，他再三解释自己并非故意，并说自己是优秀共青团员绝对不会有意污损市容。然而老太婆倔得很，不饶人的嘴说，“优秀共青团员更应受罚”，不饶人的手又去撕另一张罚款单，吓得他赶快摆手表示认罪，这才得以脱身，心里却说不出的窝火，趁着老太婆没注意，又狠狠地呸了一口之后便飞也似的逃了。

打那以后竟落了个怪病：喉咙里的痰居然像山泉一般源源不绝，总是吐不完，折腾得人一天到晚不舒服，特别是在公共场合，该死的痰更是跃跃欲试想出风头。为此，他只好调遣相当一部分精力对那该死的痰一次又一次进行镇压。每当这时，喉咙堵了、鼻孔塞了、嘴巴不敢张开，那种难受劲有甚于憋尿。

也找过医生，结果医生窘得只能说“惭愧”两个字。服药吧，查遍药典未得良药。该死的老太婆！唯一的办法是一次又一次在心里诅咒。

那个雨天，他打着伞从团校回去。路过南门广场，可恶的痰又准时报到了。雨点沙沙，不算太大，也不会太小。他想，这雨天，肯定不会有那贪婪的红袖章了，便对痰改施仁政，放肆地“喀”了一下，黄乎乎的秽物脱口而出，体积真不小，成了水泥地上一处显眼的风景。望着自己的杰作，他感到有股从未体验过的快感遍布全身，惬意地伸手进裤袋掏手绢。

忽然，他无意间一瞥，但见不远处的树下，一块红布格外醒目。啊，又是老太婆！居然打着雨伞在站岗！他不自觉地惊呼一声，老太婆侧过头，向他看来。

就是她！狗日的病根！不好，她肯定又要过来了……

他匆忙揩了一下嘴，本能地撒腿就跑。

老太婆果真跑过来，嘴里还嚷：“慢走！你的……”

正在这时，“吱”的一声，一辆“瘦狗”呼啸而过，老太婆惊叫一声，在雨中倒下了。

“瘦狗”竟然加速驰进了雨雾中，留下一溜黑烟。

他回头看到了这一幕。良心使他停止逃跑，返回察看老太婆的伤势。

老太婆伤在左手，红袖章被血一染，红得发黑了。地下的泥水已成泥印。见他过来，老太婆用右手艰难地指着他刚才吐痰的那地方：“你的钱包……”

一只精致的钱包。肯定是掏手绢时带出来的。他这才明白刚才老太婆追来的真正原因。顿时，热血直涌脑门，他连忙将老太婆扶起，背着她向对面的市医院跑去。

老太婆还念念不忘：“你的钱包……”

他说：“没事，那不值钱！”他记得很清楚，钱包里别无他物，只有一张刚刚发下来的批了“优秀”的团章知识竞赛答卷。

出了医院，天空很清爽。令人惊疑的是，从这以后，喉咙也清爽了，可恶的痰再也不来骚扰。真是不治而治。他想起一句古话：“解铃还得系铃人。”再一想，又觉得不太合适。

真人方隐

方隐，字真人，东胜神州傲来国人氏。据传，幼时曾遇异人，授以神功，可呵气折树、飞剑取人首。异人师父临去时，赠方隐一句话：真人不露相，露相不真人。以此诫勉方隐好好做个名副其实的真人。

方隐成年后，从不在人面前显示一身奇功。傲来国尚武，人人皆尊武艺高强者为英雄。方隐若出手，十拿九稳是国中第一高手。然而他牢记师父的告诫，经常装出一副平庸相，有时也少不了对某些武艺平平却又喜欢自命不凡号称“打遍××无敌手”之辈说上几句恭维话。久之，人人皆以为方隐是个十足的懦夫、弱者，便对他很有些不屑。

方隐对此毫不介意。相反，他为此感到高兴，因为自己没有辜负师父的期望，做了一名真正的“真人”。

邑人孟无忌，是一介莽夫，常在乡里横行霸道、欺负弱小，号称“无敌大力士”。当时方隐之侄方不达因性格刚烈，冲撞孟无忌，遭其毒打，呕血而归。方不达愤然离家寻师习武，三年后，艺成返乡，与孟无忌相约社场比武，邑人纷纷前往观看。方隐本想不去，又恐兄弟家怪罪，也随行。二人交手上百回合，孟无忌毕竟功力老到，技高一筹，方不达惨遭毒手，当场毙命。方隐之兄、方不达之父爱子心切，上台拼命，又被孟无忌打成残废。众人视方隐，竟无丝毫反应，自此无不鄙夷其人。

方隐一生不与人动手，别人也不屑与他冲突。方隐就这样默默无闻地活到九十九岁，快要死了。弥留之际，方隐想到自己空负一身绝功，却无一人知晓，特别是举手可报的家仇也没去报，不胜感慨。感慨之余，终于忍耐不得，以自己真实面目自告家人。家人只道是人临死之时的胡话，并不当回事。方隐不由心急，索性豁出去了，声言要露一手真功夫给众人一瞧。然而连呵几口气，尺外的烛火也不曾晃一下，别提“折树”了。见此情景，方隐登时感到心力交瘁，哀叹一声，倒床气绝，两只眼睛睁得特圆特大。

莫停留，劝君大步向前走

和许多刚刚踏入高等学府的学子一样，初到这所陌生的大学报到时，我心绪茫然，有一种不知所措的感觉。那段时间，连日徘徊于围墙内，整天浑浑噩噩无所事事。想想某些大学生说过的“上大学反而空虚、无聊”，不禁深感其言诚哉。

消沉是一种慢性毒药。它使我们的感觉渐趋麻木，使我们常常在难言的空虚中莫名怅然。

直到那天，登上学校图书馆之巅，俯视身下，恰巧见到邻墙的附属中学正召开表彰大会，正是在中学生们朝气蓬勃的脸上，我找到了我们这种消沉状态的缘由：不就是因为我们进入大学后关闭了中学时期建立的理想灯塔么？我们缺少的，正是一个充满吸引力的奋斗目标！

是的，当我们的十年寒窗之苦终于换得一纸梦寐以求的录取通知书后，我们很容易产生一种大功告成的错觉。这种错觉一旦支配了我们的思维，理想与信念就只好悄然退避。而事实上，学府本身并不代表成功，迈进了它的大门，只不过是意味着你向前走出了一步，至于目标，离你的脚下还远着呢！

回到现实中来，应当明白：人生的道路是那么漫长，生活中还有许多道沟坎在等待着你去跨越。比如我们在校学生，就业便是一个最现实的大问题。在当前知识、能力越来越受重视的环境下，如何做好充分的准备，去适应将来的工作岗位，这不是离我们最近的一个奋斗目标吗？为了实现这个目标，大学生就根本没理由无所事事，轻松度日，相反，肩头的担子应是更沉重了。否则，待到毕业时，只怕又要“空悲切”。

有了奋斗目标，无聊、空虚的感觉不战而逃。奋斗是个无休止的过程，目标永远都在奋斗者的前头。作为一个行走着的赶路人，我们完全没有理由逗留不前。行走是一种美丽的风景，唯有大步向前，我们的生活才能永远获得充实的内容，我们的内心才能产生一种青春无悔、人生无憾的幸福感。

追求：无限上“纲”

只道高校宿舍便是莘莘学子“寒窗”号列车的终点站，于是拼了余力进行最后冲刺，而终于如愿进站后，便大大咧咧摆出一副“休养生息”的姿态来。

然而很快便又惊讶地发现，身边众多的同窗，依然行色匆匆，忙忙碌碌，保持当年战备状态，高歌“向往”“追求”不绝。原来，他们做了大学生之后，并未将眼帘垂下，闪烁的目光又盯上了前面的“硕士站”。硕士学位确实可以令人怦然心动，有时便异想天开：天上掉下个硕士帽给我戴戴，那此生可就真正知足了。念头刚起，却又立即自我否定：硕士之上还有博士，既已赶到硕士站，岂有不向博士站进军之理？至于过了博士站，前面的天地更开阔，更由不得一个嗜“学”成瘾的人不去奋力追求，哪里会有“满足”的时候！

其实何止“求学”这条路是如此。路有万条，人各有志，自是不必限在同一条道上硬挤。不过，不管你在哪条道上赶路，有一点却是相通的：每条路都永无尽头，足够一个人终生追寻不已。遥远的风景一处胜过一处，只要眼睛往前看，随时都能发现诱惑。为了使生命的轨迹实现它的极致延伸，为了使青春的光辉洒遍人生岁月，我们唯有不断检视理想坐标，将自己的追求“无限上纲”，这样，不管我们选择了哪条路，终究是能够殊途同归的。

干什么才好

那个星斗满天的秋夜，我们几位就读于“教师摇篮”的难兄难弟共坐夜话亭。

话匣子打开，对师范专业大发一通感慨之后，提出一个话题：人生在世，到底干哪一行才有意思？假如还有一次选择的机会，大家又将作何种打算？

“实用主义”者 A 君率先发话：“除了当教师，干什么都行——我甚至宁愿放弃这个所谓的‘大学’，去读税务、财经一类的中专。”

B 君却是另一番见解：“读中专倒也不见得怎样，将来十有八九还是要到最基层去，没有路子的话进城都成问题。依我之见，现在记者这个行业很受青睐，所以还是选择新闻专业，将来做个‘老记’更风光。”

立即有 C 君出来抬杠：“学新闻还好哪？你也不翻翻报纸，这几年记者不是当被告就是挨打，却有几个做了赢家？律师、法官最吃香才是真的，所以最佳选择应是——政法大学。”

又有 D 君不服气：“读法律专业也不见得最好，你也不想想，天天为这些条条框框所累，生活过得多么乏味！现在真正潇洒的还应数那些形形色色的‘名人’哩。”

轮到历史系的 E 君发言：“有些‘名人’侥幸得志一时，但终究上不了史册，而只有真正的伟人，其价值才是永恒的。”

话至此处，显然已是离题甚远。一直没有发言的“理想主义者”F 君若有所思之后，作了总结发言：“人各有志，此话不假。不过，此番听了各位高论，我倒忽然明白：干哪一行其实都是各有所长。鄙人不才，自知成不了伟人，不如甘为人梯，但愿若干年后，诸桃李中出了记者，出了律师，出了各行各业的名人，甚至出了一代伟人，还有下一批辛勤园丁……

那才称得上不枉此生!”

沉默。五六双眼睛不约而同齐望满天闪烁的星斗。少顷，亭子里响起掌声。

想起了崔八娃

读初中时，做梦都想发表文章。苦盼几年，上高中后，终于有小文一篇以标准的豆腐块模式在一家省报亮相了。

小小的运气接踵而来，又相继有一些“豆腐块”“油条”见诸报端，写作劲头由此大增。然而，好景不长，读完高二，眼见又一批“战士”从“前线”归来，蓦然觉醒，下一轮“七七”该咱上沙场了。于是慌忙给稿纸判了有期徒刑，专心侍奉起高贵的教科书来。

现在，勉勉强强也上了大学，还读起中文系来，这才记起可怜的稿纸也该刑满释放了。哪料想，时过境迁，再次面对“旧友”时，竟如陌路相逢两不识了。我凄然看它，它漠然对我，彼此沉默良久，笔端终究未吐一字。

不由得想起了那位数十年前名噪一时、与高玉宝并驾齐驱的“战士作家”崔八娃。据说，自从崔八娃离开部队回到老家后，他再也没提起笔杆，整日面朝黄土，忘了世上还有“文字”。于是，三十年后，当有关人员费尽周折找到他时，竟发现，这位昔日的知名作家已是连字都不识多少了。

面对眼前空白的稿纸，由不得我不信这事的真实，更由不得我不信韩愈老先生的告诫——“业精于勤荒于嬉”。自己的一次亲身感受，文坛的一则辛酸掌故，总算教我明白。写作，非手勤不能有所进，非手勤不可奢望成功，任何一个疏懒的人都休想从这里骗取一丁点儿果实。在这里，勤奋虽然不是充分条件，但至少是必要条件。没有勤奋这股源头活水，那有限的滴水“天赋”终究是会挥发干净的。

再想开去，在商潮汹涌的当代，不少文艺工作者耐不住清贫与寂寞，纷纷“下海”去了。也许，他们心中曾有良好的愿望：将“下海”当作手段，为自己的创作服务。然而，在“海”中沉溺过久，他们会不会迷失方向、遗忘自我呢？有可能，新生活给了他们新归宿，于是商界多了一些富翁，文坛少了几部大作。或者，有的虽意识到自己本应干什么，却由于海潮的冲刷，再也无力重抄旧业，返回精神家园了。于是便操起了闲心：商海是否也有“崔八娃”？

不愿再听“崔八娃”的故事。

强盗的逻辑

强盗在杀人之后，是振振有词的：“人反正都是要死的，不过是时间问题罢了。我杀了他，世上便少了一人，岂不是减轻了地球的负担？所以杀人也是件功德无量之事。”

也不知通过什么门路，强盗来到学校承包食堂。自此学生眼睁睁看着馒头一日比一日小下去，遂表不满。强盗辩解曰：“哪里是馒头在变小，分明是尔等的眼睛在变大！”

某日强盗偶阅古籍，忽地发现某篇传奇中有自己的名字，而且还是个不光彩的角色呢。强盗勃然大怒：“老匹夫胆敢侵犯老子名誉权！若不起诉，誓不为人！”翌日，法院果然收到一纸控告古人侵权的诉状。

强盗摇身一变，居然做起法官来了。恰有一小偷，因被第三者告发而上了法庭。强盗当庭宣布：“原告连自己的东西都保不住，能怨谁来着？物竞天择，强者生存，原告既然不能亲自抓到小偷，则小偷便是胜者。胜者何过之有？无罪释放，一切费用由原告支付！”

强盗终于被警察逮捕。这时他以贵人的口吻对警察说：“说起来我还是你的恩人哩——假如没有做强盗的，你们警察岂不要失业了？”

不信相面那一套

常听得专业的和业余的相面人说起某某人天庭饱满是官相，某某人神形猥琐叫化命之类的话。对于看相之事，本人一向不相信，也没多大兴趣，因为生活中被人称为有“官相”而实际并无官命的人并不少，特别是在这新时代，小山村也不乏富态雍容之人，乍一看，以为是大官，细打听，方知是猪倌。而被认为一副“苦相”却又偏偏官运亨通者也不乏其人，最著名的例子莫过于美国前总统里根：他当演员时，有人因为他太无“官相”，拒绝他扮演总统的角色，但是生活跟人们开了一个巨大的玩笑，若干年后，这位无资格扮演总统的人，当上了一名货真价实不折不扣的总统！

相面之事虽荒唐，然而世人并非都像本人一样不信那一套。上街看看那一个个相面摊子，便可知道其信徒甚众，否则那些职业相面人如何能够长期共存？

在相面先生面前，肯定是“福相”者占绝大多数，否则他们的收入必将大打折扣。仅此可见“福相”之“福”，必有言过其实之处，水分多得很。倘若哪位顾客耳朵太听话，以为自己既然吉星高照，从此完全可以为所欲为，那必将上当。比如某个中学生，如果因为相面先生一句“稳上大学”的话而吃下“定心丸”，从此荒废学业，后果不用说大家也知道。这种“吃亏”的实例常常成为人们的笑谈，可是“受害者”能怨谁呢？

而所谓“苦相”，当然也是无稽之谈，只不过是相面者以貌取人，从门缝里把人看扁。若是哪个信了他们的话，从此自暴自弃，无所作为，那倒是真有可能会“一生凄苦”，为相面先生白添神吹的资本。如果不理那一套，奋发图强，终成大器，相面先生保证不敢再见到你、提起你的大名。这并不是天方夜谭，世界上与里根同遭遇的人并不少。

其实，一个人的一切怎能都写在脸上，让那些不务正业的人一眼看个够？这道理真是太简单了。走好每一步，关键还是在自己。付出的努力越大，成功的概率就越高，化“险”为“夷”的机会就越多。生活对每个人都是“机会均等”，谁都有选择“成功”的权利。凡此种种，怎会和面相紧密联系在一起？还是老话说得好：人不可貌相！

允许“陈蕃”不扫屋

规劝急于求成的人从零开始、循序渐进，人们比较喜欢用的一个论据是“一屋不扫，何以扫天下”。那大概就是说，东汉陈蕃少年时便立志“扫天下”，可是他的书房却乱糟糟的。某日，一个长辈劝他打扫房间，陈蕃答道：“大丈夫当扫天下，安事一屋！”长辈便说：“不扫一屋，何以扫天下！”故事至此戛然而止。

其实，这个所谓的论据是十分不适于用来证明“凡事应从头开始，从小做起”这一观点的。因为本故事并未结束，它还有颇富戏剧性的下文。那便是，这位“不扫一屋”的陈蕃，后来到底还是实现了他的“扫天下”的理想，成为东汉末年重要的政治人物。

不扫一屋，怎见得就不能扫天下？“扫一屋”是谁都能胜任的事情，它和“扫天下”本来便没有什么很密切的关联，自然谈不上是“扫天下”者必走的一步，所以，要求一个立志扫天下的人先过这一“关”，实在是多此一举，近乎苛求。而且，别说“扫屋”，就是其他一些有关环节，只要陈蕃能“跳”过去，也应让他省却一番辛苦。只要有捷径，就应利用，这不是可以加快成功么？实际上，很多事情都是没必要循规蹈矩，一步一个脚印的，我们应把步子迈阔一点，只要条件成熟，就大胆跨过去！

认为“不扫一屋，安扫天下”，其实是人们对条条框框的思维定式。长期以来，我们的思想总是被一些“紧箍咒”束缚着。慢慢来、一步一个脚印，这就是我们干事情的态度，于是，我们总是在一些无关紧要的细节上耗费了大量的宝贵精力，甚至因此错过更好的发展时机。“框框”的弊害，由此可见一斑。

当然，也不是完全不要“框框”。其实，在一般情况下，“框框”还是要的，若没有原则，照样办不成什么事。不过，这种“框框”应是由虚线构成的，而不是实线。这样，具备一定的灵活性，必要时才能突破这个“框框”。

正如吴晗、钱钟书数学成绩奇差，仍能有机会进大学深造，最终成为一代杰出学者。试想，假如当初决策者认定数学考零分、十五分者定然成不了大器，而将二人拒于门外，那么，纵算二人后来也能在文史方面有所成就，但恐怕与“杰出”二字无缘。

“不扫一屋，也扫天下”，告诉了人们一个如何做到人尽其才的道理。杀鸡何须用牛刀，百十里路不必劳驾千里马。“金无足赤，人无完人”，对人才不应求全责备，我们很需要专才！重要的是发现人才的“才之所在”，给他合适的用武之地，让他在那个领域放开手脚大干一场，这样才不会导致“人才浪费”。

陈蕃“不扫一屋”，有何值得指责的！相反，只要他能“扫天下”，我们应当“允许陈蕃不扫屋”才是。

画狗、画鬼与空谈

画鬼容易画狗难，这是古时候的一位所谓画师的高论。道理就这么简单：狗是现实生活中活生生的东西，你画得好不好，像不像，别人一看便知，透明度如此之大，要想作假也不行；而“鬼”呢，世上本无此物，谁也不曾见得，随你怎么涂鸦，也没个像不像的标准，真个是“说不清道不明”，不存在是非，无所谓真伪，当然就容易画了。

由画狗、画鬼的典故很容易使人联想到生活中的空谈风尚。

空谈之风其实也是由来已久的。人们所熟知的魏晋玄学，便是空谈一例，后人对此多有微词。因其已然“俱往矣”，本文不打算花笔墨再去炒它。窃以为，为避免自己的空谈之嫌，说空谈，主要还是应针对现实而来，脚踏实地，笔写实际。

今人是怎样空谈的呢？先从笔者最近参加的一次关于道德的讨论会说起。这次讨论，发言者不可谓不踊跃，气氛也堪称热烈。然而，透过现象看本质，却发现，原来大家都只是大谈特谈道德的走向、未来等之类的“设想”，对道德的现状却只字不提，更没哪个出来批判当前客观存在的道德问题。笔者之所以想起“画鬼容易画狗难”的典故，也正是源于此。不是吗？未来的道德会是怎么个模样，反正大家都还看不到，任你怎样信口开河，也不至于当即定论为谬论、错误。而道德现状，却是实实在在的，有目共睹的，一旦你认识不深，就可能因判断失误而触众怒，被人群起而攻，最后只能落荒而逃。

这仅是一个具体的小事例。其实，撇开今天谈明天的现象，我们并不少见。某些政界人士，不是也爱专谈宏伟的蓝图、伟大的设想，却从不为改变现状而出点力气吗？在他们那里，各种计划、责任状琳琅满目，到头来都是些花架子、摆设。当他们这边又在兴致勃勃绘新“图”时，老百姓那边却是兴致全无，失望透顶了。又如文艺界，也不乏空头理论家，从不就具体的作品谈得失，却专爱把玩几个玄乎其玄的名词术语，讲些不着边际、令人不知所云的大道理，对实际创作一点也不管用，只能唬唬圈外人。这些只会夸夸其谈不能干实事的人，其实就是“鬼画家”之流。

我们当然不需要“鬼画家”。然而，为什么又偏偏有这么多人钟爱“画鬼”？究其原因，不外乎以下几种：限于本人能耐，干不了画狗这行，但又不忍失却“画师”身份，便另辟蹊径，转为画鬼；画狗容易被人挑刺，画鬼却无所谓毛病不毛病，为了避免麻烦（所谓“多一事不如少一事”），还是画鬼合算（正是“何乐而不为”）；画狗这活儿难度较之画鬼，那是大多了，为了偷懒养神，还是画鬼吧。所以，如果要教人们多画

“狗”少画“鬼”，只好如此这般：扩大“狗画”市场，挤掉“鬼画”市场，使“鬼画师”们没了用武之地，为了生存，只好乖乖地从头做起，苦练画技，画些市场上需要的东西。如此，清除空谈风尚的种种说法与设想，便不致再度沦落同化为“空谈”了。

摒弃“武大郎”心态

听说了这么一件事：某中学有个年轻的校长，因为自己的最高学历仅是中师，便竭力抵制上级将大专院校毕业生安排到该校，而大量地从农村小学调入一批低学历的教师。结果，该中学的教学质量每况愈下，特别是高中部，几乎难以维持下去了。

这使我很自然地想起了著名漫画家方成的那幅著名漫画《武大郎开店》：武大郎当了老板后，有个怪脾气——比他高的都不要。结果，店里的伙计，都是清一色的矮子。

这幅漫画的概括性太强了。“比我高的都不要!”这就是典型的“武大郎心态”。

与“阿Q精神”一样，“武大郎”的这一卑微心态，在我们很多人身上也普遍存在，只是程度不同而已。枪打出头鸟，有才能的人反而被排挤，这些现象都证明了“武大郎”的徒子徒孙大有人在。

“武大郎心态”的成因是多方面的，但归根结底可以说是源于一点：名利思想。“武大郎”拒绝比他高的人，就是因为生怕别人夺了他的“名”、抢了他的“利”（这其中当然也含有妒忌成分）。为了保住自己的位子，他只好充分利用手中所掌握的权力，蛮横（近乎疯狂）地打击“高”者，企图使他们从自己的视野中消失。

由此倒也可见，“武大郎”其实并不可怕，他们根本上就是外强中干之徒。他们的盲目“排高”，不正说明了他们的自卑、怯懦吗？他们是如此的害怕竞争，真是既可笑、又可怜！

无疑，“武大郎心态”比“阿Q精神”还更可恶。“阿Q精神”只是自我安慰、自我欺骗、自我麻痹，对他人不构成伤害；而妒贤嫉能，是横在道路上的蒺藜、绊脚石，既毁了自己，又误了别人。所以，这种心态是万万要不得的，于国于民，于人于己，都一无是处，应坚决摒弃。特别是，对于已经掌权的“武大郎”，如果他不摆正自己的心态，继续做“武氏信徒”，则尤其不宜姑息。为了营造一个和谐的工作环境，大家还是同心协力孤立他，或者干脆把他拉下台为好！

强化理想意识

在物欲横流的时代，“理想”这一带有光辉色彩的词语似乎越来越远离了人们的生活，变得虚无缥缈，“高处不胜寒”了。

随着“理想”的远逝，人们的目光越来越集中到“实惠”二字上面，凡是视力无法直接感知到的，似乎都要从思维中驱逐出去。

这样导致的结果，只能是使人越来越世故，使生活越来越简单，使社会越来越庸俗。失去了理想，人们就等于生活在昏暗之中。失去了理想，人类将渐渐退化得只剩下一般动物的本能。

所说的理想，其实也不过是仅比眼前现实高一等的另一种现实而已，并不等于对宗教的崇拜，也不等于对命运的迷信。那是一种提高眼前现实的力量，是一种强化生命的激素。它与现实往往只有一步之遥，而正是这一步之遥，吸引着你终生苦苦追求，从而使你的生命迸发了最大的能量。

不能拒绝理想。面对变态物欲的挑战，我们更应强化理想意识。只有强化理想意识，你才不至于被肆虐的物欲邪风卷跑；只有强化理想意识，你才不会跌入黑暗的地窖；只有强化理想意识，你的人生价值才能得到真正地提高。

强化理想意识，务必付诸行动。摒弃私心杂念，抛却世俗偏见，以善良之心厚爱生活，关心他人，必要之时作出牺牲，理想之塔就在心头巍然屹立了。

时代呼唤：强化理想意识，巩固人类洁净的精神家园！

重诺言

人而无信，不知其可。老祖先是这么说的，老祖先的话影响了一代又一代。可见，重诺言，乃是一个人应当具备的基本品格。

中国人自古以来重诺言。史籍中不乏这种令人肃然起敬的义士，在武侠小说中也常常可以看到，即使是十恶不赦的邪恶之徒，也是以食言失信为耻的。可见，食言而肥，那是连匪徒也不如了。

重诺言，既是一种基本品格，又是一种难能可贵的品格。

遵守一两次诺言，那绝非难事。一辈子坚持践行诺言，却肯定很不容易。毕竟，每个人都难免有疏忽的时候，或者，天有不测风云，有时候你也许真的心有余而力不足，由于不可抗的因素，只好明明白白无可奈何地失约……

那么，怎么办呢？绝对的“守诺”理想难以实现，只好退而求其次：在你尽全力而仍遭失败后，内心深处能对此“耿耿于怀”，真正把它当回事，这就够了。

理想与现实总是有一步之距，“守诺”也不例外。理想与现实总是可以通过调和达成相应的协议，“守诺”也是如此。当一种理想由于客观原因实现不了时，将现实的顶端部分“破格晋升”为理想也是可以的。

现实当中，我们却常常可以看到这样的人：在人面前随时承诺，什么事情都应承下来再说，胸膛拍得嘭嘭响，让人在感受其冲天的豪气时，不由自主深受感染，感激之情油然而生。然而，事后，他却根本不把自己所应允的话当回事，不但不去尝试着践诺，甚至打心眼里没把别人的所托当回事。最后的结果，当然是让别人大失所望，甚至耽误了大事。

我不喜欢常常忘记自己诺言的人。不管有意无意，这都构成了对听者的欺骗。同这样的人共事，一点可靠的感觉都没有，多累。常常忘记自己的诺言，从此人家便不将你的话当话听，从此你说了等于没说，多可怜。

言行是一个人的“品牌”之一，重诺言、言行一致的人，无须更多的表白，就能获得他人的信任。而一个“品牌”已毁的人，走到哪里都被人提防，或被人忽视，这种活法岂不可悲？

让自己的诺言有价值，除了要发自内心地重视诺言，还要慎重承诺。做不到的事就不要乱说，至少不能把话说得太满，留点余地，对自己、对别人都没有坏处。

重诺言，既是对别人负责，也是对自己负责。

第六辑

人一旦失去追求

不关音乐的事

东晋从来就不是一个阳刚的朝代。到了晋安帝时期，这个王朝已是日薄西山，气息奄奄。

晋安帝义熙元年（405 年），尚书殷仲文因为朝廷音乐设施不完备，告诉大臣刘裕，请求重建。刘裕说："现在没空做这样的事，况且我也不懂这东西。"殷仲文说："如果你喜欢它，自然就会懂了。"刘裕说："正因为懂了就会喜爱，所以我才不去学习这东西。"

刘裕是当时东晋朝廷的"实力派"。在这前两年，晋安帝的皇位一度被大臣桓玄夺去了，是刘裕等人打败桓玄，把皇位还给了晋安帝。刘裕当然不是所谓的"忠臣"，十多年后，他亲自将司马家的江山改为刘姓。

武将出身的刘裕，小时候是个穷人家的孩子，读"义务教育"都成问题，家里绝对不可能送他去"特长班"培养琴棋书画之类的爱好；更何况，这时的刘裕"野心"已经很大，不再满足于给人家打工，所以，他没时间听音乐，而且连这种爱好也懒得培养，省得浪费时间、牵扯精力。从这一点来看，这是个不容易沉湎玩乐、玩物丧志的人（《资治通鉴》第一百一十九卷在刘裕当了皇帝去世后，也评论他"清简寡欲，严整有法度，被服居处，俭于布素，游宴甚稀，嫔御至少"。可见，这是个清心寡欲，不怎么爱玩的人，当了皇帝之后，不但应酬少，后宫也不热闹，这种皇帝在史上不多见）。

刘裕拒绝重建音乐设施，这事载于《资治通鉴》第一百一十四卷。而翻到第一百一十五卷，开头又是一件和音乐有关的事：晋安帝义熙五年正月初一，北方的一个少数民族国家南燕，其国主慕容超在会见群臣时，感叹御用音乐不完备，商议掳掠一些晋人来充实歌伎力量。马上有一位大臣出来反对："陛下不计划让天下士民休养生息，积蓄力量，以便向魏国报仇，恢复失去的国土，反而要再去侵扰南方的邻国，增加仇敌，这怎么行呢!”慕容超说：“我的计划已定，不必和你废话!”二月，慕容超即出动军队进犯东晋，然后从掠夺的俘虏中挑选了男女青年二千五百人，交给管理王室音乐的有关部门培训。

事情当然没有就此了结。很快，不爱音乐的刘裕为了这事，和热爱音乐的慕容超干起来了。这样的战争是没有悬念的，后人光是看看双方领导的为人，便大致可以想到它的结果了。第二年，慕容超被东晋部队抓获，押往东晋都城建康斩首。

刘裕和慕容超，对待音乐的迥然态度真有意思。

正处于“创业”时期的刘裕，不愿学习音乐是有道理的。一个人如果想做一番大事业，兴趣太广泛未必是好事，特别是对于玩乐方面的兴趣，太多的话肯定要影响办正事。许多玩乐项目，你没接触时不知它的乐趣，一旦接触，陷进去了，如果没有相当出色的自控能力，就可能不可自拔了。比如打麻将，为什么有些人的赌瘾会那么大，一旦上桌就六亲不认，荒废事业甚至债台高筑也不管？又比如电子游戏，为什么会有那么多青少年成为网吧的“迷途羔羊”？都是因为爱之太深，几近“忘我”啊。更糟糕的还有某些人的不良嗜好，比如吸毒、赌博，一旦沾染，麻烦可就的确大了。那些痛不欲生、悔不当初的人们告诉我们，对于不良嗜好，要避免这种后果，最好的办法，就是根本不去懂它。

慕容超为了音乐之事不惜发动战争，可见他对这项爱好已陷得很深。娱乐方面的事，往往就是这样，陷得太深就容易让人头脑发昏，以致本末倒置，做出傻事来。当今不是有些人活着就是为了娱乐，为了追星可以放弃谋生、放弃自己或亲人的生命吗？热爱音乐不是罪，“爱”到这个份上就不对了。

人生在世，当有所为有所不为，有所爱有所不爱。娱乐当然是生活的一部分，但娱乐也不是生活的全部。正确对待娱乐，摆正业余爱好的位置，把握好一个“度”，轻松的娱乐就不会反过来成为沉重的负担。从这个意义来说，刘裕和慕容超他们之间的事，其实不关音乐的事。

“拖拉机”三定理

八小时之外没什么娱乐活动，顶多就是和几个气味相投的朋友甩几把不带“经济效益”的“拖拉机”。打牌也不忘做个“学习型”牌友，多年下来，略有心得，与牌友们共同悟出“拖拉机”三定理（算是集体智慧的结晶吧），现整理出来供牌坛后辈参考。

其一，取长补短定理。该定理俗名“狗屎理论”，源于一位牌坛前辈的名言：“拿对家埋下的底牌，就算是狗屎也要捡起来！”“拖拉机”打法的妙处之一，就是在开战之前，底牌与主牌充满变数，埋下的底牌，随时可能被具备条件的下家拿去重埋。如果是对家互换底牌，这牌对另一方来说就几乎没法打了。但是，也有业务不熟练的，拿了对家的底牌，一看对自己并没什么用处，便完璧归赵，这样就不外乎两种结果：如果对家有条件再次改牌，无法从底牌中捞到什么好处，只能是徒劳一场；如果对家没条件改牌，两人手上的牌因为纯属自然生成，也就无法互相照应。不管如何，改牌不实践“狗屎理论”，双方的优势就不能互补，只能是白白浪费了换牌的大好机会。

局外语：工作上的合作何尝不是如此？一个有战斗力的团队，往往是成员之间善于互相了解，在合作中取长补短，配合默契，使团队力量倍增，从而顺利克敌制胜。唐太宗李世民之所以能取得贞观之治的政绩，就在于他这个优秀的“庄家”拥有一批同样优秀的“副家”，而其中最突出的又要数魏征。如果没有魏征这样的“副家”不断地弥补李世民的不足，贞观之治就不可能成为中国封建史上的千古绝唱。

其二，先发制人定理。108 张扑克牌是神奇的，大家手上的牌，没有最强，只有更强。你手上貌似有好牌，但别忘了敌方可能也不弱：你有三拖，人家甚至有四拖；你的主牌多，但人家的副牌可能是“抱团作战”。

强弱只能是相对的。在这种情况下，谁抢到发牌权，就显得至关重要。先发牌者，往往可以打乱敌方的阵脚，让他有力发不出，有劲无处使，最后使其有生力量溃不成军。所以，高明的副家往往会在庄家首次调主时，以最大的火力接过发牌权，然后不遗余力地为庄家减负（消灭副牌）。而如果手上有好牌舍不得出，留着不仅难增值，反而可能大大贬值甚至完全作废。

局外语：先下手为强，在多数情况下是正确的策略。发财要赶早，出名趁年少，说的都是这个道理。能否及时抓住机会，是成功与否的重要因素。在竞争越来越激烈的社会，尽量别输在起跑线上。还是说李世民和魏征吧。魏征以前的“庄家”是李世民的大哥李建成，而李世民则是他们的对手。魏征曾经劝李建成先发制人，然而李建成没当回事，结果，李世民果断地抢过了“发牌权”，玄武门之变，一局定终身。

其三，顽抗到底定理。常打“拖拉机”的朋友都有这种体会：只要还没打过A，就不可轻言胜负，因为一切皆有可能发生变化。所以，领先的一方不能大意轻敌，处于弱势的一方一定要振作，形势再糟糕也不要放弃最后一根稻草。有一次，与晓强君搭对家，对手青云直上，很快打A了，我们还没开张。这时，晓强君说，还是节约时间，这一局到此为止，我们摊牌认输算了。我严肃地批评了他的“投降主义”错误，坚持要打完最后一把。结果，机会就在对方一个细小的疏忽中产生了，我们总算捡够80分，取得了做庄权。更没想到的是，从此牌风大好，势如破竹，最后的胜利竟然属于我们。此役让牌友们深刻认识到“顽抗到底”的重大意义，成为“励志”的活教材。

局外语：当年刘邦与项羽过招，可以说，项羽早早地打到A了，刘邦却还处于初级阶段。最后的结果，却是早早打到A的项羽终究没能打过A，遥遥落后的刘邦却成了最终的胜利者。我想，项羽是注定了无法瞑目的了，如果他“顽抗到底”，过江东卷土重来，或许会有别的结果呢。历史总是有惊人的相似之处，类似的“牌局”还有不少。再想想自己亲历的一件事：十多年前参加高考时，至关重要的数学出现重大疏忽，按常理，上大学的希望基本上不再有了，但我还是抱着侥幸心理坚持考完后面几科。结果，成绩出来，数学虽然完蛋了，但总分还是上线，就这样惊险地圆了大学梦。由此悟出：人生变数何其多，不言放弃是至理。

堪怜王谢堂前燕

历史上有些事情总是让后人感到莫名其妙。一千多年前的士族现象，就足以让今人咋舌。

等级秩序严明，这是封建社会的一大特色。而在两晋南北朝时期，士族和庶族之间的严格区别，堪称等级秩序登峰造极的表现。

士族和庶族的来龙去脉，三言两语是说不清楚的。打个不恰当的比喻，二者的区别，有点类似于早些年的“城乡差别”：如果说士族是吃“马粮”的城镇户口，那么，庶族就是吃“牛粮”的农业户口。在不甚遥远的计划经济时代，这两种“户口”的不同待遇也足以让若干年后的人们拍案惊奇。那时，对我们农村青少年来说，如果有机会获得“农转非”的机会，那可真是人生的头等喜事！非农业户口，升学有优惠，招工有机会，参军复员有安排……甚至，我们南方人逢年过节到粮管所买几斤面条、面粉改善生活，也要靠这个户口。在那个年代，要跳出“农门”，对于大多数农家子弟来说，唯一的出路就是加入“千军万马挤独木桥”的行列——考学。

两晋南北朝（尤其是南朝），士族与庶族之间的天壤之别，当然远非“农业户口”与“城镇户口”的差别可比。

在封建专制社会，皇权够大了吧？可是，面对士庶之别，南朝的皇帝们却毫无办法。南朝宋文帝手下有个庶族大臣徐爰很能干，文帝想提高他的社会地位，命士族大臣王球同他来往，王球却毫不客气地拒绝道：“士庶区别，国之章也，臣不敢奉诏！”结果，文帝不但拿他没办法，还要亲自认错，面子算是丢大了。

门第观念在那个时代发展到了不可理喻的地步。士族子弟似乎天生就注定要当大官，哪怕才智再平庸；而庶族子弟即使功勋卓著，身居高位，也因“出身”不好，不敢与士族相提并论，凡事还得让着点。做实事、出实绩的是庶人，而行尸走肉般的士族阶层却坐享其成，“出身决定命运”的现象时常有，尤以南朝为典型。

可以想见，在这样的社会环境下，作为寄生虫的大多数士族子弟，过的是什么日子。不学无术、尸位素餐，这样的生活可以延续多久呢？历史是无情的，它不会让无能之辈平白无故地永世享福。梁朝末年，江陵被北朝的西魏（少数民族政权，他们一向不怎么把士族当回事）攻陷，梁元帝被俘遇害，许多士族子弟成为亡国奴。这些“生来命好”的家伙这下晓得“苦”了：平时读了点诗书的还好些，当的是文职奴隶，教主人的子弟读书；而胸无点墨之徒呢，“莫不耕田养马”，这些从没干过活的人，骑着马甚至连走路都不会，一下子沦落为苦役，哪里吃得消！结果不知累死了多少人。

日益腐朽的士族制度，发展到南朝后期的梁、陈二代，已经使士族子弟无人可用，国家最终不得不依靠庶族来干实事。不能自立的士族，其优越地位因此渐渐弱化了。唐朝著名诗人刘禹锡的《乌衣巷》写得好：“朱雀桥边野草花，乌衣巷口夕阳斜。旧时王谢堂前燕，飞入寻常百姓家。”就连东晋南渡以来最旺的两个家族王、谢二氏（王家的王导、谢家的谢安等都是当时响当当的政治人物），在南朝也是一代不如一代，终于没落破败。“出身论”的观念在大势所趋之下，已经风光不再了。

安逸的环境养懒人。在士族阶层早已消亡的今天，另一种“富不出三代”的现象却依然存在。特别是最近一二十年，中国人普遍比以前富裕多了，许多饱尝过生活艰辛的父辈（未必是“富豪”级的，也许仅仅是“小康”而已），生怕孩子像自己以前那样吃“苦”，对他们百依百顺，结果怎样呢？这里说说一个朋友的苦恼：朋友的儿子因为家境不错，从小受到百般呵护，如今上高中了，却一天比一天厌倦读书，一心只想着玩电脑游戏。问他对未来有什么想法，他一脸迷惘：从未考虑过这样的事。朋友为此总是感叹自己“经济”上的成功无法弥补“教育”上的失败。笔者也接触过一些年轻的大学生，他们的观念是“生活就该享受”，至于谁来提供“享受”的条件、自己将来如何让别人“享受”，则似乎不是他们考虑的事（但愿这只是“极少数”的“个别现象”）。

士族的这一段历史，可以使今人受到不少启迪。士族子弟为何没有树立自立观念？士族为何终于走向衰败？我想，他们首先是被那种先天性的自我优越感熏昏了头脑，以致忘乎所以，以骄奢淫逸、好逸恶劳为荣，不相信社会将发生变革。人在得意之时最容易不清醒，“幸福生活”与生俱来，他们哪里能想到“自立”为何物？“富不出三代”不也是这个道理吗？士族（特别是做了亡国奴的那些人）最终的下场告诉我们，人不自强无以自立，没“来由”的“好日子”没有理由长久。今日一些生活在上一代的宠爱里，身在福中不知福，缺乏忧患意识和责任感的年轻人（以及他们的父母），尤其应当读读这段历史。

谁是输家

颜师伯是南北朝时期宋孝武帝的宠臣。宋孝武帝刘骏（430—464 年），是宋文帝刘义隆的第三个儿子，在历史上以荒淫贪婪而出名。关于颜师伯的事迹，史书记载不多，但光是看他和宋孝武帝的那层亲密关系，就不难知道其人是个什么货色了。

《资治通鉴》第一百二十九卷载：宋孝武帝大明四年（460 年），孝武帝征调青州、冀州二州刺史颜师伯担任侍中。颜师伯因为善于阿谀奉承，成为最受孝武帝信任的大臣。有了孝武帝这个大靠山，颜师伯大肆收受贿赂，家产积累到了千金之多。有一天，孝武帝和颜师伯一起下樗蒲棋赌博，孝武帝掷下骰子，五个全是“雉”，以为自己稳操胜券。不料，轮到

颜师伯掷骰子时，他竟然掷出了五个“卢”，赢了孝武帝。就在孝武帝又惊又气之际，却见颜师伯突然把骰子一收，说：“差点儿全是‘卢’了。”硬是让孝武帝“反败为胜”，开心不已。这天，颜师伯一次就输了一百万钱给孝武帝。

这里还需要交代一下的是，宋孝武帝是个嗜赌成性而且特别看重输赢（说穿了就是“重赢”）的人。在他晚年（也就是调颜师伯到中央工作时期），凡是刺史、二千石的高官任期满了回京城述职，孝武帝一定要他们进献贡奉或者陪同赌博。赌博时，不把对方的腰包掏空是绝不罢休的。

颜师伯这个人，可真会做人（说具体点是会做官），事情做得如此滴水不漏，宋孝武帝这样的领导，不喜欢他、不找他赌博才怪呢。孝武帝当然赢得高兴，他只看到了大把大把的“孔方兄”从颜师伯手上跑过来，得意之余，也就忘记了自己是谁，对家是谁，更搞不明白对家为什么要主动、自觉地“输”给自己。

陪领导打牌，原来是这么个陪法，颜师伯，前辈啊！难怪，今天我们仍然经常看到许多人平时不学无术，专攻赌术，却单靠这“一技之长”，稳稳地成为领导身边的铁杆，直让那些只知埋头苦干不知抬头看路的“老黄牛”们纳闷不已。

颜师伯在赌桌上输了，宋孝武帝在赌桌上赢了。表面上看，双方胜负分明。事实果真如此吗？再看看发生在当代的一则“赌事”，我们就不难明白谁赢谁输了。

某县开发区管委会主任王某，应所谓的“香港××集团”的邀请，赴香港洽谈招商引资事宜。在香港，这伙“港商”以离吃饭时间还早为由，提议玩玩“梭哈”，发五张牌比大小，谁输谁付吃饭、桑拿、夜总会娱乐一条龙的钱。起初，王某说自己不会玩，其中的“香港××集团董事局罗主席”就将一小叠钱送到他面前，一边发牌一边说：“赢了归你，输了不用你付钱，算我的。”玩了两圈，王某居然赢了几万元港币。到了第五圈时，“罗主席”接到一个电话，说有重要客人要接待，于是提出最后一圈把赌注提高。结果，一亮牌，“罗主席”的一位“朋友”大赢，其他人皆输，一向“手气不错”的王某也输了380万元。已经入套的王某，面对凶相毕露的众赌徒，只好打电话让几个老板朋友汇款救急。事后，王某虽知这是骗局，却只能哑巴吃黄连，有苦说不出。直到后来，安徽省某县一个同样陷入骗局的官员报了案，这个以梁志成为主犯的诈骗团伙才落入法网。据查，一年间，这伙人成功作案16起，敲诈了来自8个省市的招商官员，金额近千万元。

梁志成这伙人先输了几万元港币给王某，目的就是为了稍后的几百万元。可怜王某先前还以为天上真的掉馅饼，忘了“世上没有无缘无故的爱”，结果稀里糊涂成了大输家。落网后的梁志成说：“那些上当的人看起来是抹不开董事局主席的面子，就一起打牌了，最主要还是人都有赢钱的心理，才中了圈套。”对王某来说，这个教训，相信足够成为他一辈子的痛。

回过头来看颜师伯和宋孝武帝。颜师伯凭什么要以赢为输，白白地向宋孝武帝送钱？道理太简单了：宋孝武帝身上有权，只要分享了他的“权”，要多少钱也可以弄回来。这是一笔非常合算的投资，回报率极高，比做什么生意都更有价值！真正可笑的是宋孝武帝，为了赌桌上那点蝇头小利，利令智昏，忘了国家利益（在那时来说，其实就是“刘家利益”，也就是刘骏自己的利益），把老颜当成傻瓜看，以为这家伙不是老眼昏花就是脑子进了水数不清数，却不知自己成了老颜心目中的“二百五”。

故意输小钱换大利的故事，无论是在历史上还是现代生活中都是数不胜数的。以历史名人为例，宋文帝时期的历史学家范晔，被孔熙先拉上“谋反”的贼船，也是从掉入孔熙先的赌局开始的；隋朝末年，李世民为了让裴寂说服李渊起事，先与裴寂成为赌友，输了几百万私房钱给他……这些人为了实现自己的既定目标，都爱使用这个招数，因为他们准确地抓住了赌徒的心理特征，所以，“有志者事竟成”，千百年来，这一招在某类人身上竟然是屡试不爽，效果好得很！

现在，我们国家的法律虽然禁止赌博行为，但由于种种原因，赌博现象并未在生活中消失，而且，仍有不少掌握一定权力的人沉湎于赌桌。某些蝇营狗苟的小人，因此有了广阔的用武之地，颜师伯与宋孝武帝、范晔与孔熙先、李世民与裴寂的故事就在不断地“克隆”着。作为旁观者，我们道破了这层利害关系，说破了谁才是真正的输家，可是如果当局者仍执迷不悟的话，那么，旁观者唯有一声叹息了。

人一旦失去追求

281年春，刚平定东吴不久、实现三国统一的晋武帝司马炎发布诏书，挑选东吴最后一个皇帝孙皓的宫女五千人入宫。至此，晋武帝后宫妃嫔接近一万人。实现了统一“理想”的晋武帝，“颇事游宴，怠于政事”，开始把大量的时间用在玩乐方面，对行政事务则越来越懈怠。精于玩道的晋武帝还玩出了不少新花招，例如，后宫佳丽太多，晋武帝无所适从，于是想出个办法：乘坐羊拉的车子，羊把他拉到哪里，他就在哪里宴饮、入寝。宫女们为了得到宠幸，纷纷在门上插竹叶、在地上洒盐水，以吸引拉车的羊止步。朝廷那边，皇后的父亲杨骏几兄弟当权，互相勾结，被称为“三杨”。大臣山涛多次规劝，晋武帝心里明白他说得有理，但就是不改。

在中国封建史上的主要朝代中，司马炎算是表现比较差的一个开国皇帝（说来也怪，不知是否因为司马炎没带好头，两晋帝王当中，竟然几乎无一值得称道者，整体素质之差，在历朝历代都是罕见的）。司马炎于265年正式夺过魏国曹家的皇位，当时三国尚存东吴，统一大业任重道远。刚当皇帝不久的司马炎，表现倒还过得去，一上台便以仁厚节俭的作风来纠正曹魏苛酷奢侈的弊端，并立下灭吴大志。280年，司马炎总算实现了“三国归晋”的目标，结果，此后，他自己反而变成了一个只顾吃喝玩乐的人，以致有一次，当他问司隶校尉刘毅，自己可以和汉代哪个皇帝相比时，直言的刘毅毫不客气地说他可能比把东汉搞垮的汉桓帝、汉灵帝还要差些。

司马炎本身并非庸才，他的变化，可能和他“功成名就”之后失去了追求有关。在国家统一大业尚未完成之前，司马炎要实现灭吴的奋斗目标，所以还是有所作为的。灭吴后，奋斗目标实现了，司马炎却没有考虑再为自己设计更新的、更高的追求，于是玩物丧志，此后毫无建树。

人在精神上一旦失去追求，就如同身体失去支架，是很难“立”起来的。追求是一个人上进的原动力，一个无所追求的人，生活肯定是空虚的、无聊的，很难在人生中找到真正的乐趣。人要有点精神，就必须有所追求。

无所追求的人并不少见。那些醉生梦死、浑浑噩噩，做一天和尚撞一天钟，今天不知明天该干什么（甚至连今天该干什么都不知道）的人，不就是没有为自己设定一个合理的奋斗目标吗？对这类人来说，人活着是为了什么？他的回答肯定是虚无的、消极的。

追求，并不见得要定个多伟大的奋斗目标。目标应当符合现实，有望实现，可以分阶段实施（比如分为近期、中期、长期），循序渐进。只有如此，目标可以不断更新，追求可以不断升级，人的前进动力才会源源不绝。司马炎实现“三国归晋”的愿望后，以为从此“大功告成”，达到了人生的终极目标，于是沉醉于享受，荒废了政事，其实大谬也。他完全可以刷新一下自己的理想，比如建设一个强大的晋国，让天下百姓过上富裕生活……这样，他就可以像东汉的开国君主刘秀那样，一辈子勤政，干起工作来“乐此不疲”。可是，司马炎毕竟不是一个心里装着天下、装着百姓的政治家，他只是一个为实现个人权欲而奋斗的封建统治者，因为这些局限性，所以他没这样做，他甚至没有考虑为自己的王朝打下扎实的根基。在他死后，西晋仅经历了三个皇帝（惠帝、怀帝和愍帝，合计二十多年历史）就灭亡了，其中，晋惠帝是历史上有名的低能儿，晋怀帝和晋愍帝则先后做了异族的俘虏。

人的一生，是行走的一生，只要还在路上走着，就有新的目标、新的追求。失去追求是件可怕的事情，其后果甚至比迷失方向还严重。一劳永逸的美事是没有的，而正是因为没有，世界才变得缤纷多彩。

飞来“横福”不可靠

东汉安帝刘祜，本来是清河王刘庆的儿子，因为婴儿皇帝汉殇帝当了几个月皇帝后就无福享受，在皇位后继无人的情况下，十三岁的刘祜有幸被掌权的邓太后看中，从王子一跃而登上皇位。

汉安帝真正掌权后，提拔了包括舅父、大小舅子、奶妈在内的一大帮亲戚、亲信，这些人个个得意忘形，不可一世，骄奢淫逸。面对这种乌烟瘴气的现象，安帝建光元年（121 年），尚书翟酺上疏进行批评。翟酺说：“夫致贵无渐，失必暴；受爵非道，殃必疾。”意思是说，尊贵的身份不是逐步达到，一定会突然丧失；爵位不是通过正常渠道获得，祸殃一定会迅速降临。疏中还阐述了大段的道理，但安帝根本不理睬。

翟酺的意思，说简单点，就是飞来的“横福”是不可靠的。果然，没过几年，125 年，年轻的安帝死了，他的几个大小舅子阎显等（阎皇后的兄弟）拥立年幼的北乡侯刘懿为皇帝，当年，安帝的舅父（嫡母之兄）耿宝、奶妈王圣等在和阎显的政治斗争中失败，耿宝自杀，王圣一家被流放；阎显兄弟几个则更加任意作威作福。几个月之后，刘懿的皇位还没坐热就因病去世，在新一轮政治斗争中，安帝的废太子刘保胜出，是为汉顺帝，阎显这一族的“横福”也享到头了，兄弟几个全被诛杀，家属则被流放。

类似的大家族的沉浮录，充斥着二十四史（或叫二十五史、二十六史），在历朝历代可谓是司空见惯，不胜枚举。数年之后，汉顺帝时期的李固在论及阎皇后及其家属时，也说到他们封爵和官位赏赐太快，所以不久就遭受大祸，正如《老子》所云：“其进锐者其退速也。”可是，说的说，听的听，这种轮回式的悲剧依然在不断发生。

由于制度的原因，在封建官场，“一人得道，鸡犬升天”的现象比比皆是。某些人平时不显山不露水，可运气来了门板都挡不住，说发达就发达了，而且发得比谁都快。西汉哀帝时的董贤，大概是个小白脸，成了哀帝的同性恋对象，一家人因此飞黄腾达。董贤 22 岁时位列三公（大司马），而且“领尚书事”（真正掌握实权），哀帝甚至想把皇位让给他。同为三公的丞相孔光，不敢以接待同级干部的礼节来接待董贤。哀帝死后，无才无德又失去靠山的董贤，连如何布置丧礼都不知道（更谈不上如何“自保”了）。第二天，董贤被免职，他知道自己没有好下场，夫妻双双自杀，正是“失必暴，殃必疾”。

对飞来的“横福”，我们农村那些没读过书的老农们便认为这是“不可靠”的。在我们家乡，早年有一种获得意外之财的途径叫“捡窖”，指的是由于偶然的机会，挖到了埋藏在地里的本不属于自己的元宝之类。“捡窖”的人，按风俗往往要以某种方式主动“破财”以“消灾”，否则怕有后患。我记得某一年，有一个小孩在玩耍时，挖出了一小坛“袁大头”，他家里不知是太高兴了还是不信那个“邪”，没有主动“破财”，结果，没过多久，那个小孩的父亲走路时在光天化日之下摔折了腿，一小坛“袁大头”全部贡献给了医院。对于这种“破财消灾”的说法，我一向是不相信的，然而，这种发了“横财”时不肯主动“破财”而“遭报应”的事又的确发生过，这该怎么解释呢？我觉得，除了一些是纯属偶然之外，另一部分，主要还是因为人的“得意忘形”的心理所致。比如说，贫寒的家庭一下子获得了意外之财，家里人高兴得走路也是眼睛朝上不看脚下了，这当然比常人更容易摔跤。历史上那些喜获飞来“横福”之人，他们的“福运”之所以迅速结束，说穿了还不是因为得意忘形，缺乏危机意识，没有考虑过退路？

人逢喜事，走路更应目光向下，小心脚下，否则，乐极生悲，摔了跟头，后悔也来不及了。

撵走强盗来贼子

159年，汉桓帝做了一件值得他一辈子高兴的大事：把飞扬跋扈、把持朝政近二十年的外戚梁冀干掉了。梁冀倒台后，“天下想望异政”，全国人民都盼望政治局面有所改观。然而，桓帝诛杀梁冀后，大肆封赏侯览、刘普、赵忠等内臣。从此以后，朝廷的大权从外戚手中转移给了宦官，其中的“五侯”尤其贪财放纵，权倾朝廷内外。白马县县令李云对桓帝重用奸佞小人的做法提出批评，结果死在狱中，情形和此前的梁冀害死直臣李固差不多。大鸿胪陈蕃等人上书为李云辩护，也遭到撤职处理。可想而知，当时的政治局面根本没有如天下人所愿发生好转。

汉桓帝的这种做法，使我想起老家农村的一句俗话：撵走强盗来贼子（另有一种说法“死了乌龟，还有王八”，也是这种意思）。老百姓还是挺能归纳的，他们虽然在农耕时代见的世面不一定很多，但积一代又一代人的智慧，对社会、人生的很多现象还是看得很准的，而且能用这种精练的语言揭示其本质。撵走强盗来贼子，几千年的历史，让老百姓失望了，悲观了，于是对政治不再抱幻想。

汉桓帝时期，宦官取代外戚继续作恶的现象，只是历史的一个缩影。类似的情况，在历朝历代重复上演着，不胜枚举。纵观中国几千年古代史，各个朝代其实都在不断地绕圈子，共同形成了一个恶性循环圈，甚至国家疆域的分分合合，也是有规律可循的：战国七雄闹了几百年之后，秦灭六国，短暂统一，随后，汉取代之，统一几百年后，迎来“三分天下”；晋短暂统一，继而又是分裂的南北朝；隋短暂统一，唐取代之，几百年后却是“五代十国”。还有，宋朝被蒙古人灭了，明朝被满族人灭了……谁说历史不会重演？历史其实经常在重演。

中国历史“兜圈子”的现象，说穿了是由于制度问题，导致“革命”

(如果一个王朝取代另一个王朝也算“革命”的话)不彻底。后任皇帝推翻前任皇帝(或扳倒前朝的权臣),并不会从制度上、从根本上来改变什么,旧的一套体制仍在沿用,只不过换了人手而已,这种简单的替换,能有什么好结果?也难为中国老百姓了,几千年来逆来顺受,到头来还落个“没了皇帝怎么办”的思维:撵走了强盗,不来贼子的话,有些人恐怕还适应不过来呢!

旧制度运行太久,虽腐朽而力量无穷,这是真正可怕的事。不是吗?一个新的政权诞生,人们往往要为之欢欣鼓舞,把这个新的王朝的缔造者看成一代伟人,当朝的人以为从此看到了希望,后世的人则认为这个政权推动了历史的前进,却不去琢磨一下:新的当权者把旧皇帝赶走后,是实行一套新制度,将人民应有的权力还给了人民,还是像他的前任一样继续以专制制度奴役人民?如果是“旧瓶装新酒”,则天下姓刘还是姓李与百姓有何关系,这种所谓的“革命”又谈得上多“伟大”的历史意义?对于这样的问题,在专制时期有多少人会去质疑?这样的人,即使有,也是被当时的人们视为异端的,更多的人,则是铁心拥护同样专制的“新”政权的,事情的“可怕”之处正是在这里。几千年的重复,的确是惊人的历史“奇迹”!因为历史“底子”不同,美国人可以根本不考虑“没有皇帝”的问题,而要让中国人从心里认为“没有皇帝地球照转”,则是很需要一些时日的(直到皇帝消失百年之后的今天,也不知这个过程是否完成)。所以,中国的民主进程慢一点,也完全是情理之中的事。

革命也好,改革也罢,不从制度入手解决一些根本性的问题,“天下想望异政”是“想”不到的。只有把强盗撵走之后,又堵了贼子进来的路,社会才有望真正实现太平。

瞧这人贪的

历史上的贪官不计其数，各有各的贪法，各有各的特色。如果哪位有兴趣整理一部《贪官贪相贪术大全》之类的书，说不定很能为人们饭后茶余提供丰富的谈资。

有一个叫慕容评的贪官，估计没多少人知道，其名气比起和珅、严嵩之流，那是差得远。可是，慕容评的贪法，却别具一格，光从贪婪程度来说，堪称“天下第一”——简直就是要钱不要命了，尽管他的“贪绩”还没赶上东汉梁冀、唐朝杨国忠、北宋蔡京、明朝严嵩、清朝和珅等“巨贪代表”。

慕容评是怎么贪财的？《资治通鉴》第一百零二卷有记载：370 年(东晋海西公太和五年，北方则是“五胡十六国”时期)，北方前秦国主苻坚派手下得力干将王猛率军攻打前燕。前燕太傅慕容评认为王猛是孤军深入，可以用持久战来对付他。可是，慕容评是个贪婪成性的家伙，大敌当前，他不忙别的，倒是忙着封山禁泉，以便自己贩柴卖水（连军队的饮水也不放过)，从中渔利，只赚得盆满钵满，钱帛堆积如山。兵士们对慕容评把生意做到战场的做法无不怨恨愤慨，因此毫无斗志。前秦的王猛听说了他的所作所为，大笑道：“慕容评真是个奴才，就算他有亿兆军队也没什么可怕的，何况才几十万人！我们马上就可以灭了他!”前燕国主慕容暐知道后，专门派侍中兰伊前往责备慕容评：“你作为高祖的儿子，理应为宗庙国家操心才是，为什么不安抚将士反而贩柴卖水，执迷于钱财？府库里的积蓄，都是你我共享的，你哪里犯得着担心没钱用！如果敌人最终打败了我们，家国全都灭亡了，你拥有再多的钱帛，又能放到哪里去呢?”命令把他的不义之财全部发放给军中将士。这场战斗，由于慕容评军心不齐，王猛以少胜多，前燕全军溃败，不到一个月就宣告灭亡。

“人为财死，鸟为食亡”，贪财贪到这个地步，这句古话不就是冲着慕容评之流所说的么？还是慕容评的领导、前燕国主慕容暐说得不错，身居如此高位者，只要保卫了国家的安全，在经济上根本没什么后顾之忧，捞那么多钱有什么意义？要是国家灭亡了，官位没有了，那才是一切都成空了。这道理是很浅显的，可是，慕容评不清楚。一两千年过去了，仍有无数官员也像慕容评那样没能领悟到这一点。

看看现在的贪官就知道了。那些身居高位的贪官，一旦倒台，动不动就说查出了几千万元甚至过了亿，可他们有哪一个是因为没钱花而去贪污受贿的？老百姓恐怕是永远看不懂他们：生活条件优越，要房有房，要车有车，即使退休了还有医疗、用车等保障，平时基本没机会亲自花钱（所谓“工资基本不用”），却还在冒着丢乌纱帽甚至掉脑袋的风险，为了那些对他们来说仅仅是符号的钞票不择手段，这是何苦呢！自作孽，不可活，老话没说错啊。

都是贪欲惹的祸。贪官们未必在走上官场（职场）之初就立下了做巨贪的“雄心壮志”。透过他们的人生轨迹可以发现，绝大多数贪官，是因为某个阶段没能控制心头的贪欲，从此一步步走上不归路的。也就是说，亿万不义之财，是从点点滴滴开始的，待到“聚沙成塔，集腋成裘”，贪念已经水到渠成地膨胀起来，从此就不是他个人的意志所能驾驭得了。甚至可以说，他们已经形成了一种扭曲的病态心理，就像职业小偷看到什么都想顺手牵羊一般（尽管所“牵”的东西也许对他根本毫无用处）。

与慕容评相反，古时有个叫公仪休的宰相，是个真正的智者。当今的官员们如果想在金钱面前时刻保持冷静与理智，不妨温习一下公仪休拒鱼的故事：春秋时期，鲁国宰相公仪休爱吃鱼，可他坚决不收人家送上门来的鱼。公仪休说，正是因为爱吃鱼，所以不能收人家的鱼——现在自己身居高位，有一份不错的工资，可以供自己经常吃鱼；如果收了人家的鱼，就得按人家的意思办事，到时触犯法律“下台”了甚至蹲班房了，可就再也吃不上鱼了。

刘项争雄看“人才”

论年龄，那一年，刘邦52岁，而他的对手是27岁的项羽。刘邦这个年龄，在那个年代显然是高龄了，放在今天来说，还是县市里的局长们退居二线的年纪。不过刘邦是幸运的，那时候没有文件对年龄作出规定，于是，他用自己的成功证明：年龄能说明什么？只要身体好，有志不怕年高。后世的美国人里根，70多岁才当上总统，还不是干得不错！

论出身，刘邦算什么？年轻时，因为家庭没钱又没文化，所以家长连名字也没给他取，就直接按排行叫作“刘三”（一作“刘季”，总之是“刘小”之意）。后来，总算其人有点小聪明，混了个村干部干干（他在造反前当过沛县泗水亭长），但毕竟还是农民身份（所以，元朝的睢景臣在《高祖还乡》里把他写得很不堪）。再后来，刘邦改行当土匪，也只是不入流的“流寇”。而他的对手项羽呢？其祖上为楚国贵族，祖父项燕是一代名将，叔父项梁更是秦末风云人物，他怎么也算得上是高干子弟出身，社会基础岂是刘邦之流可比的。

论学历，刘邦自小不爱读书，做梦都别想“第一学历”是“本科”。他的文化水平当然不高，除了顺风吆喝过一句“大风起兮云飞扬”，几乎没留下别的精彩语录。项羽呢，年轻时曾向叔父项梁提出要学“万人敌”，在一代高人项梁的辅导下学兵书，好歹相当于在职研究生。

论个人能力，刘邦自己都承认，比部下张良、萧何、韩信差得远；他的部下也毫不客气地说他比不上“力拔山兮气盖世”的项羽。大半辈子落魄的刘邦，在52岁之前肯定没有“再造一个统一王朝”的理想。项羽就不同了，少年时代见到秦始皇来地方视察的派头，脱口而出：“没什么了不起，我可以取代他！”自封为“西楚霸王”后，其“霸气”也确实让人折服。千百年后的人们，莫不赞叹项羽的英雄气概，即使他最终失败了。

那么，历史凭什么安排刘邦成为胜利者？人们都说，因为他有人才。

刘邦的人才，首推“三杰”：张良、萧何、韩信。当上皇帝后的刘邦，曾亲口说过，自己用计不如张良，治国不如萧何，作战不如韩信。

然而，在那个兵荒马乱的年代，“人才”的标准简直让人大跌眼镜。刘邦的老朋友当中，数萧何的身份最体面了，可他跟着刘邦当土匪时，也不过是县政府的一名普通秘书。如果不是生于乱世，以萧何的起点，我看能混个正县级退休就算运气不错了（而事实上呢，萧何后来不但做了汉朝杰出的开国宰相，而且被刘家尊为“相国”，成为两汉皇室以外地位最尊之人）。

更让人纳闷的是韩信。韩信曾经是项羽手下一名毫不起眼的低级军官。刘邦入关不久，因实力远不如对手，被项羽勒令退出咸阳。韩信就是这时跳槽来到刘邦手下的，但仍然只当了一名低级军官，没有向刘邦汇报工作的机会。恰在这时，刘邦的力量又被项羽严重削弱，他手下的军官纷纷开溜，韩信也对这位新老板失去信心，连夜逃跑。于是，历史的舞台上演了萧何月下追韩信这幕好戏。在萧何的保荐之下，韩信这个刘邦听都未必听过的逃兵，一跃而成为“总司令”（刘家的江山主要靠他带兵打下）。

萧何凭什么知道韩信有这么大的能量？由于史料未曾交代清楚，后人只好靠猜测了。韩信在刘邦的军营，和萧何是有过接触的，是不是他们在业余搓麻将的时候，萧何看出了这个小伙子有非凡之处？如果是这种情况，那么，是否还有比韩信更厉害的角色因为没有机会和萧何这一级的干部搓麻将而未被发现？人们常说，是金子始终是要发光的，可是大家难道能肯定世上所有的金子都有机会被挖掘出土吗？

刘邦手下的其他人才，如樊哙，职业是屠狗；周勃，丧礼上的吹箫手；曹参算是有份正式工作吧，沛县监狱看守。沛县这些毫不起眼的小人物，当历史给了他们机遇后，都成了响当当的优秀人才。

是不是人才，关键看有没有舞台。今天，有些成功人士常常表示，自己取得成功，并非因为比别人高明多少，而是因为获得了良好的机遇。冷静地想想，此话剔除自谦的成分，还是大有道理的。一个人的成功，能力固然重要，机遇的作用也是不容忽视的。

刘邦不拘一格用人才，即使一大批人才脱颖而出，也成就了自己的霸业。面对这一骄人的业绩，你能说刘邦这个浑身是缺陷的乡巴佬自身不是人才么？而项羽呢，他是典型的个人英雄主义，基本上没有自己可以信任的人（他手下的范增也是优秀人才，可惜跟错了领导。在鸿门宴上，范增感叹："竖子不足与谋!"）。一边是"一个好汉三个帮"，一边是"一人包打天下"，最后的结果，历史并没有搞错呀。

由"宰相失座"想到的

在众多开国帝王当中，宋太祖赵匡胤的才干与人品都堪称上等。作为宋代皇帝中唯一的天才军事家，赵匡胤的韬略自不必说，而与刘邦、朱元璋之流相比，赵匡胤是少有的不杀功臣的开国皇帝，而且，他对子孙立下的"不得杀士大夫及上书言事人"的誓词，也使宋代的文人们有幸生活在相对宽松的社会环境中。因为这些，赵匡胤在历史上为自己挣得了较好的名声。

有一件事，赵匡胤却是做得够"损"的，"损"得影响了中国上千年的历史。

宋代以前，皇帝和宰相等百官虽为君臣，双方之间的礼节还是比较随便的。宰相见皇帝议事，皇帝是要赐茶看座的，即所谓"坐而论道"。赵匡胤靠发动兵变当上皇帝后，为了提高君权，决定和大臣们拉大距离。据说，他当皇帝的第二天，宰相范质议事时还坐着，赵匡胤说自己眼睛昏花，让他把文书送到面前。范质送上文书后想落座时，座位已被早得到君命的侍从撤去。从此，宰相只能站着向皇帝"汇报工作"（变成"站长"了），是为"立而上言"。

从"坐而论道"到"立而上言"，这是相权下降的标志，也是君主加强独裁的体现。到了清代，“立而上言”又发展到了“跪而奏事”，君臣之间的距离进一步拉大，臣子见皇帝，得行跪拜礼，并且事情没有说完或皇帝没有恩准“平身”，就跪着不能起立。

人们常说：历史的车轮滚滚向前。对于整个人类史来说，这辆大车是前行着的，但对于某个阶段则未必。而这个“阶段”的时间跨度，也许是百十年，也许是一两千年甚至更长。这就意味着，在某个“阶段”，不知有多少代人是要经受历史这辆大车“开倒车”的痛苦的。

就拿我们最需要的“民主”来说吧。中国古代，君臣之间的互相制约关系是明显的，这在一定程度上可以视为原始的“民主”，越古的年代越是如此（尧舜禹时期还是“选举”制、禅让制呢）。很多时候，事情并不是帝王一个人拍板说了算。宋代之前，凡有大事，君臣之间可以当面讨论决定，特别是宰相一级的干部，说话还是挺有分量的。宋太祖耍个阴招把宰相的座位一搬，此后的宰相在皇帝面前就难以直起腰杆，找到前人那份自尊了（别的大臣就更别提了）。而皇帝呢，“自由发挥”的空间因此大了许多。到了明代，朱元璋干脆把“宰相”这个岗位也撤了，君权进一步集中。而在由“站”到“跪”的清代，已是“奴才”遍朝野。你说，仅从宋清之间一千年来看，“民主”的进程不是该改称“退程”么？

在很多时候，历史前进的方向可能和百姓所期待的恰恰相反。历史长河并非一直向前，它和别的长河一样，也会常常遭遇“九曲十八弯”。就说封建王朝崩溃后吧，中华民国成立不久，就有袁世凯、张勋先后“开倒车”，好在当时有一批批先烈舍得抛头颅洒热血，才使这辆“倒车”迅速刹了车。在这些史实面前，谁又能保证以后不会出现类似的逆天而行者？

历史这条长河，实在让人不敢轻易乐观。就说民主程度较高的美国吧，两百多年来，因为立国之初搭建的可以评为“工程质量”优质奖的“政治框架”，美国一直未出现过独裁的局面。可是，近年来有报道说，布什家族在出了两位总统后，据说仍然后继有人，准备把总统宝座竞争到底。这种有望“破纪录”的事情，当然容易引发人们的好奇心、兴奋点，但冷静想想的话，要是美国真的出了这么一个“一头独大”的家族，谁能保证若干年后共和制不会演变成帝制？如此为美国作杞人之忧，也许让读者诸君见笑了！

不妨再说说我们身边的现状。在具体的单位或地方，20 世纪八九十年代，“民主”的空气还是相对普遍的。而现在呢，“一言堂”明显多起来了，“一把手”说了算早已让人习以为常。在已经查处的大量腐败案中，大多数正是由那一大批失控的“一把手”一手炮制的。当一件件“个案”堆积成了一种“现象”或“趋势”，我们还不提高警惕的话，到时损失的恐怕不仅是一代人的利益。

宰相范质屁股下的那个座位已经化作一面镜子，提醒我们对待今天、对待未来要有更理智的头脑，更敏锐的眼光。历史上“开倒车”的事情常常发生，面对这种“苗头”，唯有当世之人及时警醒，不惜流血，才可及时扭转乾坤。而更理想的状态，则莫过于以史为鉴，防患于未然！

从“头”护法

近读《资治通鉴》，发现我们不少古人“法纪”意识还是挺强的，有些事情今人还不一定做得到那么好。仅以战国时期的几例为证。

《资治通鉴》第二卷：公孙鞅在秦国变法，太子触犯法律，公孙鞅说：“法之不行，自上犯之。”将太子的老师公子虔处刑，将另一个老师公孙贾脸上刺字以示惩治（之所以不直接处罚太子，是因为他是国君继承人，不能施刑，所以只好以其老师为替罪羊——当时的“国情”如此，这一点怪不得公孙鞅）。此举一出，原本对新法大闹意见的秦国人立马老实下来，“皆趋令”。十年以后，变法取得了“道不拾遗，山无盗贼，民勇于公战，怯于私斗，乡邑大治”的喜人成果。

同一卷：申不害在韩国为相，曾经为他的堂兄“跑官”，但遭到韩昭侯的拒绝。韩昭侯是这样说的：“我之所以向你请教，目的就是治理好国家。现在我该批准你的私请来破坏你创设的法度，还是该推行你的法度而拒绝你的私请？你曾经劝导我按功劳封赏等级，现在你自己却有私求，我该听哪种意见呢？”一番话说得申不害心服口服。

第五卷：赵国名将马服君赵奢，原是一个收租的小官。有一次，他到大名鼎鼎的平原君赵胜家收租税，平原君的家人不肯交。赵奢依法处置，杀死平原君家中管事人九名（笔者按：这法律本身倒是够残酷的，不足取!）。平原君大怒，想杀赵奢。赵奢说：“你作为赵国的贵公子，纵容家人而不奉公守法，法纪就会削弱，法纪削弱则国家衰弱，国家衰弱则各国来犯，到时赵国不存在了，你还有富贵吗？所以，以你的尊贵地位，更应带头奉公守法，国家才能强大。”被列为著名的“战国四公子”之一的平原君果然素质不低，马上将赵奢推荐给赵王，使其得到提拔重用。

几个故事的主人公，都深知从“头”护法的道理，因此有了传为佳话的事迹。2000多年前的古人就有这种见识，后辈读书人能不佩服吗？当然，和历史上数目庞大的统治者队伍相比，像上述几位这样的贤明人士，所占比例恐怕还是不够的，所以，中国几千年来，终究还是人治社会而非法治社会——毕竟几千年来，还有更多的“高层人士”“护法”意识不强或根本就没有，这不能不说是一大遗憾。

在专制体制下，“高层人士”的守法护法意识，完全靠自觉。法纪的贯彻执行，和许多民众的命运一样，靠的是“运气”：碰上好领导，就能执行到位，否则就是另一种结果。比如公孙鞅，如果他的领导秦孝公不支持他，他敢动太子的人吗（事实上，他也因此得罪了太子，以致秦孝公死后，自己落得个“作法自毙”的下场——此系题外话）？比如申不害，如果他的领导韩昭侯不是高度重视法度的国君，申不害不就因一己私利而“害”了自己一手创设的法度？比如赵奢，如果不是碰上的平原君赵胜也算个明白人，还有机会成为一代名将？早成护法“死者”了。

正是因为靠“自觉”，所以这些法制意识浓厚的先贤们更让人敬佩。正是因为这些“头”们懂得“护法”，中国历史才留下了一串熠熠生辉的法制故事，免得有的人以“中国人向无法制意识”为理由来给自己的不讲

法寻找“理论支撑”。以历史的眼光来看，这类故事虽然不是很完美，但多“宣传”它们，对促进法制建设还是很有积极意义的。

今天，社会进入民主共和制，遵纪守法已不仅是“自觉自愿”的问题，而且带上了强制色彩，成了每个公民都应该做到的基本行为准则。饶是如此，在现实生活中，一些领导干部却还是做不到从“头”护法，甚至冒着风险“亲自”大干违法勾当。每年落入法网的各级领导干部都不是小数字，而干了徇私枉法之事但尚未落入法网的“漏网之鱼”，只怕为数还更多。

中国的“人治”历史为何这么漫长？就是因为众多的君主以及手握大权的其他“高层领导”并未将法律摆在应有的高位，自己更是凌驾于法律之上，甚至任意践踏法律。在这种政治环境下，法律本身尚且“弱不禁风”，常常自身难保，沦为一纸空文，哪里谈得上让人信服的“威力”？在今天的法制建设当中，要让法律树立应有的威信，领导带头守法显得至关重要。光是“有法可依”是不够的，只有领导干部带头做到“有法必依”，维护法律的权威，才能真正实现执法必严、违法必究。

种树的道理

作为一部官方正史，纯粹的文人在《资治通鉴》一书中是被忽略的。像李白这样的号称“诗仙”的大诗人，虽然是后世家喻户晓的人物，却因为身上的“政治色彩”不够，这部历史巨著对他也是只字未提。正是在这样的“背景”下，“唐宋八大家”之一的柳宗元能够有两篇文章被《资治通鉴》摘录，就显得难能可贵了。

柳宗元虽然官当得不算大，但和连“公务员”都不是的李白相比，怎么说也是个干部身份，更何况参与过王叔文领导的政治改革，所以在《资治通鉴》中也有亮相的机会。该书第二百三十九卷特别提及“宗元善为文”，并录下《梓人传》和《种树郭橐驼传》两篇寓言。其中的《种树郭橐驼传》，尤其值得今天的各级政府领导看看。

这篇文章的大意是，有个绰号叫郭橐驼的民间无名小辈，树种得特别好。他的经验之谈是，自己懂得树的天性：树根喜欢舒展，喜欢土壤，树种下后不要挪动，不要看管，以保护它的本性，任其自然发展。而有的人种树，把根部合在一起，并更换新土，还不时地这里摸摸那里看看，甚至划破树皮看看是否成活了，摇晃树干看看枝叶的疏密情况如何，“虽曰爱之，其实害之；虽曰忧之，其实仇之。”这样当然种不活树了。郭橐驼还说，为政也是这个道理，有些当官的，喜欢频频指挥，看似关心百姓，其实是给百姓带来祸殃。一些官吏每天都来敦促百姓耕地收割，监督大家养蚕织布，老百姓只好把吃饭的时间都挤出来去接待这些官吏，哪有时间抓好生产？

读完此文，我不由得想起了自己当年在乡下生活时的情景（距今也就十几年吧）。有那么一段时间，我们农民种地，种什么都由乡政府说了算，农民几乎不能自主。于是，每到冬季农闲时，乡干部们便奔走于乡村，今年布置大家种油菜，按部就班，限时完成任务。村里经常听到村干部敲着铜锣扯开嗓门喊：“某月某日，大家出工锄‘火土’！”“某月某日之前，要完成播种！”然后，到了一定时间，又有县里的干部下来检查，直弄得干部群众如临大敌，该干的急事反而无暇顾及。然而，折腾了几个月，因为大家不是真心干农活（也不相信这些作物真的能产生经济效益），最后种的油菜多数并没产出油，倒是像野草一样，春耕时直接“化作春泥”肥田去了。第二年，类似的一幕又在上演，当然，作物的内容可能变成了生姜或萝卜什么的，“演出”程序则基本不变……

如此折腾的结果，就是后来农民们越来越不相信政府，越来越不尊重干部，甚至产生逆反心理：干部动员种什么，则这个东西肯定没出路。所谓强扭的瓜不甜，那些年，一些农村干部的做法（当然，他们也可能是执行上级指示而已），正是这句俗语的写照。它导致的结果，就是“农村工作越来越难做”。

现在情况当然好多了，无论是干部还是农民，做事都更理智了，农民的自主权也大多了。然而，类似的瞎指挥、瞎折腾，在其他方面是否还存在？好好想想，也许话还不能说得太死。

随着社会民主政治的发展，“有限政府”的观念越来越被人们接受。政府包办一切的做法显然是不科学的，政府的部分职能，应当分解给行业协会之类的组织。比如，发展脐橙产业，脐橙协会的规划可能比政府规划更现实可行；壮大物流产业，物流协会的意见可能更权威；评选优秀文艺作品，文艺界的专家比政府官员更有发言权……如果政府不顾实际情况，违背客观规律，硬要某项事业朝着自己设定的目标发展，那就很有可能出现南辕北辙、大相径庭的结果，到头来只能是事与愿违，徒增烦恼。

事物的发展总是有着它的客观规律。高明的人，只要掌握了这条规律，就可以做到无为而治、事半功倍了。

有容乃大

春秋时期的秦国，本来是西部的一个落后小国。胸怀大志的秦穆公上任后，对人才高度重视，求贤若渴，不论出身、国籍，网罗了百里奚（用五张羊皮换来的）、蹇叔等一大批“外籍”贤能人士，在他们的帮助下，国力从此强盛起来，初步奠定了秦国的霸业。

到了战国时期，为秦国作出杰出贡献的，更不乏“外国”人。著名的商鞅，本来是卫国贵族之后，曾被人推荐给魏惠王而未受任用，结果被秦孝公用上了。秦国名相范雎，魏国大梁人，逃到秦国后受到重用。和苏秦齐名的张仪是魏国人，李斯的老领导吕不韦是韩国人（他们也是相级干部），协助秦始皇完成统一大业的丞相李斯是楚国人。当时，有个叫郑国的韩国水利专家，在秦国以提供技术支持为名，实际上却干着“特务”的勾当，阴谋败露后，秦始皇（当时还是“秦王”）大怒，下令将所有“外国人”驱逐出境。李斯为了保住饭碗，写了著名的《谏逐客书》，一口气列出为秦国作出突出贡献的“外籍人士”由余（晋国人）、百里奚（虞国人）、蹇叔（宋国人）、丕豹（晋国人）、公孙支（晋国人）和商鞅、张仪、范雎等名臣的事迹，以此说服了秦始皇，让他知道如果不分好坏“逐客”，对自己的统治是没有好处的。

秦国如此广纳天下英才，统一的成果由他独享绝非偶然。

海纳百川，有容乃大。一个地方要发展，一项事业要成功，人才是必不可少的因素。两千多年后的美国，也是靠这个办法走上了成功之路。吸引和鼓励各国优秀人才移民，是美国的一个传统（美国的开国元勋们早就认识到了人才的重要性，因此独立之初就实行了“自由移民”政策）。据20世纪90年代中期的一项调查，美国所有大学中的工科教授，75%是外来移民，35岁以下的讲师中也有一半是外来人才。正是集纳了地球上各国的精英们的智慧，这个“移民国家”才有了今日的发达。

说近一点，在东南沿海待过的人，普遍感到经济越发达的地方越重视人才。这些年来，长珠闽地区通过各种优惠政策，从内地不知“挖”走了多少人才，一度造成了“孔雀东南飞”的现象（而且这些“孔雀”们飞得一点也不“徘徊”）。前不久，我的一位在赣州城区工作的朋友，仅通过几封电子邮件，就被浙东某单位看中，经过快速考察，那边很快给他办了调动手续。而在前几年，有一所高校在开学之初，8个系主任竟有3个分别被上海、南京、广州的高校“挖”走了，一时引起强烈震动。

现代社会，地区之间的竞争归根到底是人才的竞争。前些年，不少地方（特别是经济落后地区）对此满不在乎，甚至还主动把人往外推。例如，在毕业生按国家计划分配就业的年代，内地有的高校却为了赚取一些“出省费”，想方设法把毕业生“贩”到沿海地区。这几年情况好多了，内地对人才也普遍予以了相当的重视。地处赣南的南康市，为了吸引大专以上毕业生落户，专门出台了给他们发放“安家费”的政策。“安家费”虽然不多，但它反映了观念的巨变。要知道，南康的教育多年来在赣南名列前茅，每年考出的大学生不在少数，放在前些年，南康籍大学毕业生主动

回乡的话，还不大好安排工作呢（而那时还未到“大扩招”时代，该市大学生的数量远远不如现在）。

还有一个现象也值得重视：近几年，“凤还巢”“燕归来”的情况也多起来了。由于内地的用人环境正在与沿海“对接”，“孔雀东南飞”的势头有所弱化，而回乡创业者却逐日增多。我的好几位同学，在珠三角工作了多年之后，看到了家乡的发展，不约而同地调回来了（毕竟，大多数人还是甩不脱桑梓情结）。不可否认我们的创业环境还存在种种不足，但有人愿意来肯定是好事。如果一个地方能真正让创业者感到“爱得我所”，这个地方的崛起就势不可挡了。

“圈子”的力量

物以类聚，人以群分。大千世界，芸芸众生，构成了一个个大小不一、特色各异的“圈子”。别小看这个平时未必起眼的“圈子”，当它们达到一定规模时，形成的“核心竞争力”还真不容忽视。

读《资治通鉴》接近尾声时，捡起两个互不相关的故事，以此管窥一下“圈子”的力量。

《资治通鉴》第二百七十三卷载：五代十国时期，后唐庄宗刚刚消灭后梁，后唐重臣郭崇韬初到汴梁、洛阳时，收下了很多藩镇送来的厚礼。他的亲信劝告他不要做这样的事，郭崇韬说：“我自己位兼将相，俸禄无数，怎么需要这种外财？问题是，梁朝末年贿赂成风，这些藩镇都是梁朝的旧臣，如果拒绝他们，他们岂不感到害怕，认为我不信任他们吗？所以，我只不过是先替国家收下这些东西而已。”

《资治通鉴》第二百九十卷载：后周太祖广顺二年（952 年），江南的南唐由于皇帝爱好文学，文艺事业繁荣，超过其他国家，但此前该国尚未设立科举制度，提拔干部主要靠上书言事。这时，南唐任命翰林学士江文蔚主持贡举（即实行科举取士），庐陵人王克贞等三人考中进士。然而，由于当时的朝廷执政官员都不是经科举任职，大家一起阻挠诋毁科举制度，结果此事只好中止。

郭崇韬并不是个贪财恋物的人，而且他也知道，自己位极人臣，衣食无忧，财物对他并无现实价值（这个道理，现代某些官员应该好好领悟）。然而，他来到一个新环境（被后梁污染过的环境），却不得不违心地扮演一个受贿者的角色，因为不这样做的话，后果可能很严重，将涉及稳定问题呢——当后梁的旧臣们发现和新领导玩不到一块时，在那样的乱世，谁能保证他们不生异心?

由郭崇韬的做法，很容易让人想起当今官场的一个“黑色幽默”。某些落网的贪官或者没有落网的官员，他们对自己的受贿行为有一种看似有理的解释：收受贿赂是为了更好地开展工作，因为同僚们都在收，自己不收的话，大家会对自己产生误解，从此心生隔阂，甚至孤立自己，工作就很难做了。此话虽有狡辩的成分，但也并非完全没有道理，不可排除有一部分收礼的官员的确是处在这样的环境当中，而且是出于这种考虑——咱这可不是给贪官开脱，而是希望哪个地方若出现了这种现象，人们应当好好地、深入地剖析一下当地的官场“生态”才是，而不要简单化地认识这个问题。

南唐中断科举考试的情况，在现实生活中也能找到类似的版本。比如，某个单位，如果领导自己没学历，那么，他在用人时往往会下意识地排斥有学历的人，而和那些同样没学历的员工打成一片，制定的政策，也不会让有学历的人捡便宜、没学历的人吃亏；甚至，在这样的单位，学历越高的人越受排挤（形成“武大郎开店”现象）。反之，如果领导拥有高学历，则可能用人时相当重视文凭，政策也会向文凭倾斜……于是，我们便不难看到这样的现象：某个地方或单位，一会儿是“工人阶级”出身的人吃香，一会儿是有文凭的人走俏，一会儿是有基层工作经历的人受重用，一会儿是从机关走出来的人受青睐，究其背后的原因，很有可能和“当家人”的某个特征有关。

"圈子"可以使一个人违心地做不该做的事，"圈子"可以使一项制度夭折，"圈子"的力量由此可见一斑。但是，不管怎么说，"圈子"的这种力量，到头来还是产生的积极作用少，导致的负面影响多。它容易使一个单位（或群体）为了小集体的利益而故步自封，盲目排外，拒绝创新，阻挠变革，终至形成一潭死水，走向没落、腐朽，的确不宜掉以轻心。当这种"圈子"已然形成时，唯有借助外力，形成穿透力，以最快的速度瓦解之、摧毁之，这个原有的"圈子"才能突出重围，走向新生。

结论别下得太早

李世民当了几年皇帝后，政绩斐然，朝野上下有目共睹。贞观六年（632 年），大唐秘书少监虞世南呈上《圣德论》一文，为这位杰出的领导人歌功颂德。结果，李世民就此作出重要批示："卿论太高。朕何敢拟上古，但比近世差胜耳。然卿适睹其始，未知其终。若朕能慎终如始，则此论可传；如或不然，恐徒使后世笑卿也！"意思是说，虞世南在文中对本领导的评价太高了，本领导只是比近代的帝王稍强些，比上古帝王可就差远了。而且，虞世南看到的只是本领导开头的表现，还不知道后面是什么结局。如果本领导能善始善终，这篇文章就能流传后世，否则的话，恐怕就成了后世的笑柄！

李世民不愧为"千古一帝"。作为一个优秀皇帝，李世民取得"贞观之治"的政绩并不让人感到十分难得，更难得的应是在成绩面前还能保持这份清醒。按理说，李世民上台干了五六年（用现在的概念来换算的话已满一届了），总结一下经验，在全国主要报刊开个系列报道的栏目，美美地自我表彰一番并不过分，毕竟此前的成绩是明摆着的嘛。然而，李世民显然对自己有更高的要求，他知道今后的路还长着，要一如既往地做个好领导并不是那么容易的事，所以，果断地拒绝了下属的"宣传"建议。而且，李世民的这一担心并非多余，这一年，魏征批评李世民："贞观初年的时候，陛下志在节俭，求谏不倦。现在各种建设工程多起来了，行谏也好像没那么顺了。"李世民听了拊掌大笑："是有这么回事。"

李世民当了二十多年皇帝。虽然他早年叫虞世南结论别下得太早，还好，盖棺论定时，这个唐太宗基本保持了晚节，没有做出前后反差太大、让观众失望的表现来。魏征说"人主善始者多，克终者寡"。李世民这个时代，君臣整体素质都是不错的，房玄龄、杜如晦、魏征等都是历史上的名臣，李世民的功绩，既与自身素质有关，也离不开这些人的支持。

《诗经》说："靡不有初，鲜克有终。"历史上的政治人物（特别是帝王级别者），能够做到善始善终者的确不多。还说唐朝吧，另一个知名皇帝唐玄宗李隆基，业绩差点赶上李世民。李隆基前期，也像李世民那样懂得用人，励精图治，广泛听取批评，从严要求自己。唐朝最优秀的宰相有四个：房玄龄、杜如晦、姚崇、宋璟，刚好前二者是李世民任用的，后二人是李隆基任用的。李隆基在开元年间创下的政绩，可与李世民的"贞观之治"媲美。然而，晚年的李隆基，却不再喜欢听逆耳的批评，而且奢侈腐败，信任奸佞，终于使大唐盛极而衰，从此国运不可扭转，他自己也在"太上皇"的位子上郁郁而终。

与李世民相比，李隆基就不懂得"结论别下得太早"的道理了，要不然，怎么会说李世民比李隆基高明得多呢？虞世南是幸运的，因为他碰上的是李世民。如果他那篇大作是为李隆基写的，那这个丑就丢大了。

李世民对虞世南作出的"重要批示"，放在今天来说，仍有警示意义。不说别的，单说我们的宣传工作吧，就应当从中获得借鉴。这些年，新闻界不断地树立了许多典型，有集体，也有个人，其中，有些典型为了"宣传"的需要或出于美好的理想，有关人员有意无意地把话说得满满的。另一方面，一个不容回避的话题是，许多曾经红极一时的典型，后来要么是"昙花一现"，无所作为（这个结果还不算差），要么就是从正面走向反面，令当年为之摇旗呐喊的"虞世南"们尴尬不已。

前不久，我在宁都县采访，聊起某些事情，该县一名资深新闻工作者说，干我们这一行的，最欣慰的事情就是自己写过的正面典型，最后没有一个“倒”下来。也就是说，自己当年的结论是下得正确的。而这，需要的是双方当事人长期保持谨慎、冷静。对被写者来说，要时时提醒自己做到善始善终；对写作者来说，一定要记得有一说一，不说过头话。

和衷共济事乃成

金庸的《天龙八部》里有个悲剧人物慕容复，一心想“复国”当皇帝，为了实现这个目标可以不择手段。虚构的文学人物慕容复，其祖上慕容氏在“五胡乱华”的历史时期倒是确有不俗表现。

“五胡乱华”，其中一“胡”即鲜卑族，这一族的慕容氏尤为佼佼者。西晋灭亡后，北方的慕容氏人才辈出，先后建立前燕、后燕、南燕。然而，慕容家族人才虽多，却终因无法和衷共济，兄弟父子互相猜忌、同室操戈而丧失政权。

因为自相残杀而走向灭亡的事例，在历史上举不胜举，而最典型的，恐怕要算南北朝时期的南宋刘家。南朝的宋文帝刘义隆，早期因为任用王弘等良臣，取得了“元嘉之治”的政绩。可是，后期的宋文帝猜忌宿将檀道济，杀之而自毁长城；又与弟弟刘义康互相猜忌，最终杀刘义康。统治阶级内部的尖锐矛盾，导致南宋国力衰退，而且自相残杀之势愈演愈烈：宋文帝自己被太子刘劭杀害，刘劭还杀死宗室多人；刘劭被兄弟孝武帝刘骏所杀，刘骏还“斩草除根”把他的妻儿都杀死，同时“解决”兄弟刘浚、刘铄、刘浑、刘诞等多人；刘骏死后，太子刘子业即位，杀叔祖父刘义恭全家、杀兄弟刘子鸾等（刘子鸾临死前说得很凄惨：“愿不再投生帝王家!”）；刘子业被部下杀死后，继位的明帝刘彧，将刘子业所有活着的兄弟“消灭”干净（其中年龄最小的王子才四岁），而且对自己的兄弟也基本不放过；明帝之后，太子刘昱即位，同样对宗室大开杀戒……骨肉残杀，使刘宋的这些当权者灭绝了人性。

历史留下的教训是深刻的。以后人的眼光看历史，封建王朝那种只能“有难同当”不能“有福同享”的悲剧是无法避免的，人治的制度决定了这些。一个人的命运，没有强有力的社会制度来保障，完全取决于某个最高统治者，在这样的环境下，统治者之间，怎能做到互相信任呢?

一项事业的成败，需要的是“同船”的人和衷共济。通过一个朝代的兴衰史，我们可以发现这么一个规律：这个朝代的建立，靠的是开国君臣们的齐心协力，在这个时期，君臣之间的关系如手足，充满着“革命”的友谊、感情。而当君臣之间互相猜忌、关系出现裂缝时，那就兆示着这个朝代的辉煌时期就要结束了。

统治者家族内部的那种残酷斗争，已随着专制制度的结束而一去不返。但是，不团结的社会现象并没有因此消失。在今天，我们可以通过一个单位的创业经历来继续观察这个规律。单位（特别是企业）创业之初，靠的正是上下一条心，精诚团结，这样才能做到无坚不摧。而单位内部出现矛盾时，如果决策者不能采取有效措施来化解，那么，这个单位一定要面临发展的危机。改革开放以来，中国涌现了大量的民营企业，可是民营企业的平均寿命只有三五年。有人归纳了影响中国民企发展的若干个“死穴”，“祸起萧墙”（企业决策层不团结）是其中之一。许多最终失败了的民营企业，创业者正是经历了“创业之初同甘共苦、企业壮大产生分歧、事业红火相互排挤”的轨迹。

在“家天下”时代已经结束的今天，做到和衷共济，需要大家共同营造良好的创业环境。“团结”是个深刻的社会命题，导致不团结的因素是多方面的。中央党校教授王东京最近发表的《中国官场“窝里斗”是体制问题》一文认为：“班子不团结，表面上看，似乎是官员性格不合，但实质则是利益冲突所致。”王教授言之有理。对官员来说是这样，对其他集体而言也是这个道理。人们对私利考虑得多了，矛盾自然产生，而且越积越深厚，终于无法调和，在这样的环境下，哪里谈得上“和衷共济”？恐怕只有互相拆台了。笔者认为，另一方面，人与人之间出现信任危机，也是导致“团结”成为难事的重要原因。由“不信任”而互相猜疑、互相提防，人与人之间在这方面要消耗多少精力！

根据历史与现实给我们的教训，“团结”二字既要靠人们提高道德水平来实现，也需要一定的制度来保障（比如，在政府部门要建立起对领导层的民主监督机制，使之无法产生“利益”冲突；对企业或其他单位来说，也应多建立一些“阳光操作”的制度，让涉及公众利益的事情都能公开化，以消除大家的猜疑）。只有让破坏团结的因素找不到生存的土壤，“和衷共济”才能真正长久地实现。

比制度缺失更糟的

明太祖朱元璋在得了天下之后，有感于历史上多次宦官乱政的教训，特地立了块铁牌在宫门口，上面铸了11个字：“内臣不得干预政事，犯者斩。”他还规定，内臣不许识字，外臣不许和内臣有公文来往。

然而，明朝的历史，最终却被宫门口这块铁牌给嘲笑了。宦官乱政，在朱皇帝们手上超过任何一个朝代，成了明朝灭亡的致命因素。王振、曹吉祥、刘瑾、汪直，还有那个把朱家江山玩得气息奄奄的魏忠贤……我就是不查资料，仅凭十几年前闲读历史的零星记忆，就能点出一大批臭名昭著的大阉贼（“著名宦官”中当然也有好的，比如七下西洋的郑和，可惜数量太少）。

朱元璋的这块铁牌为何取得了如此意外的效果？答案当然还得从他自身找起。原来，最先破坏这个规矩的，不是别人，正是老朱自己。朱元璋说归说，做归做，自己就派过宦官聂庆童去甘肃河州“敕谕茶马”。也许因为这些原因，宫门口的这块铁牌在朱元璋的儿子明成祖的眼里就没威信了，他当权后，毫不客气继续破例，不但一再派遣宦官出使外国，还任命宦官当“监军”。越往后，朱家子孙违规越厉害：仁宗任命宦官当“方面大员”，宣宗令大学士教宦官识字，英宗对王振唯命是从，武宗让刘瑾“替”他当皇帝……明朝中后期，有好几个皇帝的“威望”比不上他们的司礼太监。

曾经听过这么一个观点：有法不依不如无法可依。琢磨朱元璋的“铁牌效应”，这个说法倒是不无道理。也许，如果朱元璋不立这块铁牌，明朝的宦官们还不至于如此放肆呢！皇帝说的是一套，做的是一套，久而久之，君臣对这个所谓的“法”都不当回事，那就很有可能反过来蔑视它、践踏它了。我记得小时候，乡里某单位院外有一棵果树，不知谁在树下立了个“不准摘果”的禁令牌，人们起初唯恐受罚而遵守禁令。可后来，大家终于发现禁令牌乃虚设，根本没人管这事，结果，人们都抢着摘果，末了还要朝那曾经骗过自己的禁令牌狠狠地踢上一脚！

当制度成为一纸空文，其后果往往比制度缺失还要糟糕。制度尚未确立时，人们至少还可以寄望于制度的建立；而制度成为一纸空文，就容易在人们的心里产生阴影和逆反心理。时间长了，范围大了，它们就积淀成了思维的“惯性”，从此，人们将不再信任制度，不遵守制度的心态也就逐渐成为主导，这种危害是不言而喻的。其实，一个古老的故事早已道破此理：天天大喊“狼来了”，天天却不见“狼”来，从此不信“狼”会来！

在法治社会，法律一旦确定，就应受到普遍尊重。然而，当前，有法不依、制度形同虚设的现象依然不少。国务院《煤矿安全监察条例》对煤矿安全的监察、预警制度规定得相当完备，这些年矿难却还是频频发生，以致矿难新闻已经不像新闻；商业银行的内部控制制度多如牛毛，金融诈骗丑闻在各大银行却层出不穷；国家法规严令禁止网吧违规经营，网吧违规的严重现象却仍需有良知的媒体不断呼吁……凡此种种，问题都不在于缺乏制度，而是有效的制度未得到有效的贯彻落实。

前不久从媒体获悉，某市为了防止领导干部借举办酒宴之机敛财，出台了党员干部酒宴申报制度。然而，制度出台后，由于并没怎么“抓落实”，一方面是部分领导干部依然我行我素，另一方面是群众冷眼旁观嗤之以鼻（民愤甚至比制度出台前还大）。如此看来，600 多年前朱皇帝创作的“铁牌戏”只怕还没那么快“绝版”，如果我们不引以为鉴，后人看“笑话”的机会还有不少。

制造命运的人

命运，是个复杂的东西。说它虚幻，它又和人们的生活水乳交融，息息相关；说它实在，它又是捉摸不透，变幻无常。平日里，大家会时常提起它，然而，“命运”到底是什么？命运是谁决定的？命运可以改变吗？靠什么才能改变命运？这些问题，众说纷纭，从来都没有一个统一的“标准答案”。命运，真是个模糊的概念，说不清，道不明，只可意会，不可言传。

唐朝宰相李泌有一个说法：命运是由上层人物制造的。这话说得颇有意思，就算今天来看，仍有几分道理。

唐德宗贞元四年（788 年），德宗与宰相李泌谈论自己即位以来的各位宰相。李泌说，卢杞是奸邪之徒，导致了建中年间的变乱。德宗为卢杞开脱，认为建中之乱“此盖天命，非杞所能致也”。李泌正色道：“天命，他人皆可以言之，惟君相不可言。盖君相所以造命也。若言命，则礼乐刑政皆无所用矣。纣曰：‘我生不有命在天！’此商之所以亡也！”

这里先简单介绍一下卢杞其人。卢杞，唐朝著名奸相，为人心胸狭窄，嫉贤妒能，谁有能力就踩谁，大书法家颜真卿就是被他陷害致死的。值得一提的是，卢杞的祖父是唐玄宗开元年间宰相卢怀慎（即被称为“伴食宰相”者），为官清正，名声很不错；卢杞的父亲是曾任御史中丞的卢奕，安史之乱时期，洛阳失陷，卢奕大义凛然痛骂叛贼安禄山而被杀。“根正苗红”的卢杞却在史书上进入了《奸臣传》，算是“虎父犬子”的又一典型案例。

李泌的观点很明确，所谓“命运”，其实就是皇帝、宰相等高层人物制造的，而不是“上天”制造的。如果认为一切都是上天说了算，那么，礼乐刑政这些东西岂不是毫无用处？商纣王的灭亡，就是因为他以为自己的一切都是来自上天。

现在有一种很能“励志”的观点说：“一个人的命运不是上天决定的，也不是由别人决定的，而是自己。”我认为，这话说对了一半：一个人的命运的确不是由上天决定的；但是，说到“不是由别人决定的”，就未必如此了。按照李泌的说法，除了皇帝与宰相等高层人物，其他人的命运是要受到他人影响的（甚至直接由他人决定）。

李泌所处的专制时期，事实当然是这样。天下虽大，但什么事情都是以皇帝为首的统治集团说了算，君要臣死，臣不得不死，根本没得商量。如果统治集团综合素质较高（如李世民的那个班子），老百姓的日子就好过些；如果是昏君、暴君当政，那么，大家（包括宰相一级的人物）都别想过得舒服了——专制史上，这样的时间，占的比例是大头。

现在虽说不是专制时代了，然而，普通人的命运，仍然要受到他人的影响，不可能完全由自己掌握。比如说，你在一个单位上班，这个单位的风气好不好，发展前途妙不妙，这都和个人的命运休戚相关，然而，这些能由你这个普通员工决定吗？显然，单位负责人才是单位命运的制造者（而单位的命运往往就是员工的命运了）。碰上单位负责人德才兼备，那么大家可以人尽其才，每个人都有良好的发展空间，单位的事业也是蒸蒸日上，前途光明；如果单位负责人昏庸无能，品格低下，那么，再好的单位也将江河日下，员工们只好得过且过，坐以待毙，整个单位肯定是士气低落，毫无生机。

或许有人说，面对这种情况，你可以选择跳槽呀，命运还是抓在自己手里嘛。这话说得轻松，但现实却是，不管怎么跳槽，世上肯定是做老板的少，做员工的多，对多数人来说，还是得选择一个栖身之处，只不过换了一个人来影响自己的命运；更何况，并不是每个人都可随时跳槽，当你的年龄、学历、身体状况等日益成为一道道拦路杠时，你要么委曲求全要么自动下岗，除此将别无选择。

所以，一个单位如果没有搞好，普通员工可以怨天尤人（当然，一般仅限于在背后或心里），而当“头”的人则没这个资格。他们作为决策者，理应对工作中的失误负主要责任，而没有理由拿“命运”之说来为自己开脱责任，除非在他的上面还有别人在死死地捏着他的命运（若是这种情况则依此类推，由上面那个人负主要责任）。这才体现了责权的统一。

总之，生活在现实中的人们，虽然不能怀着“万事不由人计较，一生都是命安排”的消极心态处世，但还是要有个清醒的认识：“每个人都是自己命运的主宰”只是一种理论上的说法，事实却可能是命运并非全由自己掌握，至少有相当一部分是捏在别人手里的。那些能够“制造命运”的人，对我们把握自己的命运很重要。除非我们可以拿出一种有效的措施，反过来“制造”（或影响）他的命运，使他能自觉地和大家相依为命，同舟共济，否则，在很多时候，我们还真是只能眼睁睁看着别人糟蹋自己的命运。

第七辑
人生没有“标准答案”

人格的裂变

提起隋炀帝和石敬瑭，读过历史的人都知道这是两个寡廉鲜耻的人物：前者是著名的暴君，以其荒淫与残暴把隋朝的江山摧毁了；后者是契丹的“儿皇帝”，为了满足自己的权力欲望，不惜认贼作父，出卖民族利益，为后人所不齿。

很少有人注意到，隋炀帝在登上皇位之前，其实也是隋朝的“杰出青年”；石敬瑭在建立后晋之前，曾为后唐德高望重的忠臣。

人性的复杂，在这两个历史人物身上表现得淋漓尽致。

隋炀帝杨广，从小才华出众，诗文俱佳，而且仁孝并举，堪称“道德标兵”。杨广还是隋朝统一战争的前线“总指挥”，为完成全国统一大业立下了汗马功劳，充分展示了其政治与军事才能。而成为皇帝的杨广，在主观上却几乎没做过一件好事，以致被史家评为“集秦朝弊政之大成”：暴行不输秦始皇，荒淫超过秦二世。

后晋高祖石敬瑭，是后唐君主李嗣源的爱将、贤婿、功臣，他生活简朴，不近声色，关心民情，深得民心。后来，他为了当皇帝，与契丹谈判，接受了契丹提出的屈辱条件：拜比自己小十多岁的契丹皇帝为父，割让燕云十六州，岁贡帛三十万匹。连他手下的大将安重荣都说：“贬中国以尊夷狄，困已敝之民，而充无厌之欲，此晋万世之耻也！”

观杨广、石敬瑭的一生，他们并非生下来就是一无是处之人，相反，前期的“闪光点”还多得很。可是，盖棺定论，二人还是被钉上了历史的耻辱柱。这是一种典型的“人格裂变”现象，它在生活中普遍存在，只不过，在普通人身上更没那么容易显现而已。

人格发生裂变，变因往往是欲望的驱使、地位的改变。

石敬瑭如果不是为了当皇帝，他必不至于从一个有德之人变成如此无

耻之徒。他的岳父后唐明宗李嗣源，是五代十国时期少有的明君，可李嗣源死后，后唐的政局发生变化，皇帝梦在石敬瑭心中油然而生，于是，为了达到目的，他把自己人格上最隐蔽的地方亮出来了。

至于杨广，有人认为他早年因为自己不是太子（太子是其兄杨勇），离皇位遥远了些，所以只好克制私欲，做个好人。而一旦位居九五至尊，无所顾忌了，就为所欲为，还原了自己的本来面目。

不管是哪种情况，它都告诉我们，人是会变的，不到关键时刻，无法真正认识一个人的本质。

说近一点，在我们身边，就不乏“官大脾气长，一阔就变脸”之类的情况。很多人，随着他的社会地位、经济地位的提升，品行上的弱点、污点也会渐渐暴露。这个时候，说明他的人格已经开始发生裂变了。“路遥知马力，日久见人心。”作为旁观者，此时正好擦亮眼睛。

再看看在反腐浪潮中跃出水面的贪官，有多少人在事发前曾经口碑良好？不排除他们中的一些人是善于伪装的，但更不能排除其中一些贪官在掌握权力之前并不坏，是权力打开了他的欲望之门，使他从此无法自拔。4 月 26 日被执行死刑的原河北省对外贸易经济合作厅副厅长兼省机电产品进出口办公室主任李友灿，出身贫寒，没有担任要职之前待人诚恳厚道，颇受同事好评。而升任高位之后，思想变了，贪欲一旦放飞就不能自控：从 2001 年 8 月到 2003 年 4 月，短短一年多时间疯狂受贿 4744 万余元，在受贿数额上刷新了一项全国纪录。

众多的“教材”告诉我们，谁也无法绝对保证自己的人格不会发生“裂变”。作为普通百姓，我们的人格发生“裂变”的机会相对要少得多，可面对这些内容深刻的“教材”，在主观上，我们还是有必要时时提醒自己克欲守节，否则，说不定有朝一日“发达”了，自己变了还不知道呢。而另一方面，在客观上，更需要社会形成一套合理的制度，让那些放纵欲望或身居高位的人也做不成坏事。

自暴污点

某男与某女正爱得如胶似漆时，某男突然性情大变，不仅暴露了一身的缺点，还宣称对某女的感情是假的，自己不过是逢场作戏，实际根本看不上某女，云云。某女绝望之余，终于走出感情的泥淖，事实也正在此际真相大白：原来某男身患绝症，自知将不久于人世，为了不让深爱的某女伤心，于是故意亮出自己的缺陷甚至污点，以冲淡某女对自己的爱恋、痛惜，使之在自己离世后不致过度伤心，能够及早走出阴霾。

这是小说、电视剧等文艺作品中可以看到的情节。让他人别把自己看得太重，方法之一就是告诉人家，自己没有你想象中的那么好甚至有点“坏”。能想出这个办法的人，估计是懂得心理学的。

文艺作品的情节是虚构的。有意思的是，历史巨著《资治通鉴》也记载了一件与此颇有异曲同工之妙的史事。

东晋孝武帝太元二年十二月（377 年），临海太守郗超去世。郗超在大司马桓温阴谋夺权时，和桓温结为同党，准备协助其篡夺皇位。郗超的父亲郗愔却是个不折不扣的忠臣，郗超因此没让父亲知道自己的所作所为。等到郗超病重，他知道自己活不了多久了，于是拿出一箱子的书信交给门下弟子，吩咐道：“我父亲年事已高，我死了之后，如果他老人家因为悲伤过度而妨碍饮食起居、影响身体健康，就把这个箱子呈献给他；如果没有出现这种情况，就把这个箱子烧毁。”

郗超死后，其父郗愔果然悲痛不已，而且因此病倒了。郗超的弟子便将那个箱子呈送上去。郗愔打开箱子，发现里面全是郗超与桓温密谋篡位的往返信函，这才知道自己的儿子原来是个大逆不道之徒。郗愔大怒道：“这个臭小子，早就罪该万死，现在已经死得够晚了！”从此不再为儿子之死而悲伤流泪。（见《资治通鉴》第一百零四卷）

郗超（336—378 年），字景兴，高平金乡（今山东）人。桓温做东晋大司马时，郗超是他的参军。桓温这个人，位高权重，野心勃勃，当时能被他看上眼的人不多，但与郗超交谈后，发现此人很不简单，于是对他深为钦佩，二人因此成为“哥们”。郗超成为桓温的谋主后（被谢安称为“入幕之宾”），权倾一时，朝中大臣都怕了他，连大名鼎鼎的谢安都让他三分。

有趣的是，郗超虽然是个“谋反未遂”的“大反派”，却有一份难得的孝心：为了父亲的健康愉快，不惜自暴污点，让父亲知道自己的庐山真面目（并不是他心目中的“好儿子”），甚至彻底毁了自己的形象。郗愔呢，还真是个讲大局讲原则的人，发现真相后，果然因此不再悲痛惋惜儿子的英年早逝——可见郗超这污点一亮，收到的是立竿见影的效果。

人性是复杂的，郗超算是一个典型案例了。识人难，识人历来是个大课题。白居易诗云：“周公恐惧流言日，王莽谦恭未篡时。向使当初身便死，一生真伪复谁知。”周公忠心耿耿辅佐成王，可当时的流言却说他有篡位之心；王莽早就图谋皇位，篡位前却假装谦逊，骗得大家都以为他高风亮节，把他当成大忠臣。他们总算有最后的结果证明了真相，而还有多少人，却可能留下了多少不为人知的不可告人的秘密？比如郗超，如果不是他主动将那个“密码箱”交出来，又有几个人能知道他的真实为人呢！

不管郗超在大的方面为人如何，他为了老父而不惜自暴污点这一节，却是值得肯定的。这不只是体现了一份孝心，更重要的是表现了很大的勇气——要知道，对他这个有相当级别、相当影响的“公职人员”来说，这不仅将使自己失去在家人心目中的地位，还涉及盖棺论定的问题啊。

再说郗愔吧，发现了儿子的巨大污点，就停止了思念、哀悼，这恐怕主要是因为真相与想象反差太大。如果早知道儿子干了这等“大逆不道”的事，郗愔对他的态度或许还不会转变得这么快呢。可以说，此事对郗愔来得太突然，一点思想准备也没有，能不气上加气吗？

郗氏父子的故事，对我们为人处世倒是颇有启示。《列子·天瑞》云：“天下无全功，圣人无全能，万物无全用。”什么人身上都难免有一定的缺陷，只不过是有没有被人发现而已。一般情况下，我们不要把某一个人想象得太完美（特别是“偶像级”的），而应估计到，他身上可能存在若干个暂时还没暴露的不足之处。这样，万一某天我们真发现他存在这种行为，也不至于在感情上觉得接受不了。而对他人的某些缺陷，如果仅仅是“小节”问题，不妨宽容些，“水至清则无鱼，人至察则无徒”嘛，求全责备也许反而办不成事（当然，大事是不能糊涂的）。生活中，那些身上缺点明显的朋友，往往也是最可靠的朋友，因为我们早就知道了他是什么样的人；身上总是看不到缺点的人，也许还不能算是你的朋友，因为你尚未真正了解他。

另一方面，我们自身在交际中，为了不让人家日后对自己的态度产生太大的变化，不必刻意掩饰自己的缺陷，有时也不妨主动地适当暴露自己的“污点”，让人家早日认识你的“本性”，这样或许还能得到人家的理解，赢得更多的朋友呢。毕竟，“率真”是多数人愿意接受的性格，“深沉”则往往让人敬而生畏。

如果一条宽敞平坦的大道前面有一段险境，怎样才能让快速的过往车辆及时减速，安全行驶？理想的办法是在平坦的道路上提前设置几道路障，让车辆在进入险境之前就不得不自动减速。自暴污点，何尝不是一种“安全行驶”的处世哲学！

伯仁这样的朋友

伯仁这样的朋友，是朋友中的珍品。

东晋元帝永昌元年（322 年），大将军王敦叛乱，在武昌举兵公然和元帝作对。王敦的堂弟王导当时担任司空，为了和王敦“划清界限”，率领堂弟中领军王邃，左卫将军王廙，侍中王侃、王彬以及宗族子弟二十多人，每天早上到朝廷等候定罪。一天，仆射周顗（字伯仁）正要入朝见元帝，王导和他素有交情，于是对他呼喊：“伯仁，我把王家一百多人的性命托付给您！”伯仁却头也不回，直接进去了。见到元帝后，伯仁大讲王导的忠诚，极力为他辩白，说服了元帝区别对待王敦、王导。元帝听进了伯仁的意见，还请伯仁小酌一番。伯仁高兴之下，多喝了几杯，走出宫门，王导还在等候，见他出来，又呼喊起来。伯仁却并不与他交谈，环顾左右，自言自语：“今年杀掉这些乱臣贼子，弄个斗大的金印到臂肘挂挂！”回到家里，又打了书面报告给元帝，客观地辨明王导无罪。然而，惶恐中的王导并不知道这些，反而对伯仁的不理不睬怀恨在心。

战争的形势发生了变化。王敦兵临城下，元帝战败，双方“和解”，元帝还是皇帝，但实权基本到了王敦手上。伯仁因为是王敦的反对派而被逮捕，随后被杀（死时，伯仁还表现了铮铮傲骨）。在这个过程中，王敦曾经几次征求王导的意见，王导却始终保持沉默。后来，王导清理档案时，才发现伯仁救护自己的书面报告，不禁流下眼泪说：“吾虽不杀伯仁，伯仁却因我而死，幽冥之中，负此良友！”

伯仁这样的朋友，是那种不会把胸膛拍得嘭嘭响，却会尽心为朋友办事的人。这样的人，在世上并不多见，所以，王导请他帮忙，见他不仅不拍胸膛，甚至头也不回，就认定了此人一定是不肯帮忙（甚至还怀疑他会在元帝面前说自己的坏话呢）。事实上，那些喜欢当面大拍胸膛夸海口的人，有多少却是事到临头袖手旁观甚至落井下石，这样的人，功夫只在嘴皮上，不费吹灰之力甚至卖了人家还能赚到一份感谢。两相比较，助人只重行动不重“形象”的伯仁，可真是亏大了。

伯仁这样的朋友，替人出了力也不会邀功示好，而是当作没事一般。为救王导，伯仁出了大力，是当之无愧的“恩人”。事情没办成之前不好意思说倒也罢了，事情既已办成，伯仁完全可以把自己的好处告诉对方，即使不图回报，也可让他领一番人情，为自己赚个乐于助人的好名声，这是一般人都能接受的做法。可是伯仁偏不，他宁愿让事情的经过烂在心里，始终不向王导示好。这样做的结果，是王导压根儿没有背上“人情”负担，没有影响到自信和自尊。你看当今有些人，利用自身优势为某些弱势群体做了点好事，就迫不及待地在媒体大张旗鼓地宣扬，甚至拉上被救助者在镜头大做陪衬，不惜牺牲他们贫弱的隐私甚至人格尊严。诸如此类的“善行”，在伯仁面前全都黯然失色。

伯仁这样的朋友，能做到成人之美而完全不图回报。当政治形势发生逆转后，伯仁成了阶下囚，他想活命的话，完全可以把拯救王导的经过说出来，相信王导也不是那么没良心的人，总得伸出援手吧。可是伯仁没有这样做，到死也没向王导说破真相，或许，他根本没把救王导一事记在心上，当然更不屑于把昔日的救助行为变成一场交易。施恩而不图回报，这才是一种真正的境界，绝对不是嘴上说说就能做到的。

我想，伯仁救王导，并非出于私心，而是出于公心，所以，他根本不希望王导领自己的情，也就根本没考虑过“回报”之事。可惜，王导太不了解伯仁了，在他心里，只有一种寻常的人情观，也就根本无法读懂伯仁的不寻常了。王导虽是东晋政坛风云人物，一生中的憾事却也不少，错失伯仁，完全可以算得上其中重要的一件。

两个刘秀

东汉的第一个皇帝光武帝刘秀，是西汉第一个皇帝汉高祖刘邦的九世孙。据《资治通鉴》第三十八卷载：西汉长沙定王刘发，生了舂陵节侯刘买，刘买的侯爵位被儿子刘熊渠一支继承，到王莽篡夺帝位时，他们的封国被撤除。刘买的小儿子刘外，曾任郁林太守，刘外的儿子刘回是钜鹿都尉，刘回的儿子刘钦是南顿令。刘秀就是刘钦的第三个儿子。刘钦早死，刘秀兄弟几个由叔叔刘良抚养。刘秀成年后，喜欢种田，估计是个优秀的农民。

从刘秀的世系来看，他们家可真是一代不如一代，由王而侯，再降为没有爵位的太守、都尉、县令，至刘秀这一代，已经成为平民。年轻的刘秀，在农闲时也做点贩卖粮食之类的小生意，要多高的社会地位是没有的。有一次，刘秀和姐夫去拜访一个懂算命的人物蔡少公。蔡少公占了一卦，说“刘秀当为天子”。在座的人马上接口说：“那肯定是说国师公刘秀吧?”原来，当时的皇帝王莽手下有个位居“上公”的重臣也叫刘秀，他的级别，离皇帝也就差一档了，所以大家认为肯定是说那个刘秀要当皇帝。粮贩子刘秀和大家开玩笑说：“你们太小看人了吧，怎么就知道不是我这个刘秀呢?”此话一出，引来哄堂大笑——也难怪，你刘秀虽说祖上是皇帝、王侯，可现在连个干部身份都没了，还想当皇帝，太离谱了吧！何况还真有个那么大的领导刘秀在上面呢。

国师公刘秀是谁？说起来也不是等闲人物，他父亲刘向是著名大学者，他本人在学术上也是颇有建树的。他本来不叫这个名字，叫刘歆。这个刘秀是王莽的老同事、老朋友，早在汉哀帝时，王莽推荐刘秀当上了侍中，后来又升为光禄大夫，成为皇帝身边的红人之一，也就是这时改名为刘秀。9 年，王莽去掉汉朝名号，正式当皇帝，在任命辅政大臣时，老朋友、死党刘秀当上了国师，赐封嘉新公，与太师、太傅、国将并列为四辅，位列“上公”（级别比“三公”还高)。西汉末年，自从王莽兴起“符命”后，民间的各种流言也多起来，“刘秀将当皇帝”便是其中一种。对于相信这句话的人来说，心里所指的刘秀，十有八九当然是国师公了，怎么会是小粮贩！

然而，人的命运就是这么不可捉摸。就在粮贩子刘秀被人哄堂大笑之后，没过几年，他还真的成了皇帝，光复了汉室，在历史上众多皇帝之中，算是很有作为的一位。

和两个刘秀并存相类似的情况，在那个年代还有一例：两个王匡。《资治通鉴》第三十八卷载：王莽还是列侯的时候，和侍女生下儿子王匡。王莽称帝后，把王匡封为功建公。同一卷，又说绿林贼寇王匡大破州府官军。此后，书中左一个王匡，右一个王匡，看得人晕头转向。直到第三十九卷记载：定国上公王匡攻陷洛阳，生擒新莽太师王匡并斩之，让两个敌对阵营的同名同姓之人直接交锋，王匡杀王匡，真是无巧不成书。

粮贩子刘秀能当上皇帝，是不是受了民间流言的激励？不能完全排除这个可能。书中说，刘秀本来是个热爱劳动、性格厚道的农民，不像他大哥一心想对王莽造反。刘秀的大哥正式动员家乡子弟造反时，大家都吓得逃跑，不敢跟他玩，可回头一看，刘秀也挽起裤腿上岸穿起了军装，大家更吃惊："这么谨慎的老实人也敢造反呀！"于是放心跟着他们干了。如果不是看了相算了命，刘秀这个老实人是否会将皇位立为自己的奋斗目标？难说得很。

那么，刘秀当上皇帝是完全靠这个所谓的"谶语"吗？这么说，未免太唯心而且太小看刘秀的内在素质了。根据《资治通鉴》第四十一卷的一段记载，王莽的国师公刘秀改名，也是因为当时流传的预言书说刘秀可当皇帝，所以改名。王莽末年，道士西门君惠谋划拥立国师公刘秀做皇帝，事情败露，刘秀自杀，西门君惠在被绑缚刑场时，还对围观的群众说："预言书的话没错，刘秀确实是你们的皇上！"照这么说，国师公刘秀也是有想法的人，可终究没成功，名字算是白改了。这对后世那些指望通过改名（而不是努力奋斗）来改变命运的人来说，也是个教训呢。

刘秀当皇帝，终究是靠了自己出色的能力，以实力说话。在那个兵荒马乱的年代，自称皇帝的人很多，仅皇族人员当中，一开始比刘秀更有市场的就有刘玄（刘熊渠的曾孙）和放牛娃刘盆子。吹尽黄沙始见金，最后的胜利归了刘秀，与其说是他的名字取得好，不如说是人家的本事好。

可惜，刘秀本人也颇以为自己是应验了民间"谶语"，命中注定要当皇帝的，以致在当上皇帝后，习惯于依靠符命来解决疑难问题，还大力支持这类封建迷信的出版物出版发行。到了刘秀晚年，这类宣扬迷信的出版物泛滥（冲击了当时的精神文明建设）。光武帝中元元年（56 年），给事中桓谭上书劝刘秀不要相信符谶，认为符谶预言即使与事实相符，也不过是巧合。此话触及刘秀痛处，他当场发作，差点将桓谭斩首，后来虽然息怒，还是将桓谭从中央机关贬到六安当郡丞。结果，直言的桓谭没有直接死在刘秀手上却死在路上。没过多久，刘秀也"永远"了，其对待桓谭的一幕，让人感到迷信思想使这个原本出色的光武帝失色不少。

周勃感叹“狱吏之贵”

汉文帝前四年（176年），绛侯周勃因为被人诬陷有谋反之心而下狱。一向养尊处优、曾经位居“三公”的周勃哪里受过牢狱之灾，他一时惊慌失措，不知该怎样应对审问，时间一长，少不了受到狱吏的凌辱。在这种情况下，周勃只好委曲求全，用千金向狱吏行贿以求平安。得到好处的狱吏便在公文牍背面悄悄写上“以公主为证”几个字，提示他让公主证明自己无谋反之心。原来，周勃和文帝是儿女亲家，其长子周胜之妻即文帝之女。几经周折，周勃终于得以无罪释放，恢复原有的爵位和封地。走出牢狱的周勃大为感叹：“吾尝将百万军，然安知狱吏之贵乎！”

周勃是汉高祖时期的开国元老，统率过千军万马，以后官至太尉、丞相，以这等尊崇的地位，别说狱吏，就是品秩二千石以下的官员，平时只怕也不在他眼里。没想到，在“退居二线”之后，周勃居然多出了一段牢狱经历，也由此多了一番人生感慨甚至感悟，这也算是造化弄人吧。

有句俗话说：虎落平阳被犬欺。入狱后的周勃，大概就是这等情景了。和“尝将百万军”的周勃相比，地位不入流的狱吏充其量就是只“犬”了。然而，这个时候，可别小看了周勃眼中那只“犬”的能耐，若非周勃向他低头，请他关照，事情恐怕还难办得很呢！这只小小的“犬”，既有能耐助“虎”出笼，自然也有本事致“虎”于死地。

另一句俗话说：鼠有鼠道，蛇有蛇路，蛤蟆没路跳几步。大千世界，芸芸众生，各行各业都有自己的优势、特长。在世俗的眼里，很多人只盯着达官贵人、权力部门、热门行业，交朋友也是想尽办法往这些人身上靠，对另一些“普通群体”则视而不见，只有事到临头，才会知道平时不在自己视线内的人也是小瞧不得的。

权力虽然神通，但也并非万能，它是相对的，是有时间性和地域性的。比如，周勃不在其位，权力过时，一旦进入监狱，他便不如狱吏“尊贵”。说到这个话题，我不禁想起湖南籍当代作家王跃文曾经说过的一件趣事。王跃文早年在县政府工作时，有一次，有幸和某个县领导去外省出差。令他感到意外的是，他们所乘的火车开出县境后，领导对下属们的态度变和蔼了，而且离家越远，领导越亲切随和，到后来甚至什么玩笑都能开。下属们于是以为是自己先前没有真正了解领导的为人以致对领导望而生畏，其实领导并不是这样的人嘛。然而，过了些天，在从外省返回县里的途中，下属们又发现，离家越来越近，领导越来越严肃；回到单位后，他们又恢复了以前那种冰冷沉闷的上下级关系。王跃文说的这件事，足可令人拍案叫绝，这其实就是权力的“地域性”表现之一。还有，我们在生活中不难发现，一些官员在位时和退下后的待人态度，也与此有异曲同工之妙（这就是权力的“时间性”表现了）。这的确是个值得品味的现象。

多经历些事情，对塑造一个人的性格，形成成熟的心态还是大有好处的，而且可以让人明白很多平时无法想到的道理。据说，古时有个裁缝，给人做衣服时还懂得根据顾客的履历来处理衣领之类的细节问题。比如对某个官场中人，他可以根据这个官员是少年得志还是大器晚成，推测其走路时是昂首挺胸还是低头哈腰，以此决定衣服该怎么做才能使他穿得舒服得体。一个人的履历是其心态是否成熟的决定性因素之一。为什么有人少年得志忘乎所以，有人历经风霜虚怀若谷，有人乐天知命豁达大度，有人患得患失斤斤计较？这些不同的处事态度，和各人相异的人生阅历大有关系。

周勃感叹“狱吏之贵”，这在阶级社会是一种很客观也很正常的现象。在等级森然的社会，人与人之间的尊卑贵贱之分无法从事实上否认，所以，周勃无可厚非，狱吏也未必值得指责。今天，如果我们要从这样的“灰色事件”中品出点什么滋味，吸取点什么“营养”，不妨将它当作“低调做人，与人为善”的佐证吧：做人，特别要注意得志时不要忘形，不要以为这社会就自己高贵，不妨学会多尊重每个行业的每个人。“与人为善”不是庸俗的处世哲学，而是明智的修身之举——广交朋友，广种善果，对自己、对社会都是有好处的，如果人人都这样，这个社会就和谐了。当然，“与人为善”所说的“人”和“善”是有原则的，如果遇上的是邪恶之人、邪恶之事，无疑是要另当别论的。

李渊自秽与匪盗行规

在中国历史上，李渊无疑是个风云人物。这位一手开创大唐帝国的唐高祖，在给隋炀帝“打工”时便胸怀大志，不甘在隋末动荡的乱世中沉沦。他的不俗表现引起了隋炀帝的怀疑，为了自保，李渊只好把自己的“闪光点”藏起来，采取“自秽”的办法，大肆收受贿赂并沉湎于酒色。果然，性格多疑的隋炀帝对这个“贪财好色”的“无德无行”之徒放下心来，不但未以“法纪”来处分他，还将他提拔重用。

一个有雄才大略的人要委屈到“自秽”才能自保，而自秽之后不仅可以免责，还能得到上司“赏识”，从李渊的经历，我们不难想象在隋炀帝执政期间，那是一个怎样的荒唐世界。当权者以这样的“标准”来取人，你不做“坏人”都难！

李渊自秽，反映了当时的官场通行的是匪盗的“行规”。它至少表明，隋炀帝时期，冠冕堂皇的政界已丧失了自身应有的运行规则，而沦落为与匪盗同宗。

匪盗的行规是什么？看过《水浒传》的读者，应该记得林冲当年被逼上梁山时，火并王伦的故事。梁山的第一任领导王伦是个时运不济的人，他连续多年参加高考而落榜，又没碰上国家大扩招的好政策，以致连个大专文凭也没混到。国家干部林冲的加盟，使王伦感到了巨大的工作压力。不过还好，自古以来盗亦有“道”（也就是“行规”了），林冲虽然在官方工作时已经评上了“高级职称”，但要转到“匪盗系列”来，对不起，必须下山杀个人，让自己的双手沾上无辜群众的鲜血，才算有了入门的“资格证”。因为这个“行规”，林冲虽然英武出众，在取得梁山“正式编制”之前却颇受了些委屈。

说穿了，匪盗的行规，就是人人自污，沆瀣一气，这样才能确保上了贼船的人谁也别想上岸，而其目的当然是为了保证全船贼人的安全。我们姑且不管王伦使用这个“行规”对付林冲其实别有用心，单是站在匪盗们的角度来看，他的做法当然有其“合理性”和“必要性”。这个行规一直在匪界沿用着，现代警匪片里就时常可见类似的镜头。

匪盗是社会的毒瘤，它的“行规”当然是一种极其厉害的毒素。如果这种毒素渗透到主流社会，主流社会就有可能局部病变甚至全身溃烂，其危害无疑是十分可怕的。

看看当前披露的各件腐败“窝案”，我们却又不得不认识到：匪盗行规在一些小集团内部仍然真真切切地存在!

“窝案”增多，是近年来职务犯罪的一大特点。这里先举几例近两年查处的未必典型的案例：以河北省交通厅原副厅长张全为首的集体腐败案件，至少有 15 人涉案；陕西省地方电力集团公司贪污受贿案，上至原总经理王文学、总工程师苏厚锦，下到几个县的电力局长，18 名干部齐刷刷挤在法院被告人席上；湖北省襄樊市原副市长赵振案，一“窝”揪出 74 名领导干部……据检察机关分析，“从个案挖出窝案牵出串案”已成为腐败案中的新规律，而这些“腐败窝”奉行的正是匪盗行规（所以和“贼窝”已无异了)。

社会上不是流传着版本不一的所谓“几同”的说法吗?其中最“核心”的内容，其实只是两条：一同嫖过娼，一同分过赃。在同僚当中，有过这“两同”经历的，关系肯定是最“铁”的了。钱、色，这是“腐败文化”的两大主题。物以类聚，人以群分；非我族类，其心必异。当权者贪财好色，下属若不投其所好、同流合污，怎能做到“上下一条心”呢?李渊自秽，正是因为隋炀帝首先就是个荒淫无道之主，唯有自秽才能让他以及其他同僚把自己当作“同类”而不加以戕害。

当人们身处一个以匪盗行规作为“行为规范”的环境时，普通人不外乎两条选择：要么同流合污，要么舍生取义。不管哪种选择，都可能是一种悲剧。清代的苏廷魁担任河道总督期间，治理决堤的黄河，工程结束后，还有30万两白银结余。有关官员主张将余款瓜分（这也是当时的惯例），唯有正直的苏廷魁不同意，坚持将余款奏缴国库。结果，此举“损害”了有关部门和官员的利益，破坏了业内的潜规则，户部和河南巡抚等一起弹劾他，苏廷魁竟然因此被革职。对于李渊的做法，后人该怎样评价？只能说，他是幸运的，后来终于得到了改造世界的机会，还了自己一个“清名”。如果他最终没能成为“成功人士”呢？身上的污秽恐怕就永远洗不清了。

匪盗行规逼良为娼，要做到不“失节”，就别上“贼船”。万一上了“贼船”怎么办？如果能做到不入“贼籍”，而与贼作坚决斗争，最后以正义战胜邪恶（这基本只能说是“理想主义”了），那当然最好；退一步说，像李渊那样为了推翻这艘“贼船”而暂时委曲求全也未尝不可，但别忘了坚守道德底线，不要真个儿“秽”进去了。而那些主动逢迎，自愿同流合污甚至推波助澜者，就彻底为人所不齿了！

李世民的镜子

“以铜为镜，可以正衣冠；以古为镜，可以知兴替；以人为镜，可以明得失。”唐太宗李世民关于镜子的这句名言，让我们知道了他是个爱照镜子的男人。而“贞观之治”的历史，更让我们知道李世民是个会照镜子的优秀男人。

以铜为镜，这是每个寻常人都知都会的，不足为奇，在此不提。

以古为镜，就需要睿智了。

李世民从秦王成为唐皇，心里是曾经有过阴影的。626年，唐朝开国皇帝李渊的二皇子李世民通过玄武门之变，杀死兄长太子李建成，以非法手段谋得皇位，虽说事出有因，可这毕竟是件流血的亏心事。而就在20多年前，前朝开国皇帝隋文帝杨坚的二皇子隋炀帝杨广，也正是在谋害兄长太子杨勇之后走上皇位的，二人的情形真是何其相似。曾经是隋朝开国元勋的杨广，登上皇位后几下功夫就把江山玩完了。唐朝会不会像隋朝一样成为短命王朝？作为唐朝开国元勋和唐皇的李世民，必须努力地和命运抗争，于是，前朝隋炀帝的历史成了一面镜子，李世民要通过它来时刻检视自己，以走出“宿命”的阴影。

读史明智。历代王朝的兴衰，就是一部珍贵的教科书，给了李世民诸多的启迪。善于照镜子的李世民，因此扬长补短，虽然贵为天子，却能主动接受朝臣的监督与批评，常常自省，克制欲望，改正缺点，终于成就一番功业，在历史的长河熠熠生辉。

隋炀帝曾经坦言“不喜人谏”。通过这面镜子，李世民又找到了另一面镜子——以人为鉴。

魏征，这大概是中国历史上最著名的一面“人镜”了。李世民说过：“贞观以来，尽心于我，进献忠言，安国利民，犯颜直谏，纠正我过失者，唯魏征而已。”魏征的直言，往往锋芒毕露，然而，李世民还是耐着性子听了（尽管有时也忍不住要骂娘），因为他是个爱照镜子、会照镜子的人。

以人为镜，不仅需要睿智，更需要度量，需要诚意。

隋炀帝不肯“照镜子”，所以他很快垮台。历史上，类似的事例不胜枚举。唐朝另一个大名鼎鼎的君主、创造了“开元盛世”的唐玄宗，后来就因为厌烦了“照镜子”，而使大唐由盛转衰。唐玄宗“蜕变”之际，手下有两个宰相，一个是直来直去、爱提意见的张九龄，一个是成语“口蜜腹剑”的主人公李林甫。结果，唐玄宗弃张九龄而独宠李林甫。为了“回报”领导，李林甫这样给唐玄宗处理“镜子”问题：他召集全体谏官训话，明确告诉他们，皇上需要清静，今后谁还多嘴多舌，就没好果子吃！正是这一招，使曾经风光无限的唐玄宗竟然晚景不堪，最终在“安史之乱”中丢了皇位。

也有的人，镜子可以照照，但并不把它当回事。西晋开国皇帝司马炎就是这么一个。大臣刘毅曾经批评司马炎连汉朝的桓、灵二帝都不如，因为桓、灵二帝卖官的钱进国库，而司马炎卖官的钱进私家。刘毅说得够尖锐了，司马炎倒也不生气，还说：“桓、灵时没有人说这话，如今朕有直臣，远胜于彼了。”可是，说归说，听归听，司马炎就是知错不改，依然我行我素。以他这种作为，难怪西晋的历史会在几十年之后迅速结束。镜子里照出了污点，却并不去擦拭，照镜子又有多大意义呢！

李世民以魏征为镜，这绝不是“作秀”，更不是有“把柄”落在他手里，而是因为他有这份自觉和气度，有听取意见的诚意（否则，魏征这张嘴巴哪能在皇帝面前唠叨了十多年而不出事），有改进不足的决心（他的政绩就是最有力的证明）。魏征死后，李世民还把他树为“标兵”，要求群臣学习他的直言。另一个大臣王珪，就因为秉直进谏而步步高升，官至宰相之位。以这样的标准选人用人，李世民不成为优秀皇帝，历史是肯定不会答应的！

在封建专制社会，李世民照镜子能照到这个水平，实在是不容易了。照镜子照出了一个好皇帝，无论是“以古为镜”，还是“以人为镜”，李世民这面镜子，都值得后人好好照照。

宋璟的清醒

唐朝名相宋璟，因协助唐玄宗创造了“开元盛世”而彪炳青史。在担任宰相之前，宋璟是广州都督，由于为官公正、政绩突出而深受当地百姓拥戴。升任宰相后，广州官民为他竖立了一块“遗爱碑”以示纪念。换了别人，对于这种“形象工程”高兴还来不及（有的官员没人主动立碑的话，说不定还要授意下属如此这般呢），宋璟却对唐玄宗说：“我在广州没有什么特别的政绩，现在我职位显达，他们便来谄谀，请从我开始革除此风。”唐玄宗因此下令全国狠刹立碑之风。

为官者，唯有随时保持清醒的头脑，才不会在关键时刻因“犯糊涂”而毁了自己，毁了事业。宋璟在地位显赫、身陷鲜花与掌声包围之时能做到这一步，不愧为贤者。

也许有人认为，以这件事来谈“头脑清醒”有些牵强附会。其实不然。此事固然说明了宋璟是个崇尚务实的人，但另一方面，要知道，封建社会毕竟是皇帝“家天下”的时代，这样的政治环境，为个人立碑，皇帝宠信你时没事，一旦他翻脸不认人或换了新君，事情就可能大大不妙了(明代那个为自己立生祠的魏忠贤就是一例)。所以，作为聪明而又正直的高官，宋璟不可能不知道这个道理。对他来说，自己的功德让百姓记在心里就行了，这比立什么碑都更有价值。

宋璟的“清醒”当然不是限于一时一事。不妨再举一例：隐士范知睿为宋璟写了一篇《良宰论》，请人荐给宋璟（目的不言而喻了)。宋璟阅后，写下一段批语，大意是此文颇有马屁文章之嫌，作者若有水平何必私自送上，完全可以在科举考试中一显身手。全然不受“糖衣炮弹”之害。

对照宋璟，我们许多人的差距可实在是够大了。特别是对一些领导干部来说，对别人的恭维奉承之言习以为常，越听越受用，久而久之，对来自各方面的“好评”就常常难辨真伪。此时，那别有用心之徒，正好可以乘虚而入，凭着这些本来很容易识破的伎俩，将领导干部玩弄于股掌之中。《战国策》有一篇《邹忌讽齐王纳谏》，说的是齐国官员邹忌分别问妻、妾、客，自己和城北的美男子徐公相比，谁更“帅”？结果，三人都说邹忌“帅”过徐公。后来，邹忌亲眼见到徐公，偷偷用镜子一比照，发现自己的相貌比徐公差得远，由此悟出：“吾妻之美我者，私我也；妾之美我者，畏我也；客之美我者，欲有求于我也。”想明了这层道理，他赶紧向齐王汇报：“与此同理，大王天天听好话，被大家欺骗得太厉害了！”今天的各界成功人士，在听别人大讲好话之际，不妨分析一下对方是否存了“妻、妾、客”之类的心理。

现实生活中还有打“政治球”“政治牌”之类的现象，也很值得玩味。笔者是一个乒乓球爱好者，业余常观摩一些领导干部之间的娱乐，这时常常发现“位高球技好”的规律。其实，以笔者作为旁观者的眼光，举手投足间已大致判断出竞技者水平的高下，可是，因“位高”而获胜者却未必心里有数。事实上，打“政治球”之类的做法只会使领导的水平停滞不前。这时，笔者不禁想起古代的一则故事：有个国王只能拉某个重量级的弓，属下却将该弓的重量夸大数倍来欺骗他、取悦他，结果，国王至死都以为自己是个大力士，成为后人的笑料。

恭维奉承泛滥，是很容易让人迷失自我的，更会使人因认识不到自己的不足而无法长进（严重的还会埋下让人犯错误的隐患）。这不仅对成功人士如此，对普通群众也是一样的。有鉴于此，我们必须大力倡导求真务实之风，狠刹阿谀奉承之风，时刻对自己、对形势保持清醒的认识，身居高位者尤其应当如此！

李白的理想

说到中国文学，不能不提唐诗；说到唐诗，更不能不提李白。

李白是中国文坛的“超人”，因诗而位列“仙班”——“诗仙”，这是何等高贵的荣誉。

然而，李白的理想，并不是做一名诗人，哪怕是成“仙”的诗人。跟中国历代文人一样，在“红黄黑”三道中，李白发自内心的选择还是“红”道，用现在的话来说，李白的理想是当一名公务员。

唐朝是中国最重视文学的朝代之一，因此换来了文学艺术的繁荣。李白以其文名得到唐玄宗的赏识，有幸进入“中央机关”工作。那时的李白，春风得意，踌躇满志，“仰天大笑出门去，我辈岂是蓬蒿人”，以为“治国平天下”的远大理想很快就要实现了。然而，现实却令他大失所望，唐玄宗虽然对他不错，但完全无视他的政治兴趣，根本无意在政治上对他进行栽培，而只是让他“供奉翰林”，做点吟诗作对的闲差（相当于“事业编制”)。

没有获得“公务员”身份的李白乐不起来了。后来，他索性辞职不干，游遍中国，写下了大量的瑰丽诗篇，但一直没放弃当“公务员”的念头。安史之乱中，李白投靠永王李璘，原以为建功立业的机会到了，岂料永王后来因为“理想”大了点，成了唐王朝的“现行反革命”，其兵败身死之后，李白也被朝廷判死刑，后经郭子仪解救，才改判流放夜郎。

诗仙李白穷其一生未能实现自己的理想。所以，在中国正史当中，李白因为没有行政级别，无论是《旧唐书》还是《新唐书》，都只在次要位置给了他简单的几笔。

李白以及新旧《唐书》的编撰者也许都没想到，历史其实也爱开玩笑：正史记载简略的李白，后来却因为他写诗的业余爱好，其知名度和影响力都远远超过了绝大多数在正史占了重要篇幅的高级“公务员”（包括帝王级别者)。李白若有在天之灵，不知是否对此感到欣慰?

李白想当“公务员”的心态，放在中国历史上来说，一点也不奇怪。受儒家思想影响，所谓的“红黄黑”三道，“红”（从政）历来是中国文人的首选。“黄”（从商）为文人所不屑，而“黑”（从文）呢？表面上看很重要，其实根本不能和前二者相提并论，它充其量是“红”的附庸。中国封建社会的文人并未把“从文”当作正事，汉朝文学大家扬雄就说过，做文章是“雕虫小技，壮夫不为”。尽管后来的曹丕说了些为“黑”道挽回面子的话：“盖文章，经国之大业，不朽之盛事。”但这并不等于文学可以和政治相提并论，如果叫曹丕别当皇帝，做个专业作家，他肯定不干。

正是因为这种“大环境”，中国封建社会虽然涌现了大批杰出文豪，但是没有职业文学家。李白如此，杜甫、白居易亦然。后来的曹雪芹、蒲松龄，也是因为仕途失意，才在无意中成为杰出小说家的。“文章憎命达”，“诗穷而后工”，这话真是说绝了。

若以一时一地而论，“红黄黑”三道，“红”者有权，“黄”者有钱，这些至少可以让人过上安逸舒适的生活，相比之下，“黑”道肯定要吃“眼前亏”了。而若从长远来看，则“黑”道的生命力又远胜于前二者。

权倾一时也好，富甲一方也罢，百年以后权力、财富都烟消云散化为乌有，而作为精神产品的文化，其影响力则绵绵不绝，代代相承。据说，在美国人那里，“红黄黑”三道各有其不同的价值观与游戏规则，三者互不攀比，从业者各得其乐。在我们国家呢？前不久有人在广州市作了一次随机抽样调查，结果显示，广州青年心目中最理想的职业，高居榜首的乃是“党政机关干部”（有意思的是，前些年这个职业在那里好像并不怎么受人青睐）。经济发达地区尚且如此，其他地方可想而知。还有，从这几年公务员考试取代高考成为“中国第一考”“公务员”被人们称为“最后一个金饭碗”的现状，我们也可以明显感觉到，传统的“官本位”思想依然是社会主导思想，价值取向多元化的时代还没真正来到。

从隋文帝之死看制度建设

隋朝的历史虽然短暂，却因其结束了中国 200 多年的分裂状态而意义重大。完成统一大业的隋文帝杨坚，以其功绩和德行，成为开国皇帝中的佼佼者。

成功的男人背后都有一个优秀的女人，现代人常说的这句话，居然在隋文帝身上也可印证。隋文帝的皇后独孤氏，虽然在史册上连名字都未留下，却是一个杰出的“内助”。史载，杨坚当上皇帝，与独孤氏的鼓励与支持分不开；隋朝建国后，独孤皇后仍非常关注朝政，纠正了隋文帝的不少过失，政治影响力和隋文帝不相上下。表面风光的隋文帝，其实是严重的“妻管严”：杨坚称帝后，独孤氏作为“女强人”，虽然无法推翻积淀深厚的后妃制度，但有能力将后宫的“编制”精简到了历朝的最低数，而且严密监管，限制隋文帝和嫔妃接触，硬是看住了他的色心色胆。

在独孤皇后的约束下，隋文帝压制了许多欲望，从而有了更多的精力用于朝政。遗憾的是，独孤皇后比隋文帝早死两年，得到了“解脱”的隋文帝，因为此前从无机会纵欲，压抑过久的欲望如火山般爆发了，竟然一下子走向另一个极端，终因纵欲过度，搞垮了身体，临终感叹：“假若皇后还在，我必不致如此。”

隋文帝之死，教训是深刻的，除了当今的男女“强人”可以从中受到某种启示，我觉得更重要的是还可以与制度建设这个严肃的话题挂起钩来。

隋文帝的下场告诉我们，制度建设一定要有长效机制。独孤皇后看管隋文帝，这是一项“制度”，因为其本身是严格的、有威力的，所以收到了良好的效果：面对这一“铁的制度”，隋文帝只好老老实实，不近女色。然而，独孤皇后失策的是，她没能考虑到“身后事”，建立执行制度的“长效机制”。所以，一旦她去世后，“铁的制度”没了执行者，隋文帝压制在心底的欲望就很快大翻身了，独孤皇后在世时所取得的成果旋即化为乌有，其苦心建设的“制度”可以说是前功尽弃了。

随便举个例子来说说这个教训的现实意义。当前的新农村建设，通过前期的“三清三改”工作，许多农村面貌焕然一新。因为工作关系，我去过本地的一些新农村示范点，看到整洁的村庄的确如诗如画，令人“心向往之”。我们还了解到，这些示范点都出台了“保洁制度”等相关措施。但是，大家更关心的还是有没有长效机制来保证这些制度能长期得到落实。如果相关制度仅仅能保证“曾经拥有”，而做不到“天长地久”，特别是无法延续到“换人”之后，那么，村容村貌短时的清爽又有多大价值呢？经济学界有个“黄宗羲定律”（出自清初著名思想家黄宗羲，其本人的说法是“积累莫返之害”），说的是封建社会赋税改革的规律：每次改革，可以稍微缓解农民负担，但时间一长，马上出现反弹，矛盾进一步加深，如此周而复始，没完没了。如果一项制度缺乏长效机制，就很容易陷入“黄宗羲定律”所说的这个怪圈。

隋文帝的下场，还告诉我们，建立制度，一定要客观地考虑到其可行性。在君权至高无上的时代，皇帝不可能只有一个女人。独孤皇后不但核减后宫“编制”（当然不是为了节省财政支出），还对隋文帝严加看管。有一次，隋文帝偷偷地和一个宫女好上了，独孤皇后马上将这个宫女杖杀，气得隋文帝差点离家出走。如果把独孤皇后的行为看作一种制度改革，应该说，在那个年代，她无疑是操之过急了。事实证明，独孤皇后在这方面最终是失败的，作为一个“思想觉悟”还没达到相应水准的封建皇帝，隋文帝并未真正放弃对女色的追求，一旦获得“性解放”，当然要加班加点补回以前的“损失”了。

超越客观条件的“制度”，如同建在沙滩上的大厦，肯定是不牢靠的。制度如果在缺乏可行性的前提下强行推出，只能产生“揠苗助长”的效果。我有一个朋友，办了家手工作坊式的小企业，雇请的员工主要是当地文化程度不高的农民，可他却一心想弄出点“企业文化”来。这个朋友自从到沿海一家外资企业参观后，对人家的现代化管理模式羡慕不已，马上着手制订了包括考勤、学习等系列内容的制度，来“管理”自己那十几号员工。结果，由于两家企业根本没有可比性，他取的“洋经”明显水土不服，不但没能帮他管好企业，反而使员工产生了逆反心理，无法安于生产。折腾了一段时间后，这套徒有其表的“制度”只好不了了之，其中的一些做法还被当地人传为笑谈。可见，在制度建设中，客观可行性是非常重要的因素，如果忽视了这一点，制度不仅无法取得积极效果，甚至可能产生反作用，到头来害了“隋文帝”。

洪承畴的“壮烈”

明朝末年，辽蓟总督洪承畴在松山战役中被清军俘获，押送到清都盛京。此前，洪承畴与部下曹变蛟、王廷臣等共同表达了宁死不屈的决心。曹变蛟、王廷臣等人一起被俘后，果然不屈而死。消息传到明都北京，满朝文武都以为洪承畴已壮烈报国，崇祯皇帝深感悲痛，亲自主持召开隆重的追悼会，设祭坛致祭。追悼会快要结束时，前方传来了令崇祯尴尬不已的情报：洪承畴还活着，而且已降清。

原来，洪承畴刚到盛京时，的确有过以身殉国的想法。清太宗先后派了多人前去劝降，都被洪承畴骂回。后来，有个叫范文程的汉官，发现洪承畴在和他交谈时几次用袖子拂去衣服上的灰尘，于是断言连衣服都很爱惜的洪承畴肯定会更爱惜生命。知道这个“秘密”后，清太宗加大“攻势”，果然如愿以偿“拿下”洪承畴，为清军入关和南下找到了一个“好向导”。

洪承畴让崇祯闹了个大笑话，后来，民间也有多种版本传洪承畴的笑话，大意是：抗清义士某某被俘后，洪承畴前来劝降（或审讯），义士大骂：谁不知道洪大人是大明大名鼎鼎的烈士，你这个冒名顶替的小人真不要脸！直骂得他灰头土脸。

洪承畴如果不表现他那不够火候的“壮烈”之情，而是直接降清的话，未必会招来那么多的闲话。历史上各朝都有降将叛臣，狠招非议者却并不多。洪承畴的同事祖大寿，两次降清，不仅未获骂名，甚至得到人们的同情。洪承畴错在哪里？错就错在言与行前后反差太大，一时愚弄了明朝君臣，让人们产生上当受骗的感觉（后来的事实证明，他不仅降了，而且为清朝立下了汗马功劳，似乎全然忘了当年在明朝所受的“皇恩”）。

另一个比洪承畴的名声更臭百倍的历史人物秦桧，也有类似的表现。说起秦桧，人们想到的是屈膝求和的投降派、杀害岳飞的刽子手，却不知，这只是他在南宋期间的表现。在北宋年间，担任御史中丞的秦桧，却是个反对割地求和的主战派。他的同事们想不到的是，这个“主战派”在北宋灭亡那年君臣集体被俘之后，很快投降金国，并作为“内奸”被派往南宋朝廷，最终协助金国毁了南宋的“长城”。

洪承畴、秦桧他们的变化，让人们知道了判断一个人的本质绝对不能仅凭一时的“豪言壮语”。言行脱节是一种常见现象。比如说，面对歹徒的匕首，你会毫不畏惧地迎上去和他搏斗吗？面对熊熊烈火，你会奋不顾身地冲进去救人吗？在这样的问题面前，有些人，平时说得慷慨激昂，上了战场却溜得比谁都快。这种情况在假话盛行的年代尤其突出（在这种环

境下，讲假话不用负责任，讲真话却要吃眼前亏）。在太平盛世，“豪言壮语”特别容易迷惑人，因为少有检验这种语言的机会。所以，对待这种东西，最好还是不要完全当真，毕竟关键时刻还是得靠行动来检验其真伪（否则，说不定就会像崇祯那样上当呢）。

最近听朋友说了这么一件事。某个贪官在即将“出事”时，为了临时“补课”学点法律知识，找了他的下属——反贪局长“谈心”。反贪局长试探着问领导到底有没有什么问题，该贪官斩钉截铁地说：“我可以用人格担保：我绝对没有任何问题！”而事实上呢，该贪官事发后，查出来的问题超出人们的猜想。你看看，到了这个时候，该贪官还能镇定自若（颇有临危不惧的大将风度），说得如此绝对而一点也不脸红（毫无做作的破绽），这样的人如果多起来，我们该怎么信任别人？难怪，一些平时口碑不错（其实当然是掩饰得好）的贪官被抓后，人们往往发出惊呼：连某某某都是骗人的，这世道，还有谁的话可信?!

既要做婊子又想立牌坊，世上哪有这么便宜的事！做人，还是坦率些好，哪怕品行有污点，也强过那欺世盗名的伪君子。

康熙的另一种“仁慈”

清圣祖康熙无疑是中国历史上的优秀皇帝之一，论综合素质，排名可进入“前五强”。这个在位时间最长的封建皇帝，一生做了不少大事、好事，但是有一点却无论如何该称为瑕疵：对贪官太“仁慈”。

康熙虽然英明，可手下的贪官却也不少，而且，康熙明知其贪却并不严惩。

清朝最大的贪官是乾隆年间的和珅。康熙朝的明珠，则堪称和珅的老前辈。明珠是“大学士”级的干部（相当于以前的宰相），手上掌握了人事大权，并善于利用这个权力，于是，地方上总督、巡抚、布政使等高级职位出现空缺时，便是明珠大发其财的好机会。为此，明珠拥有了堆积如山的财产。

明珠的罪行被揭发后，康熙竟然“不忍加罪大臣”，先是把他作了撤职处理，没过多久，换个职务，依然让明珠在朝中占据高位。明珠的党羽如余国柱、徐乾学之类，都是不折不扣的大贪官，本来完全可判死刑，可是康熙对这些人一概从轻发落，顶多是追缴其赃银，而并不绳之以法（对余国柱甚至连赃款都未追缴）。

对于贪官，康熙“仁慈”得让后人感到不可思议（倘若康熙是个昏君，倒没什么奇怪，问题正是因为他是一代明君）。我想，他可能认为经济犯罪行为不会危害自己的统治，所以乐得做个大好人（对于“政治犯”，历朝统治者当然向来毫不手软）。如此说来，康熙到底还是没有把百姓的利益真正摆在第一位。对百姓来说，贪官是比政治犯更可憎的，因为他们所捞取的正是百姓的血汗钱。纵容贪官而漠视群众利益，这也可称为康熙的短视行为（其实，经济犯罪一样会危害国家安全）。

现在时代不同了，社会进入了法治时代。法治时代的各级领导干部和执法者，当然不能学康熙的这种“仁慈”，而应严格依法办事，做到执法必严，违法必究。特别是对有一定职务的犯罪人员，更不能随便“宽容”“不忍加罪”。要知道，“放”过了几个贪官，虽然看似事小，却损害了广大群众的利益和国家利益，更损害了法律的尊严，长此以往，法将不法，祸害大焉。

执法必严，违法必究，事实是否真的有这么理想呢？未必。当前，法院判决中的“缓刑滥用现象”就很值得一“品”。据报载，近年来，法院对职务犯罪案件判处免予刑事处罚、适用缓刑的比率，从 2001 年的 51.38% 递增到 2005 年的 66.48%。尤其是渎职侵权案件判处免予刑事处罚、适用缓刑的比率，从 2001 年的 52.6% 递增到 2005 年的 82.83%。此外，加上假释泛滥、监外执行泛滥，这些不正常现象似乎正在共同为违法人员构建一个舒适的“避风港”。

还有一种情况，相信广大群众也是“看在眼里”的：许多大贪官，已

查实的贪污受贿数额大得惊人，于情于法都足够死上几回了，可最后的结果，却往往让人们失望，失望得不再把腐败分子落网当作好事。

对腐败分子网开一面，是否起到了扼制腐败的效果？这根本就是一个不需要回答的问题。

还是回到康熙身上来吧，大奸臣明珠被康熙“免予追究刑事责任”，换个位子继续当官之后，并未洗心革面重新做人，真心回报领导的大恩大德。相反，他不但继续坑害了若干贤臣，而且还挑起了康熙与太子及众皇子之间的矛盾，直弄得“康师傅”“清君难断家务事”，后院起火，烦不胜烦，真是活该。

且看雍正树“榜样”

清朝雍正五年，一个叫六十一的满人铡草夫拾得一个元宝，没有据为己有而是上交给“组织”处理。有关部门将此事汇报到雍正帝那里。雍正帝正要倡导拾金不昧的良好社会风尚，遂将六十一树为“榜样”，不仅将那个元宝赏赐给他，还在八旗之内广为宣传其事迹。

雍正六年，河南孟津县农民翟世有拾得一名商人的170两银子，交还失主并坚决不接受失主的报酬。地方官因此赏赐翟世有50两银子，并为其立碑，当然少不了向朝廷交一份汇报材料。雍正帝知道后，除了再向翟世有赏银百两，还特别赏给他七品顶戴，地方官也因“领导有方”大受表扬。同时，雍正帝将六十一和翟世有分别树为满、汉拾金不昧“标兵”，要求全国上下向他们学习。

“榜样”的力量果然大得很。从此，各地“拾金不昧”的“好人好事”纷纷涌现，只要汇报上来，统统有赏，结果朝廷不知发放了多少奖金、提拔了多少干部，真是群众领导皆大欢喜。其中，很多人“做好事”的手段如出一辙，明眼人一看就知其中猫腻，可雍正帝为了达到“宣传效果”，根本不加追究。于是，一个个“榜样”令人眼花缭乱，难辨真伪，简直到了不可收拾的地步。直到乾隆帝继位，为了扭转这种局面，才规定：对于真正的拾金不昧行为，由州县官酌量奖励即可，不许再向上级汇报。

雍正帝树“榜样”，出发点当然是好的，结果却是种瓜得豆，令人啼笑皆非，此事值得品味。

树立“榜样”，能否以物质刺激作为主要手段？从雍正帝的教训来看，这一招显然是失效的。“榜样”的力量，应当主要体现在精神上，以其人格魅力来得到别人的信服、尊重，使人们从内心接受他，效仿他。而雍正帝以直接利益包装出来的“榜样”，反而使人们忽略了拾金不昧的精神实质，只看到了世俗的“好处”，结果引导了人们以这种“好处”作为追求目标，而“拾金不昧”恰好沦落成了谋取“好处”的手段。

滥树“榜样”，会使这一做法流于形式，从而带出无穷的弊害。雍正帝大树“榜样”，用意非常明显，一来希望迅速提高群众的道德水准，二来可以充分显示自己的领导水平。然而，他却忽略了鉴定“榜样”的“含金量”，更忽略了道德建设的特殊性，结果在无意中发起了一场轰轰烈烈的造“榜样”运动。只要捡到东西上交，就有奖金，就可提拔，事情简单到这个地步，对许多投机分子来说，真是何乐而不为！如此一来，社会风气不但没好转，投机钻营倒是有了一块理想的土壤。难道雍正帝果真是“当局者迷”，不知道一个个何其相似的事例，已经构筑成了一座形式主义的空中楼阁？

为树“榜样”而任意拔高某个人的言行，其实是贬低了一大群人，这不是道德水平的提高，而是道德水平的整体下降。拾金不昧并非雍正朝才有的事（从新闻的角度来说，几千年前它才有可能算得上“新闻”），六十一、翟世有的做法，虽然值得肯定，应当表扬，但事情本身就只有那么大，怎么看也够不上“特别”，就未必需要当作“典型”人物如此大张旗鼓地表彰、重赏（你看翟世有，还一下子从普通农民弄了个“县处级待遇”，真是飞来横福啊）。雍正帝过分突出他们的事迹，倒显得全国人民都贪财，就他们俩是好人了，这不是“打击一大片”么？至于后来各地争先恐后报上来的“好人好事”，就更没有理由大惊小怪了。

每个时代总有英雄辈出（包括平民英雄），各行各业出色的人物理应成为人们尊敬、学习的对象。今天，我们的各级组织、各大媒体也经常推出各种各样的榜样。大千世界，芸芸众生，榜样的作用当然是不可低估的，然而，我们树立“榜样”时，一定得大浪淘沙式“精选”，使其达到真正的高度，以独特的、非凡的人格魅力激励人们前行。否则，像雍正帝这样急功近利、滥树“榜样”，只能是“画虎不成反类犬”。

戈登的“傻劲”

在一般的教科书里，英国人戈登作为“洋枪队队长”，是清廷的帮凶、镇压太平天国运动的刽子手，典型的反面人物一个。可是，有一件事，却可以让我们重新认识一下这个人。

戈登在担任常胜军（即“洋枪队”）首领时，年方三十出头，是英国陆军少校。不久，他在李鸿章的指挥下，围攻太平军镇守的苏州。苏州太平军将领郜云官等与清军将领程学启秘密洽商投降，戈登作为双方的保证人，保证清军不杀降兵降将。然后，郜云官等人杀了苏州主帅谭绍光降清。

没想到，李鸿章、程学启拿下苏州城后，很快翻脸不认人，将郜云官等两千多名太平军将士全部斩首。这些人算是白死了，却气坏了“老外”戈登。他认为李鸿章他们“杀降”是背信弃义，气愤得要找李鸿章和程学启拼命，并想夺回苏州城交还给太平军。

在有关人士的调解下，李鸿章亲自哭祭郜云官等人（算是赔罪吧），戈登才因为胳膊扭不过大腿，勉强作罢。戈登的做法，上海租界和英、美、法等国的舆论均表示同情。

有意思呀！一个外国人，为了战争中的“信义”，不惜与上级翻脸，而且，后来清廷为了安慰他，赏他一万两银子与一品顶戴，他不要，的确有个性！

戈登这股“傻劲”，大有可爱之处。

国人常以为诚信是我们这个民族的传统美德（还有其他很多美德，也常有人误以为是我们的“专利”），其实，别的民族何尝不把诚信奉为美德（还有那许许多多的美德，又何尝不是人类的共性）。在围攻苏州的这场战争中，戈登对信义的尊重，就超出了我们的同胞（也许，凭这一点就注定了戈登只能当一名军人而成不了政客）。

诚信是美德，这话绝对没错。中国传统的“三纲五常”中，信、义就是其中之二“常”，可见其在人们心目中拥有何等重要的地位。所以，从理论上来说，背信弃义应当受到道德的唾弃。可是，很多人说归说，做归做，偏偏要打着诚信的旗号大干不信不义之事。不说别的，单说这些年如雨后春笋般冒出来的众多商家，哪个不是成天把“诚信”二字挂在嘴上？可另一方面，却又有多少人是真正地把“诚信”当作产品、企业的生命力看待？说不定，对某些商家来说，在巨大的利润面前，谁把“诚信”当回事，谁就会被人当成傻瓜呢。

这话并不是对商家有成见，而是有事实为证。据世界贸易组织等机构提供的资料，自1990年以来，全球假冒商品的贸易额增长速度是全球贸易额增长速度的3.2倍，假冒伪劣现象已成为“仅次于贩毒的世界第二大公害”。而在国内，从20世纪80年代末开始质量监督检查以来，我国每年都有打击假冒伪劣商品的活动，但假冒伪劣现象仍然屡禁不止。加上欠账赖账、偷税骗税、违背合同、虚假广告等无视信用的行为，它们成了严重影响经济发展的第二大因素（仅次于腐败）。据报道，我国每年因逃废债务的直接损失达1800亿元，因造假贩假造成的损失至少2000亿元。因此，企业失信的问题被学者称为中国市场经济的“败血症”。

人们常说：老实人不吃亏。类似于许多“励志名言”，此话只能信一半。没吃过亏的老实人当然有，大吃其亏的老实人却也不少（而且吃的可

能是“哑巴亏”）。目前的社会机制，无法让所有的欺骗者、失信者受到应有的惩罚，自然也就无法使所有的因守信而被骗、吃亏的人得到应有的弥补。正是因为如此，有些打心眼里看不起“信义”的人，就可以放心地大行不义之事了。

当背信弃义之事屡屡发生，当背信弃义之举得不到惩罚（哪怕是道义上的指责），诚信就将越来越被人们看轻，讲诚信的人就真的成了人们眼中的“傻帽”。当不讲诚信成为社会盛行的潜规则，讲诚信的人就必定吃亏。这不能不说是社会的一大悲哀。

我相信，崇尚信义的人还是占了大多数，所以我认为，戈登的这个“傻劲”值得一提。

李鸿章吃了宠物狗

李鸿章在签订了马关条约的第二年，出使俄国，并游历欧洲一些国家。到了英国，他的已故“老战友”戈登的家属送了一只珍贵的宠物狗给李鸿章。结果，李鸿章把狗宰掉吃了，还写信感谢道：“惟是老夫耄矣，于饮食不能多进。所赐珍味，欣感得沾奇珍，朵颐有幸。”

类似的笑话，早就听过，说的是某君赠送鹦鹉给尊贵的客人，后来再遇客人，问及鹦鹉，客人说：“味道不错，就是肉少了点。”没想到，堂堂的晚清重臣李鸿章竟然是笑话的“原型”。“味道不错，可惜年纪大了不能多吃。”据说，李鸿章的这一“花边新闻”，很让英国报纸热闹了一番。

在晚清的官僚中，李鸿章可能是最受非议的一个。出了这等事，人们只怕更要瞧不起这位中堂大人了。

李鸿章真的这么可笑么？

我倒觉得，李鸿章吃了宠物狗，至少说明其人没有养猫养狗的业余爱好（否则焉能不知此乃玩物而非食物）。有人认为当时中国社会不知玩宠物狗，其实不然，据阎爱民编著的《正说雍正》一书（上海古籍出版社），比李鸿章早得多的雍正皇帝就特别喜欢宠物狗。所以，这事倒是从一个侧面证明了李鸿章并不是有闲阶层，对玩乐之事并不精通。他一生应该算得上是勤奋的、忙碌的，至于没能“忙”出好结果，那未必完全是他的错。

李鸿章在民间留下骂名，是因为晚清那些丧权辱国的条约，多是由此公代表政府签订，最典型者当数《马关条约》和《辛丑和约》。因为在这些条约上留下“墨宝”，李鸿章简直成了“卖国贼”的代名词。其实，李鸿章并非不为国家着想，看看《马关条约》的签订过程就可见其苦处。

《马关条约》中日双方的签字人李鸿章和伊藤博文，在十年前就是“老交情”了。在签约过程中，李鸿章不断地利用这个“老交情”软磨硬缠。李鸿章虽然未能从根本上改变条约的内容，但在某些细节上还是有收获的。比如，赔款数额由三万万两减为两万万两；赔款免付利息的条件由“两年内付清”改为“三年”；交割台湾的时间由“一个月内”延长为两个月。特别是关于台湾问题，李鸿章和伊藤博文的对话，后人读来仍觉辛酸。李鸿章要求延期，伊藤博文不肯，李鸿章说：“贵国何必急急，台湾已是口中之物。”伊藤博文道：“尚未下咽，饥甚。”李鸿章说：“两万万足以疗饥。”几个回合下来，伊藤博文总算答应。

李鸿章岂能对《马关条约》无动于衷？此后，他心里也是恨死了日本的，而且“恨”令智昏，于1896年在莫斯科签订《中俄密约》，希望联俄抗日，结果却是引狼入室。条约内容包括在中国境内修建中东铁路，坏就坏在《中东铁路合同》规定“铁轨之宽窄，应以俄国铁轨一律，即俄尺五幅地，约合中国四尺二寸半。”而当时中国铁路的宽度是四尺八寸五分，明摆着，铁路只对俄国有用，而中国的火车无法问津，算是白干（提起这件事，不禁想起我们当前正在致力建设的“技术标准体系”，很多人对“得标者得天下”的观点不大理解，看看中东铁路，就知道以谁为“标准”是多么重要了）。

要说李鸿章思想有多腐朽，也不见得。百日维新之前，康有为、梁启超他们在北京创设进步团体“强学会”。据说，李鸿章曾经想入会，而且

自愿交两千两银子为“会费”。可是康有为等人因为对李鸿章有成见，拒绝了他。这么说，李鸿章心里其实也想进步嘛。在《1901 年》这本书里，一位英国记者如此描写到英国议会旁听辩论的李鸿章：“他蓝色的长袍光彩夺目，步伐和举止端庄……他的神采给人以庄严的感觉，像是某种半神、半人，自信、超然，然而又有文雅和对苦苦挣扎的芸芸众生的优越感。”书中，李鸿章的照片正襟危坐，落落大方。这些资料，有助于我们认识以前“脸谱化”的李鸿章。

如果李鸿章不出面与列强谈判，晚清的情况会更好吗？双方会谈时，人家的大炮对着你，哪会有什么好结果！晚清腐朽到这一步，当然不是李鸿章造成的，甚至也怪不了某个最高统治者（制度使然，问题积重难返，垮台势不可挡）。弱国无外交，李鸿章不出头，换了张鸿章、王鸿章，照样要割地赔款，谁叫你的国家没有实力！严复曾经自负地说，如果他和李鸿章换个位置，保证比李鸿章干得更好。对这句话而言，我只能认为严复的自我感觉不错，对现实却未必认识深刻，难怪他坐不上李鸿章的位子。

以今天的眼光来看，贬低李鸿章的能力显然有失公允。只能说，李鸿章是个生不逢时的人，主观上他也想做事，并且付诸了行动，可是客观条件对他太不利了。你看，慈禧向全世界宣战，换来了空前绝后的《辛丑和约》，年近八旬的李鸿章因此还得最后为晚清大擦一次屁股（没多久他就撒手人寰）。